# 黑山虹

孙　扬◎著

中国文联出版社

**图书在版编目（CIP）数据**

黑山虹 / 孙扬著. -- 北京：中国文联出版社，
2023.11
ISBN 978-7-5190-5365-9

Ⅰ.①黑… Ⅱ.①孙… Ⅲ.①长篇小说—中国—当代
Ⅳ.①I247.5

中国国家版本馆 CIP 数据核字（2023）第 219738 号

著　　者　孙　扬
责任编辑　胡　笋
责任校对　贾　丹
装帧设计　中联华文

出版发行　中国文联出版社有限公司
地　　址　北京市朝阳区农展馆南里 10 号　　　　邮编　100125
电　　话　010－85923025（发行部）　　　　010－85923091（总编室）
经　　销　全国新华书店等
印　　刷　三河市华东印刷有限公司

开　　本　710 毫米×1000 毫米　　1/16
印　　张　16
字　　数　229 千字
版　　次　2024 年 1 月第 1 版第 1 次印刷
定　　价　78.00 元

维桑与梓，

必恭敬止。

靡瞻匪父，

靡依匪母。

不属于毛？

不罹于里。

天之生我，

我辰安在？

    ——《诗经·小雅·小弁》

# 一

雨过天晴。腊梅爹山老汉走出门外，站在一棵桑树下，伸手拉了几把桑叶放在篮子里，提回家剁了剁，掺了几把麦麸子倒在后门外的猪盆里。这头壳郎子吃得很香，发出哼哼的响声。山老汉心里甜甜的，转过身，望见从黑山下到汉江河边显现一条五颜六色的弧形彩虹在喝水。不觉想到，门前屋后种的这么多桑树，不光是喂猪，如果能养蚕吐丝，那策马彩虹山外走，明天不知是什么样的日子！他听说走丝路的传言，自己脑子膨胀起来，同桑树一样地生根发芽吐嫩叶。不过，那只是空想。腊梅一个女娃家，要闯荡这个错综复杂的世界，站稳两只脚是很难很难的。咳，那恐怕靠不住！几只斑鸠在桑树顶上咕咕咕的叫声，打破了腊梅爹沉默无语的思索。

腊梅也在想，而且想得很久了。关于这个想是从她哥进山打猎死亡后开始的。她哥哥打猎很多年，听别人讲，无数的麂子、黄羊、獐子、熊、野猪、羚羊和羚牛的生命死在他的火枪之下。狩猎的时间越长，暴戾的欲望越大，扫视的目光越红。那次，他们一伙猎人钻进庙沟垴撵山，行猎如魔的她哥，视山林如平地，端着火枪大踏步地往前走，猎友的嘶喊，他置若罔闻，径直走向悬崖，掉进万丈深渊，摔个面目全非。这是老天的报应，或许是那些已经毙命的无言动物的报复。人活得多么艰难，死得却这么容易。爹妈再悲伤有什么用，只能慢慢地解脱自己，重新坚守常规生活的欲望。爹妈的一举一动、一言一行，让腊梅有了一个大胆的猜测，但还不能完全确定：爹是个有头脑、有主见的人，这一点可不能有半点怀疑。哥没死之前自己在家里很清闲，哥走了之后，自己便忙碌起来。不管怎样，哥死了，我得多操点心，至于是不是当儿子，我是左右不了两位老人的心愿。现在谁也帮助不了我们，只有我们自己才能拯救我们自己。

腊梅，你把房后桑树老枝剪完了？山老汉手里握着一把桑叶问。

嗯，没有花费好多时间。爹，你在想啥呢？

我在想，这桑叶能喂猪，咋不能想法养蚕呢！养蚕吐丝能走远路，走出大山。

咋不能？《诗经》里说，蚕月条桑，取彼斧斨，以伐远扬，猗彼女桑。周朝就可以采嫩桑养蚕，咱们咋不能呢！

四书五经你没白读。爹老了，没人手。

腊梅平静地听着，终于听明白了：女儿就是女儿，不是儿子，不能顶替儿子，也就是不中用。你既然这么想，为啥还要送我去读五六年的私塾呢！你虽然不识字，可理懂得多。但在顶家这个大事上，你确实没有想得开。也许在这个问题上，女儿没有理解老人家的意图。仔细一想，爹的心可大着呢，祖辈人都在这山里艰难地生活，没离开半步，还想上天，难啊！这就如你上桑树搭个梯子才能采桑叶一样，我来做这把梯子，让你老人家遂心如意。腊梅再回过头看她爹的时候，发现他脸色有点发白，还有点气喘，暖暖地喊了一声，爹，别操那么多的心，不是有我吗！

山老汉从桑树上踩着梯子下到地面，把一篓子桑叶递给腊梅，说，那倒是真的，还有一个女儿嘛。我前几天同织布匠申治平谈过，能不能再增加织丝绸。我们家的桑叶够喂五张的蚕了。他同意我的想法，就是得购织丝机，扩大栽桑面积，选织绸工、印染工等，要用心地谋划筹备，须年把子天气，还提出先把你送他那儿学织布，我满口答应了。这个申治平，过去对我们还是不错的，春荒接济呀什么的，还是很大方的，人也很厚道。你看呢？

腊梅的想法非常实际，这又何尝不可，边往回走边对父亲说，好呀爹，手艺攥在手，天下任我走；不怕二三月，钱粮全都有。

你答应啦？山老汉抬头远望周家垭的上空间。

嗯，学好手艺人气旺。腊梅微微地觑着眼睛，久久地没离开桑树顶上那一丛一丛的柔嫩桑叶。

你太单纯了腊梅，就这样简单嘛！很像是编织未来生活的开始。腊梅仿佛听到母亲提醒的话语声。

腊梅这姑娘是懂事的孩子，怎么糊涂了？不对，只有从被逼迫的生活走向谋生道路的磨炼中，才能清楚地知道这里边潜藏的奥秘。邻居孙贤良叔叔也在告诫晚辈。她想着想着，把桑叶剁得碎碎的倒进猪槽里。母亲撒了一瓢麦麸子在上面，又用一根木棒翻来覆去搅拌，脱口而出，这样喂，很快会起膘的。

妈，爹有个好主意。

娃，不管啥办法，只要过上好日子就行。

是的，是的。说完腊梅出门取下挂在板壁上的鞭子，噔噔噔地下了院坝边的礓礤。

你做啥去？

把那块地犁了。

叫你爹去吧！

妈，爹年龄大了，让他歇歇。

你这娃，就是犟牛一个！

啥？妈，能犟过我哥吗？不信就和那个男娃比试比试。腊梅说完这话，马上后悔了，一定刺痛了妈的心。话甩出去了，无法收回，只能想方设法把妈那颗撕裂的心填平。她没再说什么，扛起木犁挥起鞭子，吆喝着赶牛进地。


山老汉快天亮的时候突然发病。他感觉胸闷气短，哼唧了几声，有气无力地说，我恐怕不行了。老伴赶忙起来说，别乱想。于是点着桐油灯，给他喝了杯热水，让他平躺在床上，轻轻地在胸前揉来揉去。大概有二十分钟的样子，心胸烦闷稍加好转。他断断续续地给老伴叮咛道，一定要叫腊梅去申治平那里认真学手艺，把种棉纺线、植桑养蚕这个生活寻路做活泛些。老伴把腊梅叫到跟前时，山老汉眼巴巴地望着自己的女儿，已经语无伦次了，给你妈讲了，去学手艺，蚕能吐丝，织绸缎，走远路，撑起家，挣钱过好日子。腊梅一见爹这个样子，头晕目眩，咬紧牙关直流泪，却没有大声哭出来，昨天还是好好的，咋变化这么快。她把爹的手拉起来，放在胸前，发自内心地祝福和发誓：爹你会好的，女儿一定把你的话铭刻在心，做成事情，孝顺你老人家。

申治平闻知后，赶紧请来百草堂周先生给山老汉诊断病情。他一瘸一拐地领着这位方圆百里有名的中草药周先生走进门，望见山老汉平躺在床上，表情木讷，心里很难受。周先生没站稳就不慌不忙地观察神色，又问了几句病情征兆，坐在床边静静地把脉。申治平见周先生的脸色阴郁，问，咋样？周先生摇着头只说了四个字：不好结论。申治平一个劲地求情，恳请先生想方设法治好山伯伯的病。周先生淡淡地浅笑一下，给了这样的回答，申师傅，对不起，我没有那么高超的医术，实在抱歉，咱们是熟人，说实话你再找任何先生，也是没有好方子。

腊梅到镇上的西药房，抓了几服药，刚踏进门，听到周先生无能为力的话，心里一下子凉了半截，手无意间松开，药包噗沓一声掉在地上。她立刻又从地上拾起来，捧着药扑到山老汉床边说，爹，会好的，会好的，你做了很多好事，老天爷睁眼看着，会有好报的。女儿抓的药，吃了一定有效，西药治疗好得快。于是，把几粒药碾成粉末放在勺子里，又加了点蜂糖，小心翼翼地喂进她爹的嘴里，直到咽进肚子为止。这就是指望。

周先生看到腊梅和快要死的山老汉的父女情这般深厚，确切地说，是无效的，心里不能不发酸，便提起药箱告辞，想办法救治，没说的，都尽心吧！

山老汉的眼睛睁开一条缝，直直地盯着站在腊梅旁边的申治平，勉强地吐出一句话，给你说过，来了就好。

申治平打心里知道，已承诺过的丝业这事，说，你老人家放心，答应的事一定办成。至于山老汉深层次的想法，不敢乱想。

腊梅爹咽气的时候，身子抖擞了一下，嘴唇合得紧紧的，眼睛闭得严严的，脸色平平的，是安详和放心地走的。她母亲一愣，抓住床上的被子，顿时哭得呼天抢地，昏倒在床边的地上，嘴里一直在喊，老头子，你就忍心走了，俺们母女咋过呀！腊梅看见母亲嘴里吐出白唾沫，脸上青筋胀得老高，双手不断地拍打着床腿，便停止了哭泣，把母亲扶坐在椅子上。申治平连忙倒了一杯热水放在桌子上，又轻轻地给捶背，劝大婶莫伤心，不要担心，有左邻右舍关照，日子能过好；再说，腊梅念过书，脑子又灵光，等学到手艺，有一技之长，在人面前就能抬起头。不确定腊梅是否听清楚申治平对母亲劝解的这番话，听清听不清，并不是那么重要，重要的是你腊梅眼前该怎么做！

出葬前，腊梅的二大安排有关送葬程序。问，咋办呢？

二大，啥咋办呢？腊梅不解地反问。

要么叫你二哥代替你哥吧！她二大在征求意见。

腊梅想，二哥是你二大的儿子，咋能顶我哥，说我哥不在了，还有我啊。她拒绝了二大的想法，斩钉截铁地说，二大，你的好心，我和妈都领了，我给我爹披麻戴孝，顶碗送行。妈也非常同意。

这按风俗，不妥呀！

二大，妥不妥都是人定的，人传的。我就是爹的儿子。

谁也不能说不是，简直是个犟女娃！

吊唁的人络绎不绝，有村上的，也有村外的，还有乡外的。全都注意到跪在棺材前的女娃，还很细微地观察到她流的泪水不多，更没听见号啕的恸哭声。对认识或不认识的来悼念的人，彬彬有礼，落落大方，不像是个女娃的举止。

这娃心太狠，连眼泪都不愿多流一点。

是不是她爹的娃？真没良心。

白养活了，该流泪的时候，眼睛干得像石头窝。

腊梅似乎听到了这样和那样的议论，猛然间明白了许多。在他们眼里，哭得越凶，情感越深，不哭显然是后辈的过错，是不敬不孝的表现。这个时候不是女儿不想大哭一场，哭只会越来越悲痛，会哭湿自己的意志。哥前几年摔死了，现在爹又走了，死不可怕，可怕的是这个不成形的小家的重担，完全搁在了自己的身上。哭不会减轻承担的重量，更不能坚定爹的寄托。爹这一生，面朝黄土，背靠皇天，受过劳累，挨过饥饿，经历坎坷，有过绝望，立志于心，有过梦想。他希望的还没到来，就这样急忙地走了。不，他是镇定从容地走的；不，他没有走，那美梦和理想仍在憧憬明天。

爹，你虽然没有给我留下万贯家产，但你让女儿去私塾上学读书，而且你想循序渐进、由浅入深地读《大学》《论语》《孟子》和《中庸》，还有《诗经》《书经》《礼记》《易经》和《春秋》，同先生授课进程完全一致，不为念书而念书，重在嚼烂消化，修身立志。你让女儿要念的其他书，如唐诗、宋词、《三国志》《红楼梦》全都整整齐齐地搁在竹箱里。不过分地说，这是你老人家给女儿留下的宝贵财富，女儿心满意足了。爹，愿你一路走好，在九泉之下安息，盼望爹在天之灵，护佑女儿立业成家，女儿一定为理想而苦斗人生！

听见了吗，谁也没听见！哭与不哭的指责，千错万错究竟是谁的错，在乎不在乎，令村子的有些人冷眼看待。

山老汉是过了花甲子，六十三岁走的，应该是喜事。按当地民俗，头七、二七只限亲属上坟，三七和百天要扩大到亲朋好友，而且要设宴席招待。腊梅很少言语，虔诚地作揖磕头、上香烧纸，对自己而言，实则是丧事，哪有可喜之说。即便这样，她还是没哭出声，眼泪悄悄地流进肚子里；对缅怀父亲的来客，热情而隆重地款待。虽然如此，也不免涉嫌心硬这个恶名。

这娃生性同她爹一样。

不见得，她和她爹骨子里相同，表现的外相各异。还是要承认，什么蔓蔓，结什么蛋蛋。

这一点，腊梅完全意识到了，但没有什么好办法彻底改变已铸就的秉性。等着吧，也许会有那个改过自新的时候吧！

百天刚过几天，有三件事情接连而来。

头件事应该是腊梅意料到的，是妈挑明叫响地谈话，你爹走之前，不止一次跟我商量，那个申治平虽然腿有点毛病，年龄大点，但人心可好，纯厚诚实，又有手艺，对俺们家扶持关照不少，村前村后的男娃们都挑过了，只有他比较合适。再说他父母走得早，独自一个人又织布又料理家务蛮能行的。将来女婿上门不上门就是那么一回事，都是咱的儿子。自从爹提出到那里学织布，腊梅就预感到有这样的打算，自己再蠢也不能拿人家的残疾来揭人家的短。她想了好大一会儿才说，爹走时的话搁在心里，父命不能违，守孝三年吧！她妈又叮咛，你没意见，叫你二大去给人家递个话。腊梅不同意，直截了当地甩了一句：守孝就老老实实不分心地守孝！她怕妈接受不了这种语气，赶紧转过身，做了一个调皮笑脸，使她妈又生气又疼爱。

　　第二件事是腊梅没有预料到的，是出租土地的柳化谋突然到来，腊梅反应极其灵敏，猜想一定是要收回爹租种的两块缓坡土地。那哪能行，这地边塄坎上，爹辛辛苦苦地栽满了桑树苗，两三年就该成树采桑了，喂两三张蚕是绰绰有余的。她妈老远打招呼，柳老爷来了，请到屋里坐！腊梅走在身后悄声说，啥老爷不老爷。抢走到她妈前面，喊道，柳叔，有闲工夫转哪！柳化谋没理她，面向她妈说，山高氏，山老汉走了，没个劳力，把两块地收回，减轻你们家的负担，也是帮你们解决困难。腊梅望着这位头戴礼帽、手拄文明拐棍，一副尖嘴猴腮的柳化谋，蓦然间识破了他的用心，显露出快言快语的性格，柳叔，我不是劳力吗？怎么个收回法？柳化谋提高嗓门，毁桑荒田，这点稞不够垫牙缝。腊梅不依了，柳叔你也是念过书的长辈，也算是村上的秀才，后辈相信你一定读过《诗经》，其中《小雅·小弁》中写道："维桑与梓，必敬恭止。靡瞻匪父，靡依匪母。不属于毛？不罹于里？天之生我，我辰安在？"这些地边和门前的桑树全是爹妈辛辛苦苦栽种的，我很恭敬它，如同尊重老祖先，也不可断定，啥时会有运气。正因为如此，我站在你的利益上考虑，现在不能答应要退就退的主意。是不是怕给不起租子？不会欠你租子，一粒一颗都不会欠；如果实在要收回，不强勉，我可去段家租种两天，或者更多；当然，这是你的土地，有权收回，有话在先，爹妈栽种一塄一塄的桑树，你要加倍赔偿，因为是你违反出租合同。眼前需要真正解决的不是收，而是无须回馈地放。如果这样，才是善良之举。柳化谋是擅长心算的，不然那些七沟八坡的山林和土地如何能掌控在他手中，做任何事情总是把道道算计又算计，叫花子烤火，只是往自己怀里搂。他不是叫花子，却也如此，也没有富人的心胸。他坐在木椅子上，听着这一拉一松的话，淡淡地笑着，半会儿不言语，这女娃子真是个人精，期待什么时运呢。想来想去，大面子还要过得去，不妨来个顺水推舟，给个情面，山高氏，看来你家现在是腊梅当家啰！她妈脸上略泛微笑，未开言。腊梅长辫子朝肩后一甩，言辞果敢决断，妈妈年龄大了，当然就落在女儿肩上。柳化谋不得不认定这娃硬瓷，也不得不认账。好吧，按你说的合同到期后再议定，不过，要有新商定条款，眼下好好地经营这两块地。腊梅硬嘴利舌谁能理会透彻。好，柳叔，你还是费心你的合同吧，俺家还有半天地和桑园呢，不对，桑园等待成形呢！柳化谋觉得这话有点不顺耳，提起拐棍，回过头想说什么，又没有说出来，便扬长而去。腊梅看他大模大样的傲劲，朝地上狠狠地吐了一口唾沫，同村的富人成天盯着穷人是不是在喝米汤！

接下来，腊梅和她妈连想都没想过，竟然是柳化谋的太太胡艳花领着女儿柳晓云到家拉家常。这从未来过的柳家母女，破天荒地串门子，而且说了一通恭维的话，引起了腊梅的疑心。到底来做什么，难得估摸，但有一点是肯定的，柳家母女是要在山家母女之间打主意。没错，推断得非常正确。那天，柳化谋离开山家，没有走里湾那条缓坡路而是直接上庙梁子，沿着孙家梁的山脊小路不紧不慢往上爬，边爬边拨开心中的思路。回到家正是吃下午饭的时候，他让晓云取来两个酒杯，说是走累了，以酒解乏。胡艳花取笑他有啥喜事，要喝酒。他说真有喜事，喝酒能助兴，你也来一杯。胡艳花咯咯地笑了，来一杯就来一杯，你当我不敢喝。柳化谋端起杯子一碰。这我百分之百地相信，我给你讲，山家的那个姑娘真的出众，花容月貌，面如美玉，要个子在一米六出头，看俊俏靓丽超林黛玉之上，论处事嘛机灵决断，你们这些女流之辈是无法相比的。胡艳花正喝第二杯，又放下了，咋啦，你是读《红楼梦》读得迷心窍了，想娶小啊！柳化谋端起第三杯邀胡艳花一同喝，哪敢呀，不要说瞎话，我是看过几遍《石头记》，但我可没变成一块石头，没有那份心。我是想，侄儿柳三安能娶做媳妇，最好不过了。虽然门不当户不对，但人家的才能远远超过俺们柳三安，不在乎她家穷或不穷。娶过门与她家不相往来就行了。胡艳花不再说什么，端起酒杯一饮而尽，好，好，好，这家正处在难处，需要别人的搭救，我看差不多能行。晓云听着爹妈的对话，看着爹妈调拨喝酒，实在坐不住了，于是，夹了几筷子菜，端进自己的睡房，把门啪的一声关上。柳化谋望着晓云的背影。不听也好，要不这样，你能说会道，不妨走一趟，当一回媒婆。胡艳花放杯不喝了。听你的，明天就去。柳化谋又喝了一杯。这先不要告诉任何人。你去的时候，把晓云带上，路上有个伴儿，好照顾。

胡艳花从进山家大门开始，问候安慰的话说了一大堆，又闲扯山前岭后几个婆娘之间打架闹仗，戳是弄非的一些琐碎之事。腊梅听得有点厌烦，望着太阳已经搁在山头上，该结尾了。

他婶，山大哥走了，留下你母女俩，家境贫寒，也没个下力气的。我这次来是想帮你一把，给你女儿找个婆家。你看行不？胡艳花终于道出了该要说的话。

腊梅她妈没有思想准备，一时不知咋样回答妥当。谢谢你了，谢谢你们操心。她年龄还小，再说她爹刚过世，也不该谈女儿的婚事。她妈也是很灵活的，心里明白女儿守孝三年后是要出嫁申家的，只有用这番话来搪塞。

亲帮亲，邻为邻嘛，应该的，应该的！十七岁的大姑娘，也不小了，该订个主，万一家里遭受啥意外，也有个关照相助的。要我选择，她与我家的侄子柳三安是相配的一对。胡艳花说着，从包里掏出一个金光闪耀的礼品盒放在茶桌上。

正在门里纳鞋底的腊梅，急切出门搭腔。柳婶，不妥，不妥。我家三年内是要节制任何生乐的活动，悲伤、悔气、痛心还没有远走。你知道不，我们连过年都要贴一年白二年黄，三年才能见红的对联。这为啥，有道理、有礼数，人天天都得进门，是天天警示提醒要对逝者敬仰和怀念。再者，妈说了，我还不到那个年龄。即使到了那个年龄，一切都在变，人都在变，谁也不敢保证人是一成不变的，意想不到的变动时时都会发生。柳婶，我自己的事，由我做主；我拒绝接受的，谁哪怕说破天，下大暴雨也于事无补。不管咋样，我和我妈还是要感激你。我是后辈，你是长辈，都是天下女人，或者称小女人，是不是该有相互一致的一点，我说得是一点，不是全部，望柳婶理解。不当之辞，请原谅！

胡艳花本来挺高兴，蛮有把握地做一回漂亮的不会做的媒婆，没想到丈夫的如意算盘竟遭到人家的一口回绝，而且不留一丝的余地。再者说，丈夫也是左右百里内外的头面人物，太不给面子了。这娃对自己说话还是有高有低、有分寸，甜甜的、脆脆的、细细的，打心里想，这娃讨人喜爱。碰灰就碰灰吧，只怪老天没有这个安顿，说到底是缘分相隔十万八千里，莫强求人家了。起身上路时，笑嘻嘻地喊着，腊梅，有空到家里来和晓云玩，她挺喜欢你的。

腊梅取过礼品盒塞进柳晓云的手中。妹妹给妈拿着。然后高声道，柳婶，会打扰你的，我还想去看看你们家早先的织布机呢！

尘封十多年了。有兴趣？

嗯，只瞧是什么样儿。

噢。晓云，把礼品盒送给你姐姐！

腊梅连忙挡着晓云的手，坚决不能要，你给你妈带回去，交给你妈让她保管，以后会有大用处的。

胡艳花一无所获地走了，走时还是带着一种正常来往的心情走的，内心深处的真实状态，是很难识破的。她回到家，同晓云一起进了睡房，不大一会儿出来，坐在堂屋，教晓云做针线活儿。

柳化谋憋不住了，去这么长时间，啥个样？

啥，啥，不是在头上嘛！

怎么，看不上？

想得倒美，人家穷，不稀罕你柳家门的富。

这句话道破了腊梅的确实想法。富有，是爱情需要的，但它会摧残真爱的灵魂；金钱，是爱情必备的，但它会玷污深情的真诚。你柳门操控万亩山林之地，腰缠万贯或许夸口，但至少也不下三千，把它当求偶的资本、诱饵，只有无知的花龄女子会上钩，反正我是不做让人随便摆布的花瓶，或者把自己在不知不觉中变成玩具，或者是呆板的木偶。我的资本，谁也比不过，很雄厚、坚实，那就是亲情、知识。

谷雨前，腊梅开始收拾犁铧和撒种的篓子，春耕春播千万不能误了这个农时季节。她妈走到跟前，问，娃，啥时去学织布？

妈，不去了。

咋了。你爹不是叫去的吗！

妈，爹还说种桑、养蚕、抽丝、织绸。爹走了，得搁下一段，先打听打听咋个做法。

娃，那得多长时间？人家捎信问呢。

妈，不是讲好是三年嘛！如再问，就回话三年后再学。

娃，那三年是指的订婚、嫁娶，并不是不能学手艺，先学先熟练，或许先得利。

妈，你想得周到也对，我觉得现在去时机不对，会招惹别人咬口舌，说闲话，倒是非。与其这样，还不如既过门，又学手艺，多好。

娃，你一走，我咋办？两天半的地不是荒了吗！

妈，你不要操那么多的心，你不是说这个女婿就是自己的儿，咋会不管呢！这地，你的儿女还辛勤耕耘，这桑树，还要精心修剪。如果实在忙不过来，我想好了，叫二舅和三姑父来帮个忙，他们答应得很爽快。

娃，让你吃苦受罪，妈对不起你。

妈，别说这话，让女儿领受不起，你养育女儿遭受多少痛苦，即便就是再吃苦受累，也得涌泉相报，让你安乐享福。我们俩，谁也离不开谁。

妈知道。走，犁地种苞谷。

这一座不高不矮的黑山下，树木葱茏，苍翠欲滴，草丛莺飞，鸟语花香，阳光明媚，春意盎然。在黑山紧挨着的刘家坪田地上展开了一幅动人的图像。图像的制作者绝对不是别人，而正是腊梅和她的妈妈。腊梅把长辫盘在头上，肩头搭一条擦汗花毛巾，右手扬牛鞭，左手稳扶小黄牛撑拉的木犁，犁开深深的、长长的土沟；她妈戴着紫色的头帕，左肩挎着粪篮，右肩挎着种子兜，随着走步动作协调娴熟地抓粪和捏种子，同时丢进犁开的土沟里，回头时，相伴的种子和肥料，又被翻起的土浪掩埋，安稳地沉睡在泥土之下，等待温暖地气的催生。

没见过女人犁地、女人下种的，到那边看看去！变了，变了，那女人的另一个世界是什么样子？

# 二

冬去春来，春去冬来，已经三个年头了。腊梅按以往爹妈的劳动秩序和生活习惯，把地里的活路安排得环环相扣，屋里收拾得干净整端。她爹犁地时爱扯起嗓子唱"清明时节雨纷纷，路上行人欲断魂。借问酒家何处有，牧童遥指杏花村"。空闲在家时，看见院场上落下的几片槐树叶子，都要用手捡起来，扔到粪堆里。她记忆犹新，没有忘却，影响一辈子。有人说，她像她爹和她妈，遗传给了她那么多的优点和长处。就连自命不凡的胡艳花都甘拜下风、自愧不如这把年纪的山腊梅，并断言，很难找到一位与她相配的姑爷。

腊梅和她妈一块儿去给小黄牛加料。她妈把一小瓢炒熟的黄豆倒在牛槽后，走出了牛圈。

娃，你不急吗？

妈，急啥？

该到学手艺的时候了。

妈，我是这样想的，如果申治平心里听爹的话，办丝绸、学手艺，他这时会主动催促的，他不是知道三年后嘛！妈，你看这样想，对吗？

娃，你的脑子就是尖。她妈坐在院里筛着小麦。

春天的燕子正是忙着筑巢的季节。腊梅把她妈用过的簸箕拿进屋时，望见楼担上燕子正在衔着泥垒巢，觉得飞燕也在构筑自己的生活希望。

看啥呢？

妈，燕子在垒窝。

好，吉祥兆头。记住以后不要把门关严，留个缝。

腊梅听见有脚步声传来，回头一望，是孙贤良来了。孙叔，请到屋里坐。

她妈赶忙倒一杯茶水递在他手上，有空啦？

孙贤良坐在椅子上，喝了一口水，有空没空都得要来呀。接着讲了非来不可的理由。他是受申治平的邀请而来，说要办丝织作坊，现在该是启动的时候了，不知腊梅还去不去。申治平再三说，这是山伯生前反复吩咐的，三年前答应的，该予以兑现，早开始早受益。他还让我告诉你俩，去学手艺期间，家里的生活料理和农活安顿都由他承担，请你们不要操心。

她妈抬头问，还怎么说？

孙贤良哈哈地一笑，还怎么说？这不是很明显的事，他想得很全面，就是不敢表白出口。为什么？他身有残疾，很自卑，心恐说出来遭到鄙视和责骂，癞蛤蟆想吃天鹅肉。我说实话，他是有那个诚心，不然把事考虑得那么周全。

腊梅想到了，想得很彻底，她爹有这个心愿，她妈后来给她说得再明白不过了，自己当时也答应过，但不晓得对方的态度，既然说得都水到渠成了，还要把自己推到何方。当然，一定会有讥讽和嘲笑，那能值几个钱，掉不了一根头发！妈，我清楚了，还是得先出嫁，后学手艺，免得横生枝节。

孙贤良笑得很响，我也是算给侄女做媒吧！

她妈说，那是当然的，纸总是要人去戳破。请你回去告诉申治平，请先生选定一个黄道吉日。腊梅，咋样？

妈，你定吧！表叔，你说呢？

我把这话，原原本本地带回去。那咋办呢？

啥咋办呢？她妈反问一句。

这不是明摆着吗？订婚、彩礼、嫁娶、酒席什么的，还要仔细筹备。

按俺们村的民俗办理，人家嫁女咋办，俺们就咋办。她妈把头抬得高高地说。

照这样说，村外乡里对嫁娶是非常讲究的，就彩礼就分提亲礼、见面礼、订婚礼，不同的是礼和礼的规格不一样，订婚礼一般要重些，仅次于娶亲的行礼。因为家庭富裕程度悬殊，所以分量和数量有多有少。不管怎么说，总有个攀比心理作祟，想尽办法也要拿得出手，撑面子。具体到申治平要娶媳妇，虽然是个织布匠，靠手艺吃饭，家境稍宽裕一些，要同中上富户人家比，就相差甚远，不在一个台台上。要拿出像样彩礼，挣断了腰杆，也能应付这样风俗民情，一辈子的大事喜事，也值得。如果不这样考虑，就太草率，极其不慎重。

腊梅对如何嫁出去，不是没想过，而是翻来覆去地思量，这样的习俗有什么意义，对男方和女方究竟带来多大的益处，只是满足一种扑朔迷离的好感的情绪。之后，可能演变为意想不到的处境，陷入穷困潦倒的地步。名义是有情，实际是无情，不由自主地逢迎残酷、凄惨、灾难。做任何事，必须甩掉本能潜伏的虚荣，获得细心的坚实结果。像麦哲伦发现新大陆那样，发觉新的幸福的生活港湾。她不同意她妈说的那样：

不能把杠杠抬得那么高。

咋啦，俺只有一个闺女，不能不讲排场，随便嫁出去，难道俺娃不值钱！

妈呀，你想的倒不过分，可是送过来，送过去，都在一家里。何必呢！我不是给你讲过嘛。

对，对，对，你妈老了，没记性了。

说认真也认真，说马虎也不马虎。孙贤良想了想说，总得让大家看得过眼嘛！

腊梅终于拿出自己的主见。宜选定日子，不要彩礼，请亲戚、友邻三席，买两串鞭炮，被褥现成的，准备这些就算齐备了。

她妈疑惑不解地问，新被褥在哪儿呢？

不是盖的有被子，洗干净就行。

那嫁妆准备啥？孙贤良征求意见。

爹妈早就准备好了。

她妈看着女儿，发出惊异的目光，说瞎话，在哪儿呢！

那一坡茂盛葱绿的桑树啊！

她妈心里明白了，没再吭气。

这哪行呢？孙贤良实在感到莫名其妙，进一步地说，这是抬不走的，谁拿这当陪嫁，不是让人笑掉了大牙！

表叔，这是个宝贝，肯定抬不动，是金不换啊。爹妈可是有心眼，考虑得很长远哪！

她妈望着孙贤良没有把那话说破，现在也不能说破，因为八字还没见一撇，说破了不免有吹牛皮的嫌疑，只摇了摇头，没有做出实情的辩白和解释。

孙贤良不好追问，那行，就定日子吧！在他看来，腊梅太固执任性，生在乡里的人，咋不随和乡俗。一个字，犟。

是那样的，腊梅绝对是如此认为，一个人要在任何错综复杂的环境里，在灯光闪亮的世界里，自己要喜爱自己，自己要信任自己。如果被迷惑，那毫无疑问是失去了自信和自己的底线。

表叔走了走了，咋又折回来了？

孙贤良不放心地问，那就这么定，可不要把人家闪了。

咦，表叔，你咋不相信侄女呢！要不，过上一两年也行。

这位表叔真的是一位好心的人。他家种棉花，老婆纺线，全都从申治平那里换白细布，自己染色后制作衣服穿，有一部分拿出去卖钱，买些油盐什么的。因此，同申治平打交道多了，觉得一个残疾人能吃苦，是非常不容易的，把生活打造得还算是不错，比富户有天壤之别，同一般百姓日子还是好过得多了。媒婆屡次登门扫兴而去，女娃子都嫌弃不是正常人，介绍一个吹一个，连个红包都得不到，也就死了心，不再费自己的口舌。孙贤良明明清楚腊梅在说笑，还要装着正儿八百的样子。

腊梅，这可不行，那娃不能再等了。

咋啦，牛头都过去了，牛尾还过不去。

娃子呀，人家都三十七了。我也猜到了那做嫁妆的桑树，就是宝贵的财富。

腊梅咯咯地笑了，表叔呀，届时要你参加，可不要推辞哟！表叔，你放心走吧，说话算话！

　　婚礼举办得不算隆重，倒也不算简单。准备待客三桌，还超了一桌。同申治平有布匹和织布业务交往的包兆、扈志根他们，不知咋知道的，也前来庆贺，行礼不次于她舅家和孙贤良一些亲戚，还是很重的行礼。

　　腊梅她妈心情兴奋激动不已，逢人只说谢谢你们。这四个字，算是最真诚的回礼，还有那脸上显露的感人微笑。

　　腊梅正招呼她舅娘，突然觉得有人把她的肩膀猛然一拍。

　　姐，高兴不？

　　什么呀！腊梅转过面，发现是柳晓云，你怎么来啦？咋知道的？

　　是明义哥告诉的。他不让我告诉任何人，就悄悄地来了。姐呀，那织布匠是那个样子，你会吃苦受煎熬的，有啥难处，吭一声，我会帮你的。

　　谢谢你。有些事你还不懂，嫁给鸡，跟鸡飞；嫁给狗，跟狗走。不信命也是命吧！吃饭后，赶快回去，你爹会找你的。记住，守口如瓶。

　　嗯，我知道。我不会告诉我爹的，把人都管死了。

　　腊梅抓了一把花生塞在晓云的手里，从后门送到礓礤边，叮咛着慢着走，又回望院坝那棵槐树顶上的太阳，光线透过枝叶缝隙落在吃宴人们的脸上，各种多样的色彩显现得应有尽有，或显灿烂耀眼，或显暗淡无光，或是鲜艳明快。

　　柳晓云在回家路上想个没停，我不懂，是不到懂的年龄，再过两三年该是懂的时候了吧！眼见得不能不懂得，为啥要嫁给一个瘸子腿的男人，我三安哥的腿该是直的吧，咋看不上？再说啦，家境在这黑山地域也比不上我爹，有哪一家比他富呢？命，命，命，没享福的那个命，只能受苦活着。她默默地回家，她爹追问，这么长时辰到哪里去了？她编造说，到孙家梁上旧房那里转了一圈，又到隔壁望望火神庙和财神庙，那火神爷挺神气活现的，龇牙咧嘴，让人有些害怕。后来，我作揖三个，倒大胆了一些。哪都没去。她明明知道，讲谎话是对父亲不尊重的行为，但对腊梅的仰慕超过了不自觉的难以抵制的地步。这是从她妈带她去给柳三安说媒，见识了腊梅和其他同龄女娃言谈举止不一样开始的。实际上，她自己不完全清楚这是为什么，但模糊中有一点是明白的，虽然家庭很穷，但她不被富有金钱所迷惑。不嫁三安是对的，没看三安光眉画眼，心眼瞎。

柳化谋吸了几口水烟，把水烟往桌上一搁，重复着，

哪都没去？

就是的。

到孙家了吗？

没。

你年龄还小，去多了不好。懂吗？

知道。

要去找孙家小子，给爹说。

知道。

少在外面疯。

嗯。

柳老爷在家吗？胡艳花回问说，在，在。是包兆呀，快进来坐。柳化谋听见叫声，走出腰门，到堂屋落座说话。

柳晓云见她爹出去了，掩面而笑，乱猜疑，冒诈呢！那突然提到孙家小子孙明义是什么意思，上私塾念书是在一块儿，常是一起去，一同回来，你不是没看见，大惊小怪。不过，那都是过去，现在是现在，是怕女儿的行迹出现扭曲，怕丢他的脸面。她轻手轻脚走到腰门背后，听见：

老爷，前几晌听人讲，申治平从外地制了两台织丝机。你知道不？

织布不是织得好好的，还收了徒弟，制那做啥？

我也在猜摸着，没个准。

看样子，是不是又想织丝绸？这是很难的，一是织丝绸要比织布复杂；二没那样的人手；三是他也没什么本事，谈何容易，简直是不切实际的胡思乱想。

也许是吧，不会倒卖吧！

谁要？咱们县里没有织绸的人家，谁要呢！哎，你还没说，申家小子很可能在做那个美梦呢！

很可能。搭梯子上天，难上加难！包兆看了一眼胡艳花，心里也鬼得

很，对申治平娶媳妇的事，只字未提。

柳晓云听到这里，赶紧回到闺房看书。心不在焉，想到自己也看见有两台织丝机，而且还盖了两间瓦房，是不是一步一步在实现织丝绸的梦想。记得腊梅说过，她家的桑叶多，也想养几张蚕呢！

门楼子的一扇门推开了，传来辞别的声音。

如果真的织丝织成了，你不要眼红人家。

老爷，我没那份心思羡慕别人，够吃够喝就行了。包兆倒觉着这话在刺激心底的真实，可能的话会找一个更多的出路。于是道出掩面的话语，则自在一些。

对，对，对，你和我想的一模一样，别再瞎折腾了，弄得不好，鸡飞蛋打划不来！

老爷说得有理，不能把自己丢在强求不成的境地里。可包兆还在那宽慰的话中，费神地寻找有一丝出现的途径。藏在心里，不能给他说，也不能吐露给任何一个人。


山腊梅过门这三个月，一直在思虑落实她爹栽桑养蚕的嘱咐。眼前养几张蚕的桑叶足够了，但最大的问题是抽丝，织丝绸的活技不在手。申治平为落实爹的愿望，已花钱购了织丝绸的机器，还盖了那两间瓦房，开始筹备再盖两间的抽丝、印染用房；人手不够，收强仁愿为徒弟，人很机灵，殷勤能想事；暗暗地物色了六名年轻小伙子和姑娘，做工匠。这些全是在紧锣密鼓、不动声色中进行的，扎实、稳妥。准备得该是很充分了，充分是充分，没技术等于没准备，得赶快选派合适的人去学丝绸手艺。是的，没错，申治平是个脚踏实地办事的人，他有他的打算。他媳妇想是想，希望的是赶快兑现他对她爹的承诺，不能再往后拖。申治平并没有拖，不能冤枉人家，只是时机不到，决心将跨越宽广的天空。

皎洁的月亮，挂在浩瀚的夜空，满山架岭呈现的是一半明亮，一半阴暗的夜景。庄前的那座池塘里闪闪发亮，那棵柳树的倒影，在水面摇摆不定，很有节奏感。

申治平离开织布机，刚回到堂屋，腊梅打了一盆热水放在他坐的脚前，把擦脚的毛巾搭在椅把上，坐在旁边的椅子上做拐线活。他望了她一眼，心里暖融融地说，我说过很多次了，不用端水，我自己能行。

山腊梅嘴一撇，说什么好，什么都不能多言，只是笑了一笑，作为意会和谅解的回答。

这时，申治平把想了很久的打算要讲给她。其实，早就有这个考虑，因为总觉得欠点什么，只有现在才是时候。

腊梅，我们要选一个人去兴安州水西门丝织社学手艺，谁去好些？

不是选了三名男娃和三名女娃，从其中挑一名心灵手巧的就行了。

叫你定，谁符合条件？

如果让我挑，不是孙明义，就是柳晓云。他俩上过几年私塾，识一些字，理解得快，学得会更好一些。

那柳晓云是富豪人家，暂不考虑。

山腊梅完全领会申治平的意思，在将来发展丝绸业上，最大的对头就是柳化谋，至于晓云到底如何还没能摸底细，因为没到那一步，不能判定她的脚步往哪里走。如果培养学手艺的人，不为培养者做事，那损失就大了。她放下线拐子，说，要不，让孙明义去，你定吧！

申治平想了好半天，才说，不是不行，可年龄小些，刚满十二三岁，有点欠火候。

桐油灯一闪一闪地亮着，亮光显得有点暗淡。屋里一时陷入沉寂的状态，仿佛听得有一丝微风，从门缝钻进屋内的嘶嘶声。

强仁愿轻声打开门，取了一拐子白线出去了。

山腊梅待他关门好大一会儿，灵机一动说，要不派徒弟去学手艺？

申治平不假思索地否定了她的提议，马上说，叫我看，你去是最好的选择。

为啥？

为啥，你自己最清楚，还问我呢！

有点糊涂。

别卖关子了。聪明伶俐、机灵活泛，毛笔字写得比男人笔画都好；还有，爹生前不忘桑蚕，让你来学织布，是希望你将来做织丝业。你去，比谁条件都强。

是的，爹一再叮咛，把种棉纺线、植桑养蚕这个生活寻路做活泛些。至今不忘，铭刻在心。腊梅既温柔又坚定地说，

责无旁贷，一定把丝织技术学到手，拿回来，发展壮大乡野的丝织作坊。


这乡里乡外的头面人物，按常规大小事情是很灵通的，柳化谋对申治平半年来的两件鲜事，刚才从柳三安口中得知。

那山腊梅嫁给申跛子了？

嗯，着实。

咋没有一点响动？

放了好几串响炮。

待客了没有？

两桌子吧。

谅他也请不起，穷酸嘛！

就是，申跛子把女人送到兴安了。

送那里做啥？

也不清楚去什么丝织社学丝织手艺。

难怪不让收田毁桑，早就有了这个贼心，不声不响地喋实货！还有啥新鲜的？

没了，就这些。大爹，收田毁桑与贼心咋扯到一块，我不明白怎么啦！

到你明白的时候，人家早就成了。好了，你去吧，该长脑子了。

屋子空荡荡的，柳三安走了，老婆和女儿也不知在哪家串门子，只有水烟袋陪着柳化谋。他捧起水烟袋，一动也没动，吸得满屋子都是呼噜呼噜的响声。声音停止了，他站起来伸开双手，抚摸了一会儿尘封多年的织布机，我和它共同织造了这个家庭所有的财富，看样子，不能再歇了，而

且有人在织布的同时，又要织丝超过我们。他反背起双臂，扬起头，目光直直地望着窗外一座一座的青山，一坡一坡的棉花地，还有那一座高高的震山石塔，看久了，眼睛有些蒙眬迷糊，这山不那么绿了，这地好像瘦了，石塔也变矮了。不行，不行，不能再这样下去了，否则，一定会失去所得家产。那申跛子和山腊梅的锋芒所向，不得不针锋相对。他越想越觉得山腊梅一旦掌握丝纺的流程和专业技术，将是一条最大的活路，是对他们全部富有的人的严重威胁和挑战。

胡艳花一进门，就被浓烟味呛得她一个劲地咳嗽。

你是想咋啦！

柳化谋板着沉闷的脸，快步走出大门。

管得自己，管得了别人吗！

这话闹得胡艳花一头雾水：

简直是神经兮兮的。

这使得跟在胡艳花身后的晓云更是摸不着头脑，只是关心地喊道，爹，你做啥去。天快黑了，我陪你吧！

柳化谋头没回，不用。找你三安哥谈个活路。

柳三安没想到这么晚了，大爹来找他，这是从来没有过的，有啥事还能轮到后辈人的头上，况且还是侄子。不过，虽是侄子，因他没儿子，把自己当儿子对待，这是无可非议的。

大爹，有事？

是的。

叫我大过来。

不用。

啥事？

不需要再问那么多，就是你给我讲的那情况。我思考再三，会对我们家族的利益有莫大的损害，千万不可疏忽。

怎么办呢？

对付的办法多着呢。你坐近一点，我给你交代，第一步先应该怎么做。

柳三安听到后满是惊讶，我能随随便便地把人家叫来吗？

给她讲，学手艺回来，有要事商议。其他啥话都不要多嘴。只说，柳老爷有请。

柳三安感到茫然不解，人家学手艺，与你有什么相干，闲操心。不对，不对，又错了，为的是不要继续这样过日子，这是大爹的本意。

大爹，我送你。

不用，免得别人知道我找你。

夜色笼罩着山野，天上的星星闪烁着暗淡的光线。柳家门楼上的灯笼，在微微的夜风里摇来摇去。门楼下的后门外黑黢黢的，什么也看不见。柳化谋蹑手蹑脚地从这里进了门，生怕别人发现，不体面。

# 三

半年了，该是山腊梅结业返回的日子。申治平站在织布房的大门外说。

师父，对的，就是今天，就是今天。强仁愿不断地重复着这个日子。

申治平老远望着薛家湾码头，人来人往，熙熙攘攘；江面上条条货船和客船破浪而下，时而传来摇橹声，时而传来不高不低的喊江号子；岸边几只白鹭，摇摇摆摆地行走着，一会儿扑棱棱地跳进江水中。他急了，喊，小强，走，到渡口去！

强仁愿十分领会师父意思，劝解道，师父，你不用去，我去接师娘。

申治平哪能听徒弟的劝阻，急切地拿了一根竹棍，一跛一跛地出了院场，下了一道塄坎，过了一面坡，又沿着乱石横卧的小河道，穿过一片芦苇，蹚过一道泥沙地，终于到了岸边码头。

强仁愿一声不响地跟在师父的身后，一会儿拉扶胳膊，一会儿又扯着上衣后摆，生怕他跌倒。

太阳快要落山了，夜幕渐渐地降临。客船肯定不会在夜间行驶，但要接的人连个影子都没见着，也只好扫兴而归。他俩刚进沟时，碰见沟边野草地间，有一位老汉在吆喝着赶牛回家。

申治平上前问道，大叔，你见没见过一个女子路过这里？

老汉把鞭一甩，那倒没有，只见有年轻的一男一女路过；对，还有一个女的从山梁子的小路上了薛家嘴。

申治平对第二种情况没多想，那一男一女倒使他怀疑起来，那两个男女啥时路过的？

老汉仔细地想了一会儿说，我放牛出坡的时候。

强仁愿估摸一下，大概是申时，只好用无可判定的口气说，师父，师娘会不会推迟一天呢！

申治平还是对那一男一女猜疑得更多，猜疑那么多有什么用？到底是谁在这个时间出现都是有可能的。他无奈地说，也许吧。但心里完全不同意"也许"这两个字。那个女的是腊梅，也是完全可信的。因为她对他说过，回来的是那一天，绝对不是第二天。

强仁愿对师娘从心底里讲，非常地担心和忧虑，既然如此，再说什么，也无济于事。他拉了申治平一把，师父，师娘机灵过人，不要胡思乱想。

申治平回头望了一眼码头，由不得人哪！

那放牛老汉说得没错，但他哪知道那女的是山腊梅，男的是柳三安。太阳当头顶偏西的时候，柳三安躲在渡口旁的一艘停船里等候山腊梅的到来。山腊梅下船向前走时，柳三安阴沉地笑了一下，还是强仁愿给自己讲的准确时间，即刻跟在她的身后。她发现后，心里直犯嘀咕，柳二爷的儿子怎么也在这里？既不是同船，又没有其他客船靠岸，他是从哪里钻出来的？她装作没有看见他，提着箱子，径直往前走。

柳三安赶紧走上前说，山腊梅，我帮你提吧！

腊梅看也没看一眼，说，不用！

柳三安缠磨着说，不知叫你申嫂好，还是叫腊梅好。我想，还是叫腊梅好，这亲近些。

腊梅出乎预料地发现，在柳家人的嘴里还能吐出"亲近"二字，富人要亲近穷人，历史罕见。她快走几步，上了回家的山径小路。

柳三安急了，柳老爷请你，指派我专程来接你。

请我做啥？

柳老爷讲，商议什么大事。

有多大的事？

柳老爷请你，我不知道。

非要现在去吗？

柳老爷请你，或许是接风洗尘吧！

领受不起，你回去告诉你大爹，改日登门拜访。山腊梅想了一下，有个缓冲的时间。

柳老爷说了，请你非今天不可，过了，就失去了好的机会。柳三安添枝加叶地说。

山腊梅很显然地从中意会到，十有八九是柳化谋要在丝织作坊上做文章。中国老话说得好，不入虎穴焉得虎子。去就去吧，看你柳化谋有啥花招，提前领教，稳妥对付。回头对柳三安说，好，就听你大爹一回，现在就走。

实际上，申治平和强仁愿到渡口时，山腊梅早就被请到了柳家大院子。

柳化谋站在门楼上迎接山腊梅的到来，一眼看出，腊梅兴头不错，肯定是满载而归。

山腊梅立刻意识到指的是什么，满不在乎地上了门楼子的石台阶，说，到城里逛的时间长了点，啥东西都看不上，看上的，又买不起，一无所获。

柳化谋笑容满面地说，到城里见识多了，也是能让人灵光一些。他边说边把山腊梅领进了客厅，让柳三安把箱子放在进左侧的织布房里。又开言说，腊梅呀，今天请你来，一是为你接风，二来咱们坐下来好好地商议发展棉织作坊的大事。

看样子今天难以离开了，腊梅心里暗想，后又试探地说，柳大叔，那你就讲吧，天不早了，我还得回去呢！

哎呀，这女娃急啥呢！快黑了，你走，我还不放心；再说，商量的大事，不是一句话两句话能确定下来的，得好好地琢磨、权衡百姓的利益。柳化谋说到这里，喊了一声，待客！

柳三安端着一盘子菜走进客厅，把各种素菜和荤菜相间搭配，摆了一桌子。

腊梅扫了一眼，六凉八热，没想到这么热情隆重。

胡艳花跟着走出来，站在山腊梅面前，脆声脆色地说，腊梅这女子又俊又灵，上次见你不是叫你和晓云聊聊，今天不巧，她去她碎姑家，再到佃户孙贤良家去看看。不打紧，明天不回来，后天一定回来。今天请你来，没准备，简单地吃一顿吧！

山腊梅觉得她的话语有些虚伪，明明是饭菜丰盛，还说是简单。这就是说还有比这更隆重的款待，恐怕是黄鼠狼给鸡拜年，不安好心吧！她吃完饭，说，柳叔柳婶，谢谢丰盛的晚餐，我腊梅有幸同长辈们在这里就餐，实在感到荣光。有什么要后辈做的，尽管吩咐，能办到的一定办到，或许我们笨蠢，根本无法让你们满意，请谅解。

柳化谋说，现在该休息了。

胡艳花说，走一天太累了，明天谈宽松些。腊梅，你就睡在晓云门外的织布间，都给你准备好了。她把腊梅带到这间上次告诉过她的尘封十几年的织布机的房间，又说，有了这台织布机，才有后来的房、地、山、林，带来柳家的富贵。好，你睡觉，需要啥东西，叫我就行。你自己熄灯啊！

噢，你也去睡吧！看来这是费心安排的。一张单人床的床头，床沿雕刻的装饰非常耀眼，床垫、罩子整洁干净，被子上是单调的花色。腊梅断定，这张床应该是柳晓云用过的，而且放在织布机的旁边。不，不，不，它原来就放在这儿，这床没有搬动，重新做了一张二龙戏珠的大床，放在里屋。要说用意嘛，不挑自明，是想入非非地期待，无疑是持续过上好日子，甚至是要比现在强十倍有余。不过床前的一张茶几是新布置的，两边放着圈椅，紧挨着摆着三张独坐凳。这完全同她在兴安丝织社见过谈生意的摆设差不多。她扑地一下吹灭了桐油灯，站在窗子前，望见门楼上悬挂的灯笼还亮着，有背枪的护工在阴暗处来回走动。放眼夜空，无数的繁星闪闪发亮，山林田野一片朦胧。回不去了，那个离开的日子。插翅难飞，就不飞了，就来看看柳化谋会施出什么狡诈的计策。

早饭是厨师送来的。

山师傅，请用饭！

我没投师，哪能有师傅的资格。你才是真正的师傅，名副其实。

都在议论呢！

柳老爷、太太、柳二爷，还有柳二爷的儿子柳三安，连那些雇工和护工都相互传开，你到兴安学丝绸手艺。

哎呀，不要相信，我去那里见多识广，不过是徒有虚名，其实没有学到多少本事。要说学的嘛，也学到点，那就是遇啥人说啥话。

客气，客气，你慢点吃啊！

山腊梅奇怪了，八字没见一撇，九字没见一钩，就这么名声远扬。是谁传出的，又是谁造的这么大的势？

柳化谋和胡艳花一先一后进入织布机房。落座后，柳化谋直截了当地说，腊梅，今天我们坦率地谈一谈关于扩大棉纺作坊规模的事。

柳大叔，你十几年织布机都没响动了，从何谈起？山腊梅稍带质问的口气。

扩大棉纺规模，势必要扩大种棉的面积，导致农户弃田种棉，会影响稞租的收入，准确地讲就是减少，绝不会增加。你能保证吗？

据我了解，你的农户不是有很大一部分种棉的，单单我扩大就会产生这样的后果。我可以这样讲，不会专门通知他们增加亩数，至于他们自己有啥变数，与我们没有一点关系，都想多赚点钱，养家糊口嘛！再说啦，我不依靠黑山下你这些棉花地，还有黑山上、黑山东、黑山西、黑山背后。柳大叔，离了红萝卜也能成席！

你这女娃子，把话说得太生分了，不是商量吗！要不这样，我再提个想法。

大叔过的桥，比我走的路多，就统统地讲出来。

租我地的农户不能在地边种桑树，它会荒了庄稼。我是为农户着想。要不把土地全部收回，另寻租户。我还听说，你们决定拓宽丝织作坊项目，才派你去兴安州学丝织手艺。胆子还挺大的，咱们县上没有一家，你一学就想办成，谈何容易。那是要摊本钱呀！你有织丝机、专用房、丝织工和印染工吗？想得倒挺宏伟的，还要建立丝织社，这个梦做得太大了！

狐狸的尾巴露出来了。山腊梅想着求教地追问道，柳大叔，照你讲的，不让农户栽桑养蚕，丝织作坊做不成，丝织社更没有指望了，这个梦咋做才能做成呢？

唯一的一条路，就是以合作的形式，别无他路。

现在谈合作，为时过早，我们不具备合作的条件。你提得具体一些。

这样吧，你将学的手艺支持我来开办丝织业，你们也可将棉纺机器搬过来，重启我的织布生意，这不是两全其美？我这大院子，后门外新盖的两间房，孙家梁上的那一院石板房，水泉沟那一座旧房可重新装修使用；租出的土地就不收回，适当放弃一部分土地弃粮种桑，以扶持丝织业的发展。腊梅，这样行不？

真要堵穷人找生活的路，要吞掉穷人仅有的一点活动空间。算计不错，这心既大又狠。山腊梅心底里有一种不可改变的主意，神情严肃地说，我把这些地方先看看，看了心中就有数了，就更能下决心。

胡艳花一直没开口说话，这时才撂了一句，还是腊梅办事稳当。

柳化谋淡淡一笑，潜藏着一种轻视而奸诈的冷笑，咋个看呢？

山腊梅一笑说，还是柳大叔在前引路。

柳化谋考虑了一番顺序，说，还是先远后近好一些，最远的是孙家梁，返回到水泉沟，接近的是后门外，再进本院子，最后就是本家，也就是要说的织布机。远处那么多的房子，山坡、田地、绿林，是从哪里挣到手的，到了近处就明白了。走吧！

山腊梅看着身旁的织布机，清楚了这样安排的用意，只说了一个字，行。

孙家梁的那小院子旁，分上院瓦房三小间，下院石板房两小间，也比较敞亮。后坡是桦树林，前坡是柏树林，山脊有小路，由东向西穿过。

柳化谋问，这里怎么样？

山腊梅回答，还能用上。

水泉沟的那三间石板房，高大宽敞，通风透亮，坐落在水泉沟旁的山梁脚跟下。

柳化谋说，还行吧？

嗯。山腊梅点了点头。

后门外那座崭新盖的是三间瓦房，一楼已隔间，二楼未隔，还未住人。

柳化谋问，怎么样？

山腊梅随口答道，养蚕的屋是很讲究的。

进柳家大院是从后门进的，进门正前方是柳化谋的房门，右侧方是一排五间的高房，左侧方的房屋分地下和地上两层，紧挨着是大院的大门楼子。左侧方这房子同正前方的房屋结构相似，没有那么大，因为后门进来的过道占了一部分面积。

柳化谋只怕别人听不见，便放开嗓门，这实际上是四水到塘的大院子房，住了我的家庭四门子兄弟。这个环境如何？

山腊梅向前后左右扫视了一下，摇了摇头，这院子住人完全可以，但要养蚕差点意思。接着，补充了一句，肯定不行。

柳化谋领着山腊梅走进织布机的房间，还没有坐稳，开始叙说这台织布机的来历和功绩。织布机比我还老，是康熙六十年留下来的。祖祖辈辈靠它换粮、赚钱、制地，刚才看到的那些房子和七沟八坡的山林，还有肥沃的耕种田地，全是靠梭子穿织出来的，不是偷来之物。不过，到了我这一辈手里，没有任何增添，只是守常不变，觉得十分满意了。又感到这样下去，立吃地陷，对不起老祖宗，所以，才能动意我们联合办丝织作坊，大一点建立丝织社。

你开始讲的方案算数？

柳化谋在一路上查看时，非常注意山腊梅的表态，导致他的判断出现很大的错觉。立即说，织布作坊迁到这里，以便集中财力、物力、人力开办丝织社，只要你一个人就可以了。你的手艺，我会全力支持。

这算数？

快马一鞭，快人一言，我说定后再不改变，那你呢？

柳大叔，就看过房舍而言，完全可以用，只要修缮、清扫、消毒等就行了。怎么个开办丝织社，我个人意见，你另选人来帮你做。因为，我家的情况你是略知一二，不必多言，我真的离不开。

哎呀，腊梅，兴办丝织社非同寻常，不是一般人能承担起的，非你莫属。你的忧虑，我完全理解，可这事一旦办成，会苦尽甘来，那时的生活境况会有一个你想象不到的改变，要比我现在的生活好十倍都不止。腊梅，我再给你讲，错过此村无好店，离了此庙难烧香。这么多的房屋状况好，在全县也不会再找到一处，机会难得，千万莫要吃后悔药啊！

山腊梅反复琢磨柳化谋的这般话语，好像在用筛子筛过了一遍又一遍，认定他内心的真实目的，来者不善哪！她想到俗语说得好，你有你的关门计，我有我的跳墙法，打定了对付的主意，决定答应共同合办丝织社。不过，她还留了一句话，至于棉织作坊和丝织作坊搬不搬和如何办的问题，得要同先生商量。

棉织作坊不搬，其他好商议。柳化谋说。

棉织作坊不搬，就定了？山腊梅反问。

一言为定，说不搬就不搬。柳化谋再三强调地说，又站起来有发誓的神态。

柳大叔，如果我先生不同意怎么办？

你家肯定你说话分量重，你答应了，你先生不会反对。

那好，就这么定吧。我该走了吧！

我派人送你。

谢谢，不用麻烦。

商量的结果及时告诉我，早些启动。

那是一定的。

柳化谋送到门楼子外，又叮咛越快越好，对我们大家都有利。

山腊梅笑笑说，那是自然的。心里想不言待告：柳老爷你就挖空心思去打你的如意算盘吧！她提着箱子走过柳家坡、路过李家沟的时候，有一股凉丝丝的空气，沁人心脾，猛然感到从来没觉着的清爽，清爽里有一种逃避后的轻松，终于离开了柳家院子。这种爽快给了她勇气和力量，登上了段家湾，穿过屈家垭子，快步登上周家前头的山梁上，快到家了，要说点什么，还要干点什么，先生能那样去做，就会把零变为千。

这时候的山腊梅，满脸是汗，环视周围一块一块的棉花地和稀稀疏疏的桑树林，快步向周家垭的路上走去。

# 四

从周家垭下坡的路上，孙贤良老远看见了山腊梅脸上汗津津地往上走，满脸春风地打招呼，赶紧急步走了过去，从她手中提过箱子，直说，这下好，这下好，我们有指望了。

山腊梅虽然没有完全猜透这话的深刻含义，但她可以肯定十有八九是与棉织社和丝织社有关。她笑了，她故意地提高声音问，大叔，啥子有指望了？

孙贤良站住了，申师傅已经联系好几家佃户，都同意稳住种棉面积，腾出山坡地栽桑树，丝织社就有根有叶了。你一回来，我们的丝织社会开办得更快，因为你为我们学到了手艺，大多数佃户都支持。到那个时候大功告成，不就称心如意了？柳佃东不得翻白眼。

明义呢？

我儿子呀，可积极了，成天都在走家串户谈建丝织社的好处，二儿子虽小也帮他哥呢。就等你回来领个头，大家伙一齐上手扯丝线，看他柳大爷再能，也能不过腊梅的能手艺。

山腊梅很了解自己，对自己将来的办丝社能力有一个正确的认识，把大家的心愿变成现实，就要使大家亲密无间，抱成一团。俗话说，黄连树根盘根，佃户人心连心，在这样的好事面前不会守穷不变。众人一条心，黄土变成金，不相信我们的丝社办不成，一定要让爹栽的桑树，多养蚕，多吐丝，走远路。现在治平和明义把这事做在那么多佃户的心头上，是一个坚实的、扎实的起头。对于我这个不是匠人的匠人，不是主人的主人，当前到底应该做什么，到底怎么去做，从孙大叔刚才的话语里，全都领悟到了，这无疑是大家最关心的。她问，大叔，现在有多少人底气上来了？

绝大部分，只有少数的还在观望柳化谋的动作。如果张罗起来了，他们一定会变的，佃东是谋算人的，这大家全明白。孙贤良把拳头握得紧紧地说。他把她送了一截路，脚步轻快地走下了山坡。

大叔，慢些走啊！腊梅觉得还没进入位置，就掌握了承担怎么做的一些意想不到的群众倾向状况，心里踏实。周家垭距这里不算远，但也不近，至少得大半个时辰，但她感到不需要那么长时间，就会回到自己的家。

算计别人的人，结果却算计了自己，还没意识到自己的失策。柳化谋没想到的是，孙明义父子二人坚决支持申治平夫妇的棉织和丝织作坊。他坚信柳三安打听到孙家的行动是真实可靠的。因此，决定首先收回同孙明义来往较多的几家佃户所租种的土地，并将地边坎上栽种的桑树全部砍伐掉，不允许存根留苗，限定一律不准移栽任何地域。

柳晓云对父亲的做法，从不认同变为十分地不满。使性子同她父亲发生了激烈的争执，爹，你不能这样做！

你懂得个啥，为什么不能收回？

本来就是损人不利己，最后连损人利己都不是了。人家种棉养蚕碍咱家什么？

说你不懂就是不懂嘛。我们过去靠种棉织布起家，现在要以织丝发大财。

爹，那就去种桑养蚕呀！

不！我为啥要这样，不相信她山腊梅不同意合作，我也不相信控制不了那些租土地的佃农。娃，归根到底是用这样的办法迫使他们就范，你脑子要灵光一点。还有，你以后不要同孙明义来往，我不承认这个上门女婿。

为啥？

他和他老子租我的地，还同我作对！

人家哪一点和你作对，人家养人家的蚕，与你有啥相干！好了，你以往说的话不算数，那我承认一定同他相好，不让他做上门女婿。行吗？

你胆大包天，敢同老子顶嘴！

我咋敢顶撞你呢？我说得是实在话。你不让人家种桑养蚕，威逼人家做你的蚕农，刚才讲的不就是用这个套住人家。我看未必。再者，除了明义，我这一辈子哪怕不嫁，当个没男人的寡妇，也心甘情愿！

你看你看，这娃胡说开了，简直是疯话。

我没有说疯话，是真心实意的话。你要是爱你的女儿，就不要威胁那些要栽桑养蚕的佃农，更不能伤害孙明义一家。

你这是在要挟老爸，是不？我再给你说一遍，今后不许同孙明义来往，若叫人看见，我打断你的狗腿。

既然是狗腿，不是你女儿的腿，随你的便吧！

胡艳花听见父女俩发生严重的口角，赶快从里屋走到堂屋对柳化谋说，吵啥吵，就这么个乖女儿，还嫌弃啥呢？接着她把晓云拉进里屋，边走边劝，不要生你爸的气，说你也是为你好嘛！

柳化谋恼羞成怒，简直是反了天了，眼里还有没有这个爹了？

胡艳花回过身和声地制止了一句，不要说那些生气伤心的话，好不好。

柳晓云并没有被母亲制止反对她爹的话，而使她的气愤情绪平静下来。但她回到闺房，对母亲的开导和宽慰，没有任何过激的言辞表示。她的目光穿过东墙上的窗户，一直望着孙家梁上的那一院子，黑山顶上的蓝天、矮山旁的树林、汉江的流水、空中的飞鸟，静静地站在床前没有移动半步。是心里郁闷，还是神态沉重，她母亲也未能看得出来。她同平常一样，笑着送走母亲，将门关住，并上门闩，趴在梳妆台上，提起毛笔刷刷地写了几行字，将纸条塞进抽屉。听见她妈叫吃晚饭的喊声，好像刚才没有产生不愉快的心情一样，囫囵吞枣似的别了几筷子饭菜。心里打定了主意，脸上不露声色，向她爹妈说了句对不住的话，就安然地离开。

黑夜降临，月色朦胧。柳晓云等爹妈睡定后，从抽屉里取出那张纸条，蹑手蹑脚走到堂屋，把纸条放在神龛的条桌上，一声不响地离开二楼，走下一楼，穿过磨道房，轻轻地打开后小门，出去的那一瞬间，丝毫没有折回去的念想。她仔细瞅着护卫巡逻向门楼子那边走去，一侧身关上后门。此时，有一缕手电的亮光扫过来。她很快钻进后门外左侧的厕所，乘机走出登上茅厕后边的栎树梁，这时才想定到底要去哪里。这个要去的去处，要对自己不会造成人身的侵犯和行动的威胁，找孙明义，不能，一定不能去，会连累他本人及其全家的。对了，黑山湾最安全，不会有什么危险，这个亲戚应该会心疼我的。她想到这里，抬头仰望灰暗的夜空，有朦胧月光陪伴。于是迈起轻快的步伐，向板庙子方向的小路上走去。

早晨就是早晨，一切需要做的大小事情，必须从晨光升起来的那一刻开始。胡艳花起得早，洗脸后唯一要做的是，要给神龛祖上香，还要作揖叩头。她猛然发现条桌上放着一张纸条，心里觉得很奇怪，有一种不祥的感觉。赶快去打开晓云闺房的门，一下子惊慌失色，大声喊道，她爹，晓云不见了！

刚要出门的柳化谋拧身回到屋里，问道，咋不见了，赶紧找！他将大屋小屋、里屋外屋、楼下厨房、厕所找了个遍，也没找到女儿一丝影子。

这时，胡艳花才反应过来，把纸条递给柳化谋说，这是放在神台上的，你看是不是女儿写的。

柳化谋接过纸条一看，还没看见开头，落款柳晓云三个大字进入了他的眼帘。此刻，他恼火极了，疼爱和痛恨在胸中直折腾。

写些啥？

柳化谋这才把目光从后边的大字上，移到这封短信的开头：

爹妈：

女儿不孝，不告而别，请原谅。

在这里我想多说几句不该说的话，这些话是女儿的心里话，也许是你们无法接受的，或者引起愤怒，但不要过分地伤害自己，也不要责备你们心疼的女儿。

那就是种棉织布和栽桑养蚕，前者我家祖辈经营并置了那么大的家产，留给了后世，同样进入了历史，时至今日能不能为那些织布的小作坊着想，不要再限制和歧视那些棉农了？关于后者，是有所为的织布匠拓宽的项目，应该大力扶助，而不应该摧残，更不该企图变为自己掌控的作坊，或者借用人家所学的一技之长作为自己的劳工，成为再次发财买地的资本。或许曾是温暖的家，将来变成了寒冷的家。

　　还有一件事，曾是与爹妈商量过的，也征求了女儿的同意，让那个穷人家的娃孙明义做上门女婿，就因人家支持成立丝织社，你们说话不算数，反悔了。但女儿坚决不后悔。他家虽穷，却很勤劳。明义灵光又能干，富是用双手制造出来的，我就是要嫁这样的穷光蛋。我这辈子离不开他，非他不嫁。要是你二老坚持到底，还是那句话，哪怕是没男人的寡妇，也心甘情愿。

　　爹、妈，如果这样做下去，对我们有啥好处呢！

　　爹、妈，不管怎么说，我还是你们的女儿。我今后的日子无法估量，如果自食其力，即使不富裕，也一定会孝敬二老的。请爹妈放一百个心吧！

女儿，柳晓云

即日

　　最后的几句话，让柳化谋心有点发软了，对胡艳花摆着手，啥话都不要讲了，赶紧去找人。

　　到哪找呢？

　　孙明义家。

　　派护工去吧？

　　不行，派两个好一点的农工去就可以，千万不能让护工去。叫农工来一下，我得好好交代一下。

　　嗯。胡艳花理解，好一点的不就是亲近的农工？这样的人，虽然不多，也能挑选几个。

　　柳化谋将找女儿的想法，反复向两个农工叮咛了一番，心情才平稳下来，说，对女儿是不是苛刻了？

　　是有些暴躁。胡艳花不免有点怨气。

这两个农工哪，就爱狐假虎威，凭借柳化谋的吩咐大摇大摆地走进孙贤良的院坝，左顾右盼，一心想把要找的人，不用吹灰之力地找出来，以实现了柳老爷的急切心愿。观望了半天，没有一点动静，连一根头发丝也没见着。其中一个动声了，家里有人吗？

谁呀？孙贤良的老婆边询问边走出门。

柳老爷家的。

噢，那请坐。

不坐了。只到屋里见见贤良兄弟。两个农工进屋后东张西望，不见晓云的影子，就按照柳化谋不要露出话把子的吩咐，说，兄弟和侄子呢？

他爹在地里收拾桑树，叫他回来，我儿子上周家垭了，得几天。

不叫了，我们去看看。两个农工感到既不凑巧，又不如愿，只能按柳老爷指令，叫不到三个，抓一个也行。他俩赶快跑到刘家坪的地里，望见孙贤良正在修剪桑树，假惺惺地喊道，孙老兄，你该走大运了，我们老爷请你去一趟。

做啥？

不知道。

改日行不？

不行，现在就走！

老爷的意思？

是的，老爷这样说的。

孙贤良没猜透叫去干啥，不是收地就是伐桑，还有什么呢？是不是他女儿和我儿子的事，实在拿不准。不身临其境，哪能知道底细。无论如何，得走一趟。他有老爷的势子，我有穷人的骨气，怕啥。孙贤良想到这里，从桑树上跳在地上，把剪刀往篮子一放，又把剪下的枯枝败叶拢一起，说，送回去，咱们就走！

好，好，好，还是孙老兄识大体！

到了家，孙贤良对老婆使了眼色，悄声说，柳老爷请咱，明义回来告诉他就是了。

两个农工带着孙贤良走进了柳家院子，没有上正门的门楼子，而是带他从后门进了昏暗、阴森的磨道里。

你就在这里。

我就在这里！

是的，老爷什么时候见你，等着吧！

总算等到有人送来一盏桐油灯。

孙贤良在暗淡的灯光中扫视了一下磨道，这石磨好像很长时间没有被推动的痕迹，磨盘上满满的一层厚厚的灰尘，更不用担心这时有牛和驴，存粮的柜子也不存在。令他好奇的倒是石磨旁边铺了一些稻草，稻草上搁了一床破烂不堪的被子，被子旁边还有一个枕头。不禁想到，这是优厚的照料。我就是枕山挽水长大的，依天靠己吃饭的，不嫌弃这些，这也许是所谓老爷破落的开始。我这个想法，是不是太单纯、太愚昧了，只有天知道。

子夜。灯花跳了几下。

柳化谋拄着文明拐棍到地下室，问道，对不起，你知道不知道，为啥让你到这里来？

我哪能知道！

你儿子把我女儿勾引走了。你还装糊涂！

我娃凭啥勾搭你女儿？

不就是聪明才智，支持丝织业吗？

那是他们之间的无意联合，与我相干吗！

柳化谋生气了，提起旱烟袋锅子，在孙贤良的头上敲了两下。说得轻巧，与你脱不了干系。你们把我的女儿到底藏到哪儿了？

孙贤良攥着烟袋杆，怒声说，欺人过甚，是要自负的。我哪晓得，我儿子一辈光身，也不会干那种丢人现眼的事！

你不要见怪，我是找不到女儿心急，以为是你儿子串通她走的。

地知道。

那天也知道。

闭上眼睛就会明白的。

柳化谋听得不耐烦了，提着烟袋上了二楼。

孙贤良看着一闪一闪的灯光，坚信地意识到，你柳化谋女儿出走，究竟是怎么一回事？或许与自己儿子有千丝万缕的关系。他安安稳稳地坐在稻草上想受了、忍了、认了。

云哪，还是回去吧！

姑，我不回。

你不要和你爹拧瓷，拧瓷有啥好处。

姑，我没有作对呀！

回去吧，免得让你爹操心。

姑，他操心我嘛。柳晓云说着把嘴靠在她姑的耳边咕嘟着悄悄话。

你说啥，你爹让虚伪掩饰了一辈子，就不是一个真实、诚恳的爹。云哪，让山腊梅来办丝织社还不是为这个大家族嘛！不能用那种眼光看你爹，老人哪有不为自己儿女着想的呢！千万千万不能再那样想啦。

那他操心，为啥不想想女儿心里究竟是怎么想的。

不为你操心，咋能把孙贤良关在了磨道里，为了找你。你知道不？

是这样的吗？那我错怪了爹。柳晓云心里可不是这样想的，又说，看来我真的要回去了。姑，我立马就回。

我送你。

哪敢呢，谢谢姑了。柳晓云边说边冲出了门。她知道孙明义是在周家垭，正帮助山腊梅张罗成立丝织社，便疾步登上通向山梁子上那条细如肠子一样的小山路。这条路是到周家垭唯一的一条崎岖不平、坑坑洼洼的小路，小路的西边一片缓平地，东边坡陡沟深，被葱郁的桦树笼罩，万一踩蹿脚滚到里边，不是粉身碎骨，也摔个半拉不死，也许这片林木会无意地呵护。说也巧，有一股凉风吹过，随之飘起一团团云雾，追赶着拥抱着曾经相识的这位俏丽苗条的女子。是走、是跑、是爬、是飞，全是她脚下留下的痕迹。她也不记得进到腊梅丝房的时候，是啥样子了。见到孙明义，刚说了一句，大叔被我爹关在楼下磨道里。就倒在地面上，大汗淋漓。

孙明义连忙扶起柳晓云，不要紧，不要紧，我去同柳大爷交涉。

柳晓云似乎清醒了过来，你不能去，去了惹麻烦。还是我回去，你要理解。是我做得太荒唐，导致了这个祸端。

孙明义看到柳晓云筋疲力尽的样子，相劝道，不用自责，我无论如何得见见柳老爷。

柳晓云站了起来，直摇手，你不了解我爹，我回去最有效。不过，我对爹讲的话，你不要误会。

误会？

嗯，我回去给他承认不同你好，也不支持办丝业，他就会放了孙叔，也不会对你怎么样？

我从来没有误会过。是柳老爷言行不一，出尔反尔，我想他是对的。

明义，你这是什么意思？

我爹对我们俩的事，也很怀疑。

为啥？

门第悬殊，最终不可能成为眷属。

孙明义，你听着，不管什么门不当户不对，我就是认准了你这个穷小伙子。我们两个人的手是做什么的，就是要用勤劳的双手，去开辟新天地，创造我们自己的幸福。我就不沾我爹的那个光。

晓云，你千万不要激动。我也不完全是那样想的，咱们要面对现实，因为出乎意料的事常有发生，今天不是出现了吗！其他啥话都记在肚子里，哪怕烂了也行。

好，听你的。我赶紧回到村上，寻找的护卫见了肯定把我拉回去的。这下，我就用你不要误会的办法。

对，不误会，不误会。

那你专心出力帮助腊梅姐盖养蚕的房子和策划建立丝织社的一些事情。

那是的。我送你一截路？

不行，会惹事的。万一要让护卫瞧见，认为不是自己想通了，主动回去的。假戏真做，我爹才会相信。

尽管如此，孙明义没说一句话，还是把柳晓云送出周家院子，目送她上了路才返回盖房工地。

柳晓云走过一道一道坑坑洼洼的山路，跨过一条一条弯弯曲曲的溪水小沟，爬上一面高坡时，眼前豁然开朗，天空出现一片灿烂的阳光，沟壑里飘绕一团一团的云雾。她心里是高兴，还是忧愁，自己也难以表达清楚，只觉得离家很近了。当她走到邻近村子的时候，见到熟人就搭话，看见陌生的人也打岔，心急火燎，恨不得让护工很快找到自己。她自己对自己悄悄地说，谁也不知道回来做什么，知道的人，也会说不知道，就像天空中的星星相互照耀一样，星空的底子宽阔无垠哪！目光短浅，是看不透星光闪烁的奥妙和秘密的。不知怎的，她情不自禁地唱起来：

春日载阳，

有鸣仓庚。

女执懿筐，

遵彼微行，

爰求柔桑。

这女娃是疯子！

胡言乱语啥，听不懂！

嘿，这不是柳老爷的千金嘛！

是，是，是。着急寻找柳晓云的护工，听到议论声，抬眼望去高兴万分，大声喊道，小姐，赶快回家，柳老爷派我们到处找你呢！

找，找我做啥？柳晓云扬扬自得，故意问道。

不回不行吗？

不能。我们看见了你，不把你带回家，我们会受罚的。

很严重了。真的不回呢？

小姐，不要为难我们了。

我爹怎么说，你晓得吗？

不晓得。老爷吩咐只要回家，有话好好地说，不要再犟了。

我给你们讲，犟的脾气只能是逼出来的。不使你们为难，走，回！

一个护工进屋通报，一个护工在门楼子护着柳晓云。柳化谋一听女儿回来，喜不自胜，叫着胡艳花走出堂屋，去迎女儿回家。他走在头里，连连地说，回来就好回来就好。胡艳花拉着女儿的手，把妈担心死了，担心死了，不要再使性子了。柳晓云轻轻地说，妈，我知道了，是自己的不对。

进屋坐定。柳化谋压住恼怒，平心静气地说，你看你一意孤行，让这个家鸡飞狗跳，不得安宁。给你讲了那么多，还不是为了你好，不满意，也不能不言传就一走了之。实际上你要做的是卖家求穷，对日后有啥好处呢？

爹，是女儿的不是，姑也劝说是我的错。我究竟咋做好呢？

还是原来我给你讲的，想办法让山腊梅给我们合办丝织业，再就是同孙明义要一刀两断，不要藕断丝连，难分难解。我没说错的话，这次出走，就是这两个原因，后边是你出走的主要原因。

爹，猜透女儿心的莫过于自己的亲爹，我不同那个穷鬼打交道了，你放心。至于，丝织业怎么发展，谁来主办丝织社，不碍我什么大事，也不是那块料，绝不掺和，更不过问。还有，赶快让孙叔回家！

好，好，好。过一会儿，就放了孙贤良。晓云呀，如果要办丝织业，你是我的女儿，不能不参与，免得让山腊梅一些人主宰我们。

爹，办丝织业八字没见一撇，说那有啥用。

不对，不对，山腊梅联系了包兆、扈志根等棉织作坊，正在扩充他们的势力；我还听说，他们在修建厂房一些设备。我们不能不倍加重视，想法控制发展，进一步为我而办。这个结局，就要显示两方的抗衡和对弈了。我们有我们的优势，我们也要争取同行人的支持。

柳晓云微笑着点点头，心里默默地告诉估价过高的老爹，真正的长处不在你那里，而是潜伏在佃农之中，你为啥看不见他们的智慧和力量。她站起来说，爹，你可能是对的，我盼望有那一天。我想去看望一下孙叔。

又没上刑，有啥看的！

那我就去歇了。

好好歇歇，一定要替爹多想事。

你是我爹嘛，女儿胳膊咋能往外拐呢！爹，你不是给我讲过割股疗亲的故事吗？

是的，不止一次。

爹，不管你将来享福还是遭罪，我都会孝顺你。

胡艳花看着女儿这般乖巧，笑眯眯地说，一家人总是要为一家人的好嘛。

柳晓云撒娇似的说，妈，那是肯定的。

胡艳花把女儿手一拉，女娃乖，比男娃要听话些，晓云不比男娃差。

柳晓云一听，深明其意地淡然一笑。

柳化谋最近一直在思索，天向和人心变了，不知咋的一些佃农有点不服帖了，离汤离水的，不像以往那种气候了。他深深感到势头的转化对自己不利，与其坐以待毙，不如争他个鱼死网破。对胡艳花说，我们张罗办丝织业的方法有失误，不妨出击一下子，或许能扭转被动的局面。

胡艳花是个头脑机灵的老练女人，听了此话有同感，也不算是嘲笑的口气说，你呀，是傻瓜做媒，坑两头。失掉了同行，亏待了自己。从现在起，你我都出去联络联络。不过，山腊梅计谋过人，万万不可粗心大意。

柳化谋嘎嘎地笑了，差点没把眼泪都笑了出来，我老婆一句话点石成金，恰到好处。这样吧，明天，我带柳三安去找扈志根那一帮子，晓云陪你去说服包兆他们。我不相信，割不到麦子，还拾不到麦穗？

天空，乌云密布，山林、深沟、江河全被锁在阴沉的幕帘之中。山路上，偶尔有一团浓雾奔跑，好像在迷蒙路上的行人。

胡艳花出门上路，对这样的气候，总觉得不随心意，年轻时穿过云雾缭绕的境界，如梦如痴，恨不得同云远走逍遥；现在陷入这种境况却不耐其烦，忧心忡忡。云雾终于被甩掉了，她带着晓云爬呀爬，上了一面缓坡，直穿一道梁，绕过一凹垭子，没走几步，就进了包兆的院坝。一眼便瞧见一位驼背、矮个子的老妇，正在扫地，张口大叫，包嫂，忙着呢！

所谓的包嫂，就是包兆的老婆，叫高美盈，心地善良，为人厚道，成天忙于家务，从不挑唆是非。她对胡艳花的到来，并不觉得生疏。放下扫把，和气地招呼道，到屋里坐。

大哥在吗？

不在。等一会儿，就会回来。

到哪里去了？

男人家的事，我不知道。

胡艳花敢肯定，包嫂的确不知道。她虽是他的老婆，但也只是证明他们是一个完整的家，然而真正的缺失，是他不爱她，只当她是个恶心的摆设。好在为他生了一个传宗接代的儿子，这才免了一张休书。当他每次见到自己时，从那双眼睛发出的挑逗目光，完全显示出他是为自己心里的欲望在过日子，但也不敢越雷池半步。包兆眼前最关心的是儿媳妇生下一女后，再没生个儿子。多年来，他多次诱胁儿媳离家出走，却并未得逞。即使有这个非常慈善的婆婆一再开导，到头来却也无法挽救儿媳的生命。包嫂咋会察觉，那次劝说后，儿媳恭恭敬敬地跪在地上磕了三个响头说，妈，你好心，我一辈子都不会忘记，下辈子我还选你当婆婆。儿媳站起后，给她塞了六块钱，说，这是我平常省吃俭用攒下的，给你用，我还留得有不少的钱，是给女儿留下的。包嫂说，娃，要想得开，万一不能过在一起，你还是我孝顺的亲闺女。虽然你公公他心里没我，但这个想法我是不会有的，我没给他生个女娃，可还能认你这个女儿。对吧！儿媳高兴地笑了，妈，你就是我的亲妈。就在那天中午，儿媳在自己地里的一棵柿子树上自缢了。包嫂后悔没看好儿媳妇，哭了整整三天三夜。

包兆一反常态，对儿媳的后事处理，是完全听凭包嫂的，一切按照对待女儿一样的规格进行办理。唯一令包嫂不满意的是，既然是儿媳又是女儿，却不能进老祖宗的坟园。不过，她也想通了，还是答应安葬在老坟园的临界处，比野山野岭要亲近得多了，至少逢年过节有个香火照看，也让孙女知道有个早过世的亲妈。

包兆满脸喜气洋洋地回来了。他一脚踏进门，盯着胡艳花，妹子，你咋有工夫来这儿？

老哥咋说的，不该登你的门了。胡艳花笑着说。

不是，不是，你把门槛踢烂，我都不嫌弃。

老哥，你遇到啥事，这么高兴。

倒没有碰见与我至关紧要的事。是在回来的路上同孙明义攀谈了一阵子，那个英俊的小伙子，动脑筋，能想事，还会办事。

说啥了？

扩大棉织作坊和拓宽丝织作坊。闲扯，与咱无关。

进展咋样？

该差不多，管他呢！

不对吧，老哥，那会影响你的织布生意，都栽桑养蚕了，谁去种棉花？

哎呀，妹子，只要经营好，能养活一家几口人就满足了，还想发啥大财。不能同你们一样，置家买地呀！不那么想。

办丝织业呢？

管他呢，我不能脱离实际，去胡思乱想。

把他们拉过来，为我们做呢。

我们？

嗯，我们。

不是吧，是想为柳家做吧！

老哥的脑子就是能转弯。老爷想控制丝织业。

你们丝织技术和设备都不具备，想操纵，我看难上加难！照我看，你柳家那殷实的日子够可以了，操那么多的心，管那么多的事做啥！

你知道不知道，孙明义为山腊梅他们跑前跑后地筹备丝织社。

墙缝里透出来的，晓得一丁点。

你扶持吗？

我刚才说过，不妨我的作坊，不碍我的利益，为啥要反对，就叫他们做去呗。管他呢!

胡艳花摸清了包兆的真实想法，为联合起来共同应付差距太大的局面。于是撇开话题，使出一个连自己都不愿意的绝招。说，老哥，咱们该是攀亲托熟的时候了。

不懂。

真装糊涂。

哪得清楚。

我给你挑明说，你家有儿子，我家有女子。这还不明白吗!

不行，不行，岁数差距太大，不能伤害孩子。包兆睁大眼睛说。

柳晓云坐在一旁，听到她妈的话音，瞬间扰乱了她内心的平静。是疼爱女儿，还是把女儿往火坑里推，于是，又对母亲产生了愤恨的情绪。她瞪了她妈一眼，噔噔噔地出了门，飞快地奔向回家的路。

晓云，你回来!

柳晓云只听到自己疾步的风声，并没听见发怒的叫声。那种不归常理的声音，被树上的鸟儿喙走了。

包兆把胡艳花送到院坝，盯着她那一身艳丽的衣服，说，我不该有的，莫去硬争；你该有的，别人抢不走。管他呢!

两个人笑起来，笑得格外动人。

# 五

经过近两年的施工，制作丝绸缫丝、织造、印染和整理的新盖和改修房间基本完工。申治平觉得身上轻松了一大截，该是大显身手的时候了。山腊梅对织造间特别关心，在学习的时候，老师傅再三强调，由于蚕丝吸湿性强，一定要做好防潮工作。她对这间房子里的地面、墙壁、楼板和窗户做了特殊的处理，把湿度降低到最佳程度，保证每个步骤都不会出岔子。

对完善制作丝绸的各种设备和要求方面，申治平是拗不过的，她说一，他不讲二。因为这关系到丝绸业的发展是否成功，是一件重要的大事。她学过这门技术，又有这方面的手艺，顺从她是理所当然的。她心眼灵，伶俐、聪明，不会把好事办坏的。山腊梅并不认为丈夫的事事服从，意味着他就不是丝绸业的主人了。他勤苦劳作，生活节俭，踏实诚恳于丝绸业，是能担当重任的男人。千万要摆正自己的位置，不能忽视他的尊严，不能低估他的智慧。所以，他不讲不同意见的时候，恰恰说明两人想到一块儿了，并不是自己高明于他。山腊梅把最后一张防潮纸贴在窗户上，叫道，治平，你来看防潮间收拾得行不行。

申治平没想到媳妇这样问自己，没多考虑，脱口而出，行，咋不行呢？

山腊梅一手把他拉进房子，仔细地看看！

申治平环视四面墙壁，地下楼上，说，我不懂啊，憨人哪。是不是太严实了？

山腊梅微笑着说，潮湿的季节关严点，根据一天的干湿度可透风，干燥的季节，可以打开窗户，它是活动的。

只有两个人在屋里说话，瓮声瓮气的，别人很难听见。

申治平随着山腊梅走出门外，遥望汉江南岸边的南黑山，又想到所在位置头顶背后的北黑山。南黑山，有人私下里称为男黑山，这山下有五十三台阶最为出名；北黑山有人私下里称女黑山，黑山下有龙王洞，又称黄龙洞，在此烧香求福的人不在少数。他不知是心血来潮，还是怎么的，突然喊，腊梅，咱们上一回黑山吧！

做啥？

这个，那个，到黄龙洞。

黄龙洞既没有桑林，又不能养蚕。去做啥？

闲逛。

这么忙，哪有时间游山玩水。我不去！

不是的，我们上山进个香。

去烧香，该有个名堂。

申治平心里想了又想，不好开口讲明白。不过这个打算，在他心里已经理了好长好长时间。眼下丝绸业进展顺利，开张为期不远，高兴得实在憋不住了，才有了这个连山腊梅也不会猜到的想法。他抬起右手臂，上到胸口下至小肚门，做了一个弧形的示意动作。

山腊梅对这个动作十分敏感，肚子，肚子要鼓起来。她本能地意识到她也巴望自己的肚子里能有一个两人的结晶，可多年来，却不见影子。而且，小宝贝的出生，会让这个家更幸福美满。她答应了，咱们腾点工夫上山吧！

天空如洗，阳光灿烂。

当申治平跛着双腿来到黑山下时，晴朗的天空，突然间布满了一块一块的云彩。山腊梅扶着他，坐在一块石头上，俯视起绵亘跌宕的群山和弯弯曲曲的汉江，不禁心旷神怡，眼花缭乱。身在山中，不知山高，只有站在高处，才领略到山河的壮丽雄伟。这时更能看清黑山下的美景。山前云雾缭绕，山峰在云海中若隐若现，阳光在云空中忽明忽暗。一阵一阵山风带着一团一团云雾，漫步飘游，忽上忽下，忽快忽慢。也许是随风的性格，云雾一时缓步祥和，一时飞驰翻滚，那种气势，变幻莫测，神奇从容，使他俩惊叹不已。阳光揭开了雾罩，黑山下呈现出既聚集又分散的石林。它坐落在山里的各个角落，相偎在山势之间，如雕琢而成，形状各异，仪态万千。石林并不孤单，身旁有溪流陪伴，似乎能听见水声、鸟声，感觉有鱼、龟从身边游过，也有很多的男女老少来此观望。

山腊梅收回目光，发现在近处不远的山坡上一株一株鸢尾花，喊道，这里有很多老鸦蒜，开的花晶莹剔透，紫蓝色，真好看。

啥？啥桂花？

是鸢尾花。听妈讲过，可制作香水。

稀罕。那是遥远的想象。

是的。你看还有那么多品种的花，刺玫花、苦菊花、金银花、山茶花、兰草花、黄栌花、马桑花、沙枣花、十里香，颜色繁多，光彩悦目啊！

这是申治平从来都没有说过的一句话，眼下他真心实意地要借题发挥了。腊梅，你也是一朵花，叫蜡梅花呀！

山腊梅抿嘴笑了，笑得很甜蜜。

申治平站起来，说，咱们走，上黄龙洞。

她扶着他爬了一阵子山坡，穿过茂密的树林，终于到了黄龙洞的洞前。

眼前并非是虚构的惊讶。悬崖峭壁的接地处，露出一个大大的洞口。谁也无法断定，是不是龙拱开的，是否世上真有龙，而且是黄龙。谁见过吗？恐怕没有！但这个洞确是真实的，地理变迁，自然造就。如麦哲伦发现新大陆一样，它早就存在着，占领着无人问津的那个空间。当然，这只是小巫见大巫，不足为奇。这黄龙洞里一片乌黑，深不见底，难以想象里边究竟是什么样子。

申治平静静地站着，一再直眼而望，很想发现洞里隐藏的秘密。如果从这里出发，穿过黑暗，从那边的洞口走出，会不会是另一个世界，还会不会闻到蜡梅花的香味？他把山腊梅拉到身旁，说，咱们上香烧纸，许愿吧！

山腊梅十分明白他的意思，恭敬地紧挨身边，望着黄龙洞。同申治平一起合手叨念，向上天祈子。

申治平离开时，从兜里取出事先准备好的火纸，将纸灰，神秘地包严卷紧，递给山腊梅，说，每早每晚冲喝一次，会如愿的。

山腊梅想笑又不能笑，这能当药吃？愚昧无知。神哪神，真是既能愚弄人，又能害死人。她说了一声，那就拿回去吧！

他俩返回时，路过王家院子前边的棉花地，可见一棉农老汉正在田间管理。申治平将了将肥壮的棉花，问，种棉花不担心吗？

王老汉放下手中的剪子，扬起头说，申师傅，孙明义讲了，扩大种棉面积，没有啥忧虑的。有你这大匠人，我们放心。

申治平双手抱拳，摇着说，谢了老人家，谢谢你的信任。

紧挨着王家的地，就是谢家前头的山坡地，一眼望去，全栽上绿茵茵的桑树。

山腊梅叫了一声，便走进桑园，对正在修枝剪叶的中年妇女说，你家的桑园真不小，多不多？

不多，不多，多养几张蚕蛮行的。

你想过没想过，养蚕有出路吗？

有，有。孙明义给他舅讲了，要成立丝织社，只靠我们这一家这一点还不够，还要大家伙一起种桑，才能把丝织生意做大。

孙明义是你外甥？

嗯，那娃做事踏实。左邻右舍，邻乡邻村凡是种桑的他都跑了一遍，他正在落实各家各户养蚕的张数。

是，是，是，这娃真能干。

申治平听了这番话，喜出望外，他们把事情做得这么扎实。柳老爷，柳老爷，看你还能搞出个啥名堂！

山腊梅低声说，不能这样小看柳化谋，他的诡计多着呢！

对，小心他掐我们脖子。

出了谢家前头，走在板庙子路上，山腊梅冒出了一句话，古代皇帝还奖励蚕农呢！

你咋知道的？

我在兴安学手艺时，听老师傅讲的。

那或许是真的。

是真的，西汉皇帝为嘉奖蚕桑业，专门给蚕农御赐一种圣物，现在不知流落在啥地方。

久远了，难得找到。咱们用心做就是了。

对。丝绸走得可远啦，从西安运到大秦国。

哪走出去啦，不是秦国嘛！

那是罗马帝国。远哪！

哦，哦，咱没读过历史，没学过地理。傻呀！

学过，就聪明一点。哪是傻！

说话间，突然从路边的森林里蹿出两个蒙面人，手持棍棒拦在路中间。不由分说，先把申治平拦腰打了一棍，接着被掀滚在路边草丛里。山腊梅赶忙去阻挡，大腿部也挨了一棒，被踢倒在地。她也不知道，怎么能喊出尖厉而又愤怒的呼叫声，打人了，抢人了，救人哪！

天命，天命，在危险时刻总有贵人相救。从路前不远的地方传出震天动地的吼声，光天化日之下抢人，强盗、土匪！说时迟，那时快，那人嗖的一声冲了过来，把那两个蒙面人打得稀里哗啦，吓得屁滚尿流，跪在地上，连连求饶，我俩不是强盗，也不是土匪。老总，饶命！

原来是一位军官打扮的人路过这里，路见不平，挺身而出。他勇武地站在蒙面人面前，质问道，为啥要打人抢人？

老总，我们是只打不抢，只要伤残就算成了。

为什么？

不大清楚，只晓得是与栽桑养蚕有关。

这时一个蒙面人乘机逃跑了。军官抓住另一个，呵斥道，把面罩卸掉，露出你的真面目！

老总，饶恕吧！我是农工，不是我心甘情愿要伤人的。

那是谁指示的？

柳家院子的人。

是谁？

我实在不敢说，万一让他知道，我就没命了。

申治平和山腊梅俩都成了跛子，好不容易挪步，到那老总的旁边。山腊梅死死盯着那位柳家派来的农工，既恼怒，又愤恨。柳化谋这种无耻、卑鄙的行径，能得逞吗！

怎么办？军官问。

算了，放他走吧！山腊梅说。

军官挥了挥手臂，那农工一溜烟跑走了。他转过头看到申治平和山腊梅行走不方便，便护送他们到百草堂医治。正在医生检查诊断的时候，军官转身出门走了。山腊梅过意不去，埋怨自己，没问是哪个部队的，更没问人家的名字，甚至还没谢人家呢。不过，她很留神，看见他耳朵后有一颗黑记。心想，明黶暗记，是一位有福的人。

注：此圣物为“鎏金铜蚕”，1984 年出土于陕西省石泉县池河镇，属国家一级文物。

# 六

　　强仁愿当了管家兼账房先生，觉得与腊梅更近了，更亲了，心里觉得更甜蜜了。

　　山腊梅在宣布他任职的那天，就耐心地训导了一番，干我们这一行，做啥要有思路、有条理，不要乱麻一窝，没个头绪。只要用心灵去思考，去织布染色，就会有出头之日。在我们这山里，有了结果，你就是有本事的人，你就是一个能人，所以大家一定要好好干。如今只要把丝染作坊做好了，你就会超过你的师父。到那时，你就能出人头地。听到了没有？记好了，莫忘记。

　　强仁愿倾听这些话的时候，直直地望着师娘，连连地点头。当他出门时，情不自禁地回过头瞄了师娘一眼，心里泛起的涟漪催他快点走了出去。他一时竟感到天是蓝蓝的，云是白白的，林是绿绿的，水是清清的，师娘点化自己开了心窍。心想一定要和师父一样，站在他的站台上，坐在他的织布机或织丝机上，去面对师娘。让她的丝织染坊更加丰富多彩。我会不会成为师父的角色，就要看自己的努力奋斗、拼搏争取了。强仁愿的心的确膨胀了，至于是雄心，还是野心，很难分辨，是大家都应该具备的欲望。一切从头开始，要的是最终的结果。

　　山腊梅听孙明义说，包兆对他的印象不错，但对发展棉织和丝织作坊的态度不明朗。她准备带强仁愿去一趟，摸清包兆的真正想法。申治平不知是否觉察到了什么，说啥都不同意强仁愿跟随陪同。山腊梅也蒙了，不过细想，不去也好，免得惹是非。申治平提议让孙明义一块儿去，更好些。山腊梅想一个人随便、自在些，便独自一个人上了路。当她走到孙家那坡路过谢庄子时，发现地湾中间横卧一座破烂不堪的石板房，几乎塌陷在地上。她望了望房屋周围即将发黄的小麦，索性走进了杂草丛生的院坝，敲了几下门，没有什么动静。她转身看见竹杠上搭着滴水的衣服，断定屋里是有人的。于是，又敲了几下门。这时走出一位挺着大肚子的女人，头发乱蓬蓬的，衣服穿得倒很干净，补的补丁不少。山腊梅反复打量，这女人大约三十多岁，中等个儿，面容憔悴，虽不那么秀气，但十分地耐看。她问，有开水吗？

那女人清脆地应了一声，有，到屋里坐！

山腊梅跟着进了屋，也没看见坐的凳子。

那女人眼尖，你坐床上吧！

不，我站着就行。

那女人意识到床上既脏又乱，没再强求，她坐在那儿，顺便提起铜壶倒了一大碗开水，语气很柔和，开水，凉的，你喝！

山腊梅这时才觉察到这个屋子里充满了凄凉的气氛，满眼发出惊异的目光，掌柜的不在？

那女人低下头，看着地，几乎听不到她声音，不在！

房前屋后的地是你家的？

嗯，他在时，租的柳老爷的地。

快收麦了，咋出去了？

外出六年了，没个音信。我就是个活寡妇！

去哪儿了？

在外省，当空军。

山腊梅心里咯噔了一下，心想，那肚子怎么大了！但没有深问，因为看她的家境是非常悲惨的。一定是意外的遭遇，她是在熬日子。于是，掏了两块钱塞进她手里说，别嫌少，拿着用。

那女人再三推让不接收，最后在山腊梅劝说下，才把钱放在桌子上，而没有立马装在兜里。这个不搭眼的细节，使山腊梅认定，这个女人不是一个小气的女人！联想到刚才倒开水时，开始拿了一个小碗，接着换了一个大的瓷碗，还说开水有的是，解渴足够喝了。不大一会儿又进里屋拿了几个桃子摆在桌上，还催促快吃。山腊梅只看不动手。那女人自言自语，没洗没削皮叫人家咋吃。于是，从房边破案板上取了一把不知从哪个年代留下来的菜刀，说，削了吃吧。

山腊梅看她这样身世，婉言谢绝，顺便问，包兆家住在哪里？

她把着腐烂的门枋伸手往西南边一指，孙家那坡梁上头的那一家，那座高大的新瓦房是刚盖不久。人家会织布手艺，比一般人的日子好过些。但要同柳老爷相比较，仍是一个天上，一个地下，实在差远了。他们的关系很密切。她看到山腊梅要走，顺手从桌子上把钱拿过来，说，这钱不能收，一不沾亲，二不带故，凭啥要用你的钱。

山腊梅将她胳膊推回去，不由自主地说了一句，咱们都是女人嘛！你一定收下，等于我借给你的好吗！我以后还会来看望你的。

那女人一欠身，那就谢谢你啦！妹子，叫啥名？

山腊梅，你呢？

水彩莲。

这名起得真好。哎，彩莲，我想问你，包兆这织布匠咋样？

水彩莲闷着头，想了半会儿，说，有手艺，不葛人，同柳老爷家交往多一些。这人罢了。

好。知道了。我一定会再来的。

水彩莲看着山腊梅上了路，招手叮咛道，过细，慢走啊！


山腊梅按彩莲指的路线，过了一条沟，上了一面缓坡，径直走进那座新瓦房。堂屋的左边小房子里的织布机上，坐着一位约莫五十多岁的男人。她认定，这应该是彩莲给介绍的包兆。于是，她站在房门口，轻声地自我介绍道，包大伯，我是黑山湾周家垭申治平的家里人。

包兆闻声将手中的梭子收住，转过面，噢，噢，噢，申治平，同行，熟悉；你，听说过没见过，你爹，我们常叫他精灵的山老汉，有你这个女儿，是他老人家的福气。我还知道，你们申家的棉织坊红火，正在筹备丝织社，好事，大好事。腊梅，快坐快坐。

谢谢大伯的夸奖，还不行。山腊梅接着开门见山地说，我掌柜的行动不方便，让我来向老师傅求艺传经，支持我们扩大棉织规模，拓宽丝织项目。

包兆沉思了半天，下了织布机，慢条斯理地说，腊梅呀，这年头青黄不接，兵荒马乱的，能保住温饱，不露屁股就算不错了；你们那样规划，倒是振奋人心的，可要真正实现挺难的。可喜的是，你们有一个眉目，难能可贵。不过，你们要相互借鉴，取长补短。经营嘛，得坚守一个诚信和质量。丝织业，我不太懂，就棉织而言，随行就市，价格不能过高，也不能过低。过高了，百姓买不起；过低了，保不住成本。总之，只要有所盈余，就心满意足了。切记，不要漫天要价。

山腊梅万万没有想到，没有提到的，他都讲得那么多那么实在，这也是一种看不见的支持和帮助。她试探性地问，我们能不能合伙做丝绸生意？

包兆摇了摇头说，对合伙之事不感兴趣，我刚才说了那么多，对你们的想法是很欣赏的。从现实讲，我快步入花甲之年了，合伙不大可能，况且也没有传承人。不过，我可以给你引荐一个人。

谁？

孙明义，这娃是个人才。他在做丝绸的事，是一把好手。

山腊梅想到，包兆肯定知道他在做丝绸，有这样的态度就很好了，只要不做绊脚石，就是给了微妙的力量。她从彩莲口中得知，包兆同柳老爷和太太关系亲密，有意放话说，我看过柳老爷在孙家梁上的那一院房子，可以改造成为养蚕室。如果他能借给我们，就算他宽宏大量。

包兆思索着说，据我掌握不大可能。他想的是，拉你们一块儿做丝织业。

山腊梅心里明知这个底细，却装着不明白地说，原来是这样。

她离开时，包兆反复叮咛，日后办啥事，一定要细发一些，不然会走弯路。

山腊梅觉得这话里有话，不外乎指的是柳老爷在挡磕。又想包兆这样好心的人，怎么会逼死儿媳妇呢，不会吧？或许是儿子未能传香火的原因吧！

包兆送走山腊梅后返回堂屋，一直盯着小屋里安装的一架小型织布机。

心想要是我的孙女将来能像腊梅这娃一样，就有指望了。徒劳，胡思乱想什么呀，徒劳，你知道儿子的盘算是啥，是在乡间，还是在城里呢！

山腊梅从县城里买颜料回来，刚踏进院子，就被急急忙忙赶来的孙明义挡住了，姐，柳三安找我了。

找你说啥了？山腊梅边进屋边追问。

柳老爷让他传话，孙家梁上的院子不能借。

为啥？

他也要养蚕。

山腊梅撇嘴一笑，那是假的，是同我们撬杠。

要我想，又在玩心眼。还说，申家棉织和丝织一同搬迁柳家，坚决不答应。理由是，他棉织停多年了，不想做，要瘸子是白养活；光要丝织坊，看中的是你的手艺。

老调重弹，我见识过；又在施手段，逼迫我们就范。谈何容易！山腊梅想了半会儿，又说，明义，我们也来将他一军，试探他怎么着。

对，兵来将挡，水来土掩。他能难住我们，才怪呢！

你现在就去传话，不要瘸子，不要棉织坊，难办；不借那院房子，我们自己建新房。

孙明义心想，丝织用房不是都安排妥当了，要那院子干啥？他多嘴说，要那房是多余的。

山腊梅挑明说，只兴他威逼我们，就不让我们诱惑他呀？再说，准备得宽展一点，兴许在发展时还能用得上，不会闲置的。

好。我立马就去找他们。孙明义出门就走。

山腊梅立即纠正说，任何人不要找，就是要见柳家的大老爷。

一定！孙明义在这个人世上，结识了不少的人，包括兄弟们的、姊妹们的，在一起都是很快活的，但只是一种相聚的欢乐，真正达到了如指掌还谈不上，更不要说至心崇拜了。他一直确认，山腊梅的每句话永远都是正确的，这与自己没有那么多的见识有关。所以，他说了铿锵有力的两个字。

山腊梅等了一会儿，对申治平说，就让明义去做说客吧！咱们的丝织设备基本就绪，颜料也买回来了，工人们也信心十足。你看，咱们的丝织规模能不能上去？

肯定红火。

你就这么断言！

信心百倍。

就这么自信！

有你有我。

还有棉农、蚕农。

他们是丝织社的靠山。

再加上柳家大老爷的撬杠，我们不能不借用这种看来是坏事的外力。不能忽视，值得注意。

申治平看了看各种颜色，眼花缭乱，心里踏踏实实地坐上织布机。只见梭子在他的手中来回飞穿，发出嗖嗖的声音，好像没有谱曲的音乐，悦耳动听。

山腊梅表面看起来非常镇定，实际上她心里特别地着急。着急的是，尽早弄清他还要找的"麻烦"，设法破除所谓的障碍。她操心孙明义一行的结果。


为了见柳化谋，孙明义实在是迫不及待，刻不容缓。当他疾步登上柳家梁山头时，发现柳化谋一个人在那座石塔前散步溜达，心里早想好了如何找人通报，却没想到是这种尴尬的相遇场面。他精神抖擞地直接穿过石塔旁边的牧羊小道，假装没看见。在走到与石塔平行的那一瞬间，他斜眼一瞥，发觉柳化谋放眼直盯着自己，未理睬，绕过草丛往前走。

孙明义，干啥呢？柳化谋终于开口喊叫了。

我在找菌子。孙明义边拨开草丛，边转过面说。

眼窝长到头顶了。

这不是柳大老爷吗！

你还认得我？

咋不认得？你做的好事件件不忘。

是吗？

那还能有假？

我问你，丝绸办得咋样？

不怎么好。我听别人讲，你让瘸子和棉织坊不搬了，孙家梁上房子也不肯借，人家决定自己重建。人家正为难呢！

究竟是听谁讲的，还是你心里想的？你给我说实话。

确实的。柳老爷，说到这儿，我想你该做何打算？真实的想法到底是啥？

你这个孙明义，是来套我的话呀？

哪敢呢？咋敢在老爷头上动土？

我真有想法，也不能告诉你！

谁同你交涉才行？

山腊梅。

我是专来请教你的，行不行？

柳化谋扬起头，放射出两道蔑视的目光，不够格！

孙明义也笑了，我转告山腊梅，让她见你。在什么地方？

柳化谋想了好半天，没有个回话，凝心考虑在什么地方合适，反正不能到我院子里。最后说，你定吧！

孙明义经过衡量，到柳家不合适，去我家也不妥当，总得定个都可以接受的地方。他脱口而出，老爷，就在山腊梅她妈家，如何？

柳化谋同意了，就在那里，没什么干扰，她爹山老汉在世时是佃农，屋里人也不多事。啥时间？

老爷，你定！

那就明天早饭后吧！柳化谋又瞥了孙明义一眼，猛不棱登地说，你要同晓云彻底中断联系，听见了没有？

柳老爷，那就一言为定。你刚才讲的不知所云，我从未联系她呀！

好，死了心就算你娃有义，那你走吧！

山腊梅在太阳刚出山头时，就赶回了娘家，同妈一见面就心疼地说，叫你跟我们一起过，你一个人多孤单，女儿实在过意不去。

她妈拉着女儿的手，不寂寞，有你爹的桑树陪伴，心里蛮热火的。再说，我的身子硬朗，人越闲，身就越懒，人越勤快，生命就越长寿。还是想哪，你们办丝社，那丝不是蚕吐出来的，要吐丝就得吃桑叶。只要我育好嫩桑，蚕吃了吐出更长的丝，也就心满意足了。

好，你不要太劳累了，桑农也靠实了，有些人不听柳家的左右，支持我们哪！

那就好，谢天谢地。腊梅呀，我真想早抱孙子啊！

好，莫操心，总会有那么一天的。

这时，只听门外传来粗鲁的叫声，山腊梅回娘家了吗？

山腊梅不慌不忙地走出门，应声道，回来了。柳大老爷进屋坐。

柳化谋大模大样地走进屋，一看破旧的方桌上搁着几个茶杯，是满意还是失望自己也弄不清。只是穷人尽心了，还有什么过分挑剔的呢？他坐下来说了一句，言而有信吧！

山腊梅琢磨着他说的话而坐在椅子上，说道，柳老爷，我也绝没食言。柳老爷光顾佃户寒舍，不胜非常荣幸，慢怠你了，实在过意不去。

不客套了。

老爷非要见后辈，不知有什么要指教的？

孙明义这个不地道的娃，说什么棉织不搬迁，和申匠人不一起随同，好像是很不好办，那房子不借了。是吧？

是的，确实是真的，讲得一点都没错。

为什么？

老爷，你不会想不到吧。你的织布早就停业了，我们的棉织为啥要迁到你的名下？申师傅行动不方便，万一留下来，他怎么生活？这样一来，既拆散了我们的家，又毁了刚开始启动的丝织业。所以，我们商量过多次，这一步棋走不得，不能走了马，损了车。

柳化谋端起茶杯，并不是要喝茶，琢磨着这话好像没回旋的余地，照应之前估计的那样。他口气很重地说，非这样不可了？

就是的。

腊梅呀，你年纪轻轻的，马也不走，车也不出，可要小心卒子掉进河里淹死了！

这卒子该指的是佃农吧，车马都动，担保卒子活得好。卒子出事了，你我大概都活得不自在。

嘿呀，这腊梅的脑筋还是挺完美的。你看这样行不行？给你们让一条路。

啥路？

既然到了这地步，就网开一面，棉织作坊不搬了，孙家梁上那院子借给你，但我要派人到你那里参与丝织社。这是最大的妥协退让。

山腊梅没立即回答，心里掂量着，他又想要啥花招，你有你的奸计，我有我的轨道。那就走着瞧，难不成你柳化谋还有戳天的本事。她决心下定，干干脆脆地说，柳大爷，就按你讲的办。又问道，派谁，能不能确定？

柳化谋不假思索地回答，柳三安，我亲侄子，你该知道吧。

知道知道。经常帮你去收租。柳家大小人，哪个不清楚呢？

一言为定。

没说的。

能不能再商量一下，是否减少种棉面积，保证种粮亩数？

这个嘛，我们已经划算过了，多半都用的薄瘠地，不影响粮食的生产。

薄瘠地也是地，没粮人咋活呀。再说，我也难收到足够的秫租。

民以食为天是对的，但不能不穿衣，衣服是用棉花纺线来做的呀！

没错，人靠衣，马靠鞍。线能织布，线是从棉花抽出来的。对不起，如果农民交不上租子，那我就不客气了，直接找你算账。

山腊梅猛然问，那如果遭遇天灾人祸呢？

柳化谋瞅着天空的云，手一甩，大摇大摆地走出了门，回头淡淡一笑，你咋不想风调雨顺呢！

实际上，山腊梅从柳化谋的话里，完全听出了隐藏的秘密。她在他狡黠的目光中，又看透了那种意料之中的企图。就在此处境中，不得不牵着牛鼻子走路。

柳化谋走了不多远，又转过身，好像不认识自己佃农那茅草房似的，耸了耸两肩，挤眉弄眼地笑着走了。

妈，我走了。你可要将息着做活，不要太累了。山腊梅关心地说。

你放心，不就照看你爹栽种的那几堎桑树嘛，有啥累的。她妈说着，心里又嘀咕了好一阵子，又深知一二地开了口，腊梅，你要不到梁家院子里头的五十三礓磜去一趟？

山腊梅一清二楚地明白，妈要叫去那儿干什么。她唯命是从地说，妈，听你的，我改日就去。

娃，你现在就去，今天是个好日子。

山腊梅不得不听妈的话。她小时候，上过薛家湾寺庙的五十三级险陡的石台阶，站在庙门前向下一望汉江，再收视脚下，悬崖险峻，山势陡峭，似削墙而立。蓦然间，令人胆战心惊。听爹讲过，到庙里上香拜佛的那些祈福男女，必须举止庄重，神情严肃，一步一步地沿石台阶而上，以表示自己的虔诚。至于梁家院子里的五十三礓磜，有所耳闻，那是求生儿女的洞天浅井。她摸着兜里有几枚铜钱，去就去吧，就是多走几里路，算什么，撵黑前赶回去，就不会误事。

没费多少工夫，山腊梅就从薛家湾渡口过了汉江，经黑沟口很快到了梁家院子。她站在梁家嘴前的泥沙上，回望那座寺庙，想起在渡口被柳家所谓"邀请"的举动而身临对峙的境地，仍感到记忆犹新，永不可忘却，反之，就会茫然失措，陷于困境。

这时有位白头发的老婆路过，以为她寻不着路，便声音沙哑地问，姑娘，你想到哪儿去呢？

山腊梅抬头一看，这位老婆满脸皱纹，稀疏的头发几乎白光了。她饱

经沧桑，阅历肯定要比自己多得多，开口说，过了梁嘴子，是不是距离梁
家院子不远了？

是的，你是哪儿的？

周家垭。

做啥？

走亲戚。

我听我亲戚孙贤良讲过，你们那里有个叫山腊梅的姑娘蛮能干，还善
良，正在同丈夫一起办丝绸作坊。你知道不？

清楚点。咋啦？

她同柳老爷在为做丝织发生对抗，那人奸狡虚伪，不讲信义，得要小
心点。丝织办起来，咱们栽桑、养蚕可赚点钱哪！

噢。我见了，一定把你的话转告给她。

你认识？

认识认识，还很相好。

我还听些闲言碎语，她成婚五六年了，还没出怀。梁家院子里边不远，
有个五十三礓磜，有个天水井，很灵验的。捎话叫她来许个愿，或许会心想
事成。

谢谢大娘，我一定把话带到。

没想到素不相识的老大娘，如此地关心丝织业，看来这条路走对了。
妈的期盼，老大娘的心意，百分之百地要领情，同时也是在散心，也算是
见一回风景吧。山腊梅想到这里，大踏步地走进了梁家院子深处，抬头一
望，那一层一层的台阶是不是五十三级，无意去认真数它。好像是登天梯，
紧靠着陡峭的石崖，登上石梯最高处，是一块不大的石盘，只能站立两个
人，最多能再挤上一个人。她屏息站定，望着天水井，清亮透底，明澈如
镜，映入眼帘的是井底层沉积的厚厚的闪光的铜钱，有多少，只有天眼才
能催促它们自报数字。这不是数字，而是降生的活泼乱跳的生命；这不是
铜钱，而是维持深爱的角逐。相信吗？不可能，不管怎么想，山腊梅还是
掏出一枚铜钱，捧在胸前，不知道自言自语些什么，没感觉选择啥样的方

位，一撒手，铜钱嘶的一声像扎猛子一样，扎在井底和那些同伙混在一起，一动不动。她搭眼一扫，阳面在上，阴面往下，是不是符合许愿者的期待，那就要审视传说中的结果了。她带着一切都尽如人意的想法，轻快地离开了五十三礓磳。

夕阳燃烧。山林朦胧。

山腊梅回到家的时候，太阳快落山了。在丝织房里久等的孙明义，赶忙过去问，谈得咋样？

答是答应了，不过这里边有名堂，柳化谋提出要派柳三安来学丝织手艺。

你同意了吗？

我允许他派这个人。我给你讲，柳三安来了以后，你要处处留神点，防止他暗地里做小动作。

申治平嗯了一声，同柳化谋这个人打交道多年了，脑子里的环环可多，闹不好就被他套住，叫是吃亏。

孙明义把手一伸说，来了也好，在眼前拽住狐狸的尾巴岂不更好？是他送上门的，应该接收。

申治平同意孙明义的看法，好像在赞赏自己的老婆，有远见，有远见。

山腊梅谦虚地说，那倒不是的，是他逼得不得不这么做，也算是对手送给的聪明。

姐，你真随机应变，柳老爷他能奈何！

明义，不要这么讲，这是大家为我出的好主意。他柳化谋机关算尽，也毫无办法，但我们决不能草率行事。

孙明义不由自主地点点头，申师傅，姐，我会认真仔细地把好丝织的每一道关。你们的那十几个织工，还有马上来的柳三安，疑人不用，用人不疑。我丑话讲在前边，我得提防点每一个人的行为，防止发生不可预测的曲折，或者是灾难。

夫妻两个没有异议，这样才能有可信的起点，不然谁来挑起丝织业的担子呢！山腊梅把话说得很直接，明义，我和你哥都认为你能做好，你要提防柳化谋拿你和晓云的事要挟你。

姐，没那一回事，柳化谋在戏耍人，柳晓云虽不是那样的，但她背叛她爹，她会苦恼一辈子，你们信不信？反正我信。

明义，晓云同她爹拧着呢，出走为啥，为你，不明白吗？

那是逼她的，我知道。

哎呀，这个社会哪都会有顺从的，不是你想咋做就咋做，没有规矩哪能行。她爹没洗心革面，沿袭封建礼教，而她却脱胎换骨。咋不能接受呢，别误会她的心意。

姐，你说啥都是对的，我不会反驳，可心里总有一个疙瘩解不开。

啥呀？

她爹在戏弄穷人，穷人不可高攀，他却要招女婿入赘，后由于我和爹支持栽桑养蚕，就一百八十度转弯，咋想得通？

好，慢慢地想，以后的路很长，而且曲曲弯弯。但这条路不会冤枉行路的每一个人。

但我说的是另外一层意思，是你真正地要对柳化谋的内心深处有所探知，不然会上当受骗，让大家都会遭殃。千万不被他所谓的善意和笑脸迷惑了眼睛，不要等到了另一个世界，才看清他狡诈的面孔。


柳化谋自以为不用吹灰之力，使山腊梅答应了自己的条件，扬扬自得，得意忘形。吆喝着叫来了柳三安和女儿，无法克制地兴奋，山腊梅最终还是依了我们。他伸出攥得紧紧的拳头，显示出那主动权就在这儿。他又提高嗓门，较量了一番，到头来他们败北如此，连一根麦秆都没捞到，稻草也没抓住一根。

柳晓云见得她爹说起话来，滔滔不绝，唾沫横飞，心里不知是啥滋味；望了望她妈一副高兴的样子，撇嘴一示嘲笑，说得水都能点着灯，有什么用？是高是低还在后边呢！她心里默然地在理顺一种情绪。腊梅姐能像说的那样笨吗？不会，不会，谁同她过招，心计潜在的地方，谁也难以破解。

晓云。咋样？柳化谋转而问道。

爹，你做得不是很圆满吗！晓云有点赞许的口吻。

还有更绝妙的主意呢！

啥上策？

也算是良策妙计，由你哥去施行，你无须过问。于是，柳化谋把柳三安叫到跟前，给他做了神秘的交代。

非我去不可？柳三安用惊异的目光看着柳化谋。

非你莫属，只有你才能完成。柳化谋肯定地说。

如果成了呢？柳三安没有真吐露要想问的实质。

柳化谋口满地说，成功了，那两个社由你掌握，我们家的财产，有一股分给你。这该行吧。

柳三安喜形于色，两眼眉毛紧锁一起，两手一伸攥成大拳，耸了耸两个肩头，像一名即将奔赴战场的勇士，去占领那个刚刚修筑的阵地，主宰一个从未漫游过的新世界。他急切地问，啥时去？

等人家送信来，就赴任。

我还注意什么？

像你刚才的表现要收敛点，不要大张旗鼓，要冷冷清清，老老实实做事，防止露了自己的马脚。特别是暗算，要小心谨慎，千万不可粗心大意，毛手毛脚。懂吗？在那里一定夹着尾巴做人。

对了。在这样处境里，才能体会到咋样会保险，咋样会治人。好，你去准备吧！

柳化谋在侄儿走了以后，叫了一声，晓云你听到啥？对柳晓云来说，他们的对话确实懵懵懂懂的，不知所以然，但细分析是要在丝织社上做文章。于是模糊地说，啥都没听到，猜摸要叫哥去外地做生意。

你不明白，是好事情。我可得警告你几句，要是知道家族里的什么事，不能向外泄露。再者，你同孙明义决裂，回心转意，爹很满意，个人的婚姻问题，不能再一意孤行，这样不会有好下场。听爹的，不会错。

爹，听你的。我又咋了？

我是在提醒你，以后不要做傻事。

胡艳花插言道，好了，好了，娃最近哪儿都没去，成天待在屋里。还唠叨个啥！

妈，爹敲打是对的。你们的好心，是防止我跌到火坑里。柳晓云这话一点儿都没错，符合她爹妈的心意。

胡艳花笑着说，不过，娃大了，得操心操心个人大事了。

柳化谋同意这样的说法，是的，是的。不过缘分没到，缘分到了，不操心就成了眷属。

柳晓云有点不耐烦地说，爹妈不说这了，去商议你们的正事。我的事，上不了你们嘴唇，着急有啥用！

67

# 七

柳三安到了周家垭，心里暗暗地想好了，要彻底了解丝织作坊开展的进度。他不动声色地找到管家强仁愿，向这位早就结识的兄弟讲明了来意。强仁愿见小弟来此做工，欣喜若狂，兴奋地说，听师娘讲，你专来学丝织手艺，我拍一百个手欢迎，咱哥俩好好配合，把作坊、马上要成立的丝织社办得有声有色。

我是初来乍到，是门外汉，向你学习。望你多加指教。柳三安谦虚地说。

不客气，相互借鉴。你是柳家少爷，大材小用了。不过，对大户人家来讲，大户人家有大户人家的气势。我们缺少的就是这个。

办成了，就有做丝绸生意的大世界。莫愁，莫愁，绝不气馁，设法干好就有了一切！老板娘在吗？

师娘到村里了，临走时把住房都安排好了，去看看？

不急，不急。我想到各房屋走走。

强仁愿带柳三安到织丝间、织造间、印染间和整理间走了一趟。只是浏览，未做详细的介绍。一走一看，使柳三安十分惊奇，万事俱备，只待东风！

开张的日子快了。就等师父和师娘商量，要确定一个黄道吉日。

老兄，我做啥能行？

你觉得四道工序，能使接受的是哪一道？

都欠火候。

那手艺就难能学成。

你给我选定吧！

那就这样，学印染，这活轻一点，可腿要硬梆一些。

整理呢？

整理全是女工在做，没有安排男的。

好，那就这样。可别把自己也染成五颜六色。柳三安嘿嘿地笑着说。

哪会呢，不过也说不定！强仁愿开了个玩笑。

两人不知为什么，惘然地大笑起来。

　　几家租种柳家土地的农户，大都腾出一至两天的土地种棉花。柳化谋耿耿于怀，老觉得这些农户同他过不去，故意作对。因此，采取打尖子、捏软的方法，强行阻止农户自主确定庄稼品种的种植。他首先针对的是孙贤良，借机进到田间，对正在忙碌的孙贤良进行了质问，种多少棉花地？

　　两天。孙贤良如实地答道。

　　种那么多做啥？

　　靠棉花能换些钱。

　　你们这些庄稼人，靠租我的地种粮食吃饭，种棉花能吃吗？肥水不流外人田，少种棉花多种粮，保险二三月，不会熬日子。

　　除给你交租外，还有囤粮，不会受熬煎。

　　你讲得倒轻巧。地边栽桑树了吗？

　　栽了，还有荒坡地也栽了。

　　不怕荒了田里的庄稼？

　　合理栽桑，与庄稼间隔距离，坡上的更不会影响庄稼。

　　你蛮有理。你不怕我把地收回吗？

　　那我无法，只有另谋出路了。不能只在一个树上吊死了。人，总要想方设法活下去，而且要活得硬气，活得自在！

　　柳化谋实在感到这农户真是吃了豹子胆，啥都不在乎了，便撂出一句话，既然如此，我今年就这样，明年再另做租地打算。

　　孙贤良把锄头往地上一挂，那好吧！他心里想，明年是什么样子，你我都难能推测。但可断定，丝织业会蒸蒸日上。

　　柳化谋离开后，径直去找水彩莲，问，种了多少棉花？

　　水彩莲回答，一天。

柳化谋点头说，种半天就可以了。我给你减租。

我已经答应人家了，不能不讲信用，说了不算数对不住人家，对自己也不好。

无须想那么多，对山腊梅，只是应付一下就行。没棉花，我看他们咋扩大规模，但要保证包兆织布坊的棉花供应。远亲不如近邻嘛！

水彩莲听后，多了一个心眼，说，老爷，你减租我感谢。还得种一天，给他们两家织布坊各一半，行不？

那就为难你了，全给包兆更好些。

水彩莲把话说得很活，争取吧！实际上，她心里真正的想法，种半天棉花是要给包兆织布，如果种三天，两天丰收的棉花，全给山腊梅她们的棉织作坊。

就这么定了。柳化谋手一挥说，心里盘算着，没了棉花，看你能拿树叶织布。他觉着放心，以为自己稳住了佃农种田的情绪。

山腊梅走到栎树梁，发现柳化谋在水彩莲的院坝东张西望，待他消失在一座山丘的背后，才进了院坝同彩莲打招呼。

腊梅来了，快到屋里坐！

山腊梅搭眼看彩莲，半个月不见，人变得苗条素静得多了，和那次见面大不相同，那时的情景历历在目：

　　腊梅到了彩莲家，看见她的肚子挺的更大了。观察她进门的跨步，是左脚先踏进门槛，猜想会有儿子降生。坐了一会儿，从门外走进一个高个头，穿着粗布汗褂的男人说，今天割麦吧！她好像有点过意不去的口气，好，费事你了！山腊梅估摸，这人定是她丈夫的大哥，没搭半句话。待他出门后，她含着泪水说，丈夫走后多年没有音信，大概死了，是他一直照顾这个破碎的家。那时节，真的熬不住了，就成了现在这个样子，真不想要这个没名分的孩子，可咋整也整不掉。心又软了，毕竟是身上的一块肉啊！咋办呀！

　　腊梅同情地劝说，已经到这个地步了，不要让自己再受煎熬了。如果你信得过，我抱养吧，也是我的福分哪。她又哭着说，以后咋见人哪，人家会戳脊梁骨的。腊梅宽解地说，有啥见不得人的，女人就是得生娃，不然何其女人，谁能领会女人的心哪！我没有那个幸运和福分，也难做一个好女人。对了，生吧，生下来无论是男是女，就按刚才我说的，我抱去抚养，但你还是亲妈，行吗？她赶快作揖致谢，我的小生命有救了！腊梅说，不用这样，咱们都是女人嘛！于是又给她留了四块钱，安慰了几句，安然出了门。

　　山腊梅，愣啥呢，还不进屋？

　　噢，噢，进屋。你生了？

　　生了，是个男娃。

　　娃呢？

　　他姑没娃，硬抱养。我答应过你却没兑现，实在对不起！

　　只要对娃好，放哪里都行。山腊梅虽嘴里这么说，心里却有点难过，难以启齿的失望感在脑海里绕来绕去，抱养的新生命，眼下无法实现。种瓜得瓜，点豆得豆。我的瓜咋种，我的豆咋点呢！她不免触景生情，倾诉心中的苦衷，俺俩都是女人，你是女人，幸运之星，不管怎样，你正视了女人生存的本能，虽不是唯一，那也是全部尊严的一部分。女人哪，女人哪，夜空空，空空夜，就这样熬天天吧！

　　也许是同命相连，彩莲觉出腊梅有点伤感，问，你家那么好，有棉布坊，有丝织坊，你又能干，真令人羡慕，有啥不称心的？

　　多年了，不坐怀。山腊梅道出了实情。

　　咋啦？

　　男人没这个本事。

　　水彩莲感到难为了腊梅，和和气气地说，时间长了就会好的，老想不顺气，伤身体划不着。

山腊梅非常清楚这样的劝说，微微地苦笑了一下，咱不信命，你还是有命的，还生了一个带把的。突然间，她莫名其妙地说，开荒种地，也得有精刚的男人，要有那一股子劲头，还要细发一些，才能种好你那一块肥沃的土地。我这五尺多的女人，那块荒地，谁能开垦呢！那些茅草快枯萎了，那湿润的水井快干涸了，那念想欲望快枯竭了，也未遇上一个上山开荒的人。要是真的碰上了，你说，他是不是好人？

水彩莲陷入云雾之中，细想这些话，好像与自己当时所处的心境一模一样。于是，敞开心扉叙叨开了，真的碰上了，还算是好人。咱们都是女人嘛，咋不理会你的意思呢！要开荒就让开荒，要锄地就让锄地，上了山，占了地盘，由不得人了。女人嘛，恐怕都是这个样子。不然，我咋落到这样的境地。我的男人，看不见，摸不着，活帮不上，心里虽不情愿，但还得忍耐。你的男人，虽然在眼前，还有手艺，想要的无能为力，开荒举不起锄头，那能怪谁呢？实际上，咱俩的处境虽有很大悬殊，但在情感上，受的熬煎相同，没有啥区别。咳，女人嘛，谁让天老爷让我们托生成女人呢！这一辈子，该是将就着过吧。生命是自己的，来到这个世界上，不要后悔，只有珍惜爱护，才会平安地过好一生。

山腊梅没想到彩莲有这番深刻的话，完全是她人生的真实体验，才把伦理看得如此透彻。不过，煎熬就煎熬，把情欲煎熬死了，只要人还在生存，也是珍爱。她抬头咯咯地笑了，我们在说什么呀，释放了些什么，心情舒畅得多了。哎，咱们说点别的啥事，比如说，听到有栽桑养蚕说法没有？

水彩莲将柳化谋刚才来捣鼓的事，一点没有保留地告诉了腊梅。

山腊梅一下识破了柳化谋的意图，是冲着丝织业而做的小动作。她出主意说，你不要他减租，不上这个当。你决心把地再请别人耕种，这样做，不但同你丈夫大哥撕干了，而且保证了种棉和栽桑的面积。

那我做啥？

你干脆利落地到丝织作坊，当一名印染工。怎么样，愿意吗？

打灯笼都找不到的，愿意，愿意。我一定好好地干，感谢你腊梅对我的恩情。

不要把话说远了，大家都得到好处，我就心满意足了。爹在世时，一再想要后辈人植桑养蚕，把挣钱的活路走得开一些。

老伯想得宽，想得远。

维桑与梓，必恭敬止。靡瞻匪父，靡依匪母。这是《诗经》里说的。今日，我们必须敬恋父母，把黑山下丝织业从小做大，实现先辈愿望。

这诗句，我曾听丈夫念过。好，在你的点拨下，精心精意地把丝织做得有名望。

想得实在，不光要有量的增大，还要有个质的变化。好，我该走了。

那我啥时去？

你收拾好了就来。

近两三天吧！

安排稳妥点。再去看望你的娃。

好的。你慢走。

山路很熟悉，不会走错的。


水彩莲心头一转，有理在先。她立即去找柳化谋讲改变的主意。

柳化谋怀疑地问，谁耕种？

我娘家大哥。

那天数变不变？

不变！

彩莲，要我看，你哥距这里较远，如果对庄稼田间管理不到位，减产咋办？

我哥是种田一把好手，哪会呢！

那难保证。要不这样，把租种的土地收回？

老爷，这可不行！

为什么？

这地，是我丈夫在家时租种的，只能等他回来以后再商量。你觉得合

---

73

理不合理？

也倒是的。但如果交不上租，不会原谅的，你要担保，也得补租子，不能逃避对你的惩罚。

行。就照老爷说的办。我不会脱离这个干系，人再穷，做错了的不能不承认，骨气是不能丢的。

柔弱的女子能说出这硬邦邦的话，令柳化谋感到意外。他又想到，她丈夫是个当兵的，还是部队一名不大不小的军官，她沾他的势，要是回来了，也难以解释和应付。于是，他心口不一地说，那就不搅动你们的情绪，要做的只能这样做了，好好把握种地行情。


水彩莲是一个麻利敏捷的女人，不到两天的工夫就兑现了腊梅的话，激动不已地提前报到上工。

山腊梅把住房安排在离自己不远的房间，日常用具全部备齐。彩莲感到过意不去，连连地说了几声谢谢的话，师傅，给你添麻烦了！

山腊梅急忙制止说，咱们是姐妹，不存在师傅不师傅的，以后嘛，我叫你姐，好不好？

水彩莲抿嘴笑了，那敢情好，我有这样能干的妹子，简直要沾光了。还有很多的事，要来烦扰妹子。

千万不能这样讲，丝织业是咱们穷人的活路。穷人的事，穷人来做，不是谁麻烦谁，只要相互关照、体谅、支持，就能把它做大做强。起码不要让别人看笑话。

做个样儿，叫柳老爷愣着瞧。

对了，你对柳三安印象咋样？

大家族的娃，刁钻、懒散，什么事都想干，啥事都干不成。

姐，你不能去印染间，到整理间吧！

为什么？

柳三安在印染间，你们是挨上挨下一个村的，回避一下好些。我们丝织社还没有正式开张，你来后替妹子多操点心，多注意丝织工的情绪。

既然是当妹子，就是一家人，会留神的。

娃怎么样？

他姑姑、姑父很精心。

那就谢天谢地了。你坐月子时，吃了不少苦啊！

还罢了，我高娘隔三岔五地给我送饭送菜，早早地准备好了给娃下奶的食品，给了不少的红枣，还熬了猪蹄汤。还有，晓云她妈端来了熬的鸡汤，提来一篓子鸡蛋。我是欠不完的账，也是还不完的债，给兄弟姐妹们办的实事，算是还账抵债了。

山腊梅说得明白了，这里边有乡情，有亲情，也存在着同情。要感谢就把自己的事做得比别人强，了结心底的歉意。

正说着，强仁愿领柳三安进门说，师娘，三安想回去一趟，取些日用品。

山腊梅没有立即回应，过了半会儿，说，刚来还没熟悉工序，过一个月再回。

强仁愿望了柳三安一眼，等一个月不迟吧？

柳三安反复盯着山腊梅，那行。

师娘，还有什么吩咐的？强仁愿尊重地问。

山腊梅淡淡一笑。柳三安要熟悉和掌握颜色的调制，好了，走吧！

柳三安跟随强仁愿走出门外，突然跑到前面，挤眉弄眼地说，大几岁嘛，还叫师娘呢！

强仁愿辩解说，师父的老婆，不叫师娘叫啥？再说，人家有手艺，不光叫师娘还得叫师傅。在不同的场合，有不同的称呼。

柳三安嘿嘿地笑了一声，你蛮有道理。但你不知村间咋个议论的？

啥闲话，说来听听？

我亲眼见过，也亲耳听过：山腊梅为人做了多年的女人，如今依然还是年轻时俊俏丰韵的容貌。走在村庄院落的路上，如一柱倒挂牛刺，牵惹和扰乱了那些男女老少的眼神，那女子令人耐看，越看越像那书上写的林黛玉模样。一个小伙子，走着斜眼着，不觉掉进了水坑里。有位老婆婆揿着头发，好像知根知底，对身旁的女娃津津有味地讲，女人不生娃，就是显得年轻，脸皮白皙皙的，身格细细的，眼睛勾勾的，臀骨小小的，笑声脆脆的，说话当当的，走起路来妖妖的。不过，那女娃子枉活了一生，幸亏有手艺，男人没把她休了。不然，她会害多少爱美的男人，绝后断香火。有人又说了，美能顶个啥？能生娃才是最美最美的女人。哈！哈！

你笑啥？强仁愿有点不乐意地问。他又强调地说，山腊梅在乡村里是少见的美女。她不仅有林黛玉的身格和容貌，而且有过于林黛玉的度量、坚强、气派和真情，给人一种擦眼走神的穿透力。

老哥，丢魂了！

你胡咧咧啥呀！

近水楼台先得月。我会帮你的！

强仁愿实是感到说在了自己的心尖上，还不想露底，强辩说，不要异想天开，胡思乱想些什么。我脚踏实地，在人家手下做事情，可不能有邪念。老弟，你心地是不是发毛了？

柳三安哈哈大笑，可真是猪八戒倒打一靶子，栽到我头上了。你不地道，不地道！不过，也曾给我介绍当媳妇，我没同意。

好了，好了，看你能的个啥，等于给咱俩嘴上过生日。强仁愿把柳三安说的那个"帮"字牢牢搁在心底，拉着他亲亲热热地走出门前那长长的院坝。

孙明义看着强仁愿和柳三安拉拉扯扯地回到了上院子，便进了缫丝间，检查锅灶、盆、筐、器具的质量。他觉得这个盆像饭锅一样，盆底太深，应该再浅一些，比烙馍的平底锅稍深一点即可。他把这蚕茧的浸盆拿在手中，翻来倒去地细看，就同那似乎见过的不一样，只听砰的一声，甩在锅台上。

啥声音，咋啦？正走进来的山腊梅惊奇地问。

水彩莲眼尖手快，赶紧过去拿起盆子，说，是这盆子落下的响声。

山腊梅拿过盆子一看，说，盆底太深了，不能用。

孙明义立即走过来，说，已经返工一次了，还是不符合原来按规定制

76

作的模型。我简直是猪脑子！

谁去联系的铸造师？山腊梅将盆掂了掂问。

本应该我去联系的，是管家提议要接洽商谈，便宜些。这不，萝卜盘成肉价钱。孙明义非常恼火地说，又从腊梅手中把盆拿了过来，又轻轻地放在锅台上，自言自语地责备道，都怪自己。

山腊梅弄明白了孙明义生气的原因，同时又认定了强仁愿以往那种殷勤是无益的徒劳。她心知肚明地说，明义，知道就行了，你不管了，我找匠人再铸造一个，什么都不要再追究了。

实际上，孙明义觉察到了什么，只不过不愿多事，把心里要想说的，深深地埋藏下来，并没有掩盖和失去难受。他畅快地说，姐，听你的，好心真好！

这时，山腊梅指着孙明义对水彩莲说，他叫孙明义，专管丝织社成立的筹备，兼管丝织作坊。

水彩莲笑着说，不那么熟悉，见过的不少，经常到村里走访栽桑养蚕的农户，平易近人，计谋过人，把柳老爷失弄得晕头转向。村民们没有不称赞的，好小伙子。明义，多指点。

孙明义谦虚地说，没做好，还夸奖呢！我也是才学的，相互引导吧！

山腊梅看着孙明义说，原想放在印染间，后来一想，改到整理间。你觉得呢？

孙明义是个精明的人，印染和整理两隔壁，随时都能关照发生的不可预防的意外。直接地说，可照顾印染间，女的还是细心，这样安排好。

山腊梅望见槐树垭的路上，是柳晓云匆忙地走来，连忙走出去，问，晓云咋啦？

柳晓云缓了一口气，说，我听农工议论，要在最近有什么大事要做。于是，她贴近山腊梅耳门，不知讲些什么，还不断地摇手，走了一截又折回去，好像有啥事说不完似的。

是吗？

是，我肯定。

知道了。山腊梅沉思着说。

柳晓云低声说，姐，我得赶快走，爹管得紧，不然，又要找我的不是。你千万要小心点啊！

山腊梅望着柳晓云远去的身影，反复剖解究竟会出现什么不幸，最使她操心的是棉织和丝织作坊不受到威胁。她急忙找孙明义和水彩莲，将晓云的传话告诉他俩，提醒注意外来人员的破坏，尤其是丝织作坊的安全。对内部的棉工和丝工不能全部怀疑，但要注视他们行动去向，也许一言一行中会露出一些马脚。你们警觉就行了，不要外传，更不能造成大家人心惶惶，影响开业前的热烈气氛。

管家没在？孙明义提示地问。

会给通气的。柳三安啥时走？山腊梅沉稳地说。

听管家给我讲，大后天回去。

请几天假？

没说。

应该给你请假才顺理。

管家除了不该管的事啥都管，所以才这样做。

黄虫吃过界。他原是棉纺管家，丝织作坊是你管，他的职责是协调。这早就明确的，还要这样做，唯恐棉织、丝织作坊不乱。明义，下去后给我起草一份请销假的有关规定，今后按章程办理。

好。柳三安回家批不批？

这次算了，下不为例。我倒要看看，他们在背后戳弄些啥！尽管如此，山腊梅心中还是忐忑不安，唯恐出现不测的天灾人祸。她强勉地笑了一下，你们忙，我去同强仁愿和柳三安谈一谈。

水彩莲想说什么呢？自己也不知道，也没本事去帮她减轻一点负担，哪怕是一点点也行，能做的只有整理工作，对，还有留心不叫作坊出事，这能做到。想到这里，她对孙明义说，你分管丝织作坊，多为腊梅分担些！

那是肯定的。刚开始，对人心都不完全摸底，有点乱，不怕，只要定个规矩就好办多了。

明义，我听人讲，柳化谋要把柳晓云许配给包兆叔家当儿媳妇。你知道不？

那天边的事，我咋清楚！

原来不是让你上门吗？

彩莲姐，你傻呀！那是柳化谋在戏弄人。其实，我和爹妈都认为不可能。实际上，柳化谋是要把我拴住，去拉拢我们这些人为他自己制天制地卖命。

明义，我给你讲，柳化谋是那样的，可柳晓云对她亲戚说绝了，除了你明义之外，誓死不嫁。

孙明义并没有感到意外和吃惊，反而心里觉得非常平静，那是一厢情愿，不可不相信，不可全相信。

你可不要这样认为，晓云看来是真心的，你可不要负心人家。

柳化谋是花花肠子，变幻莫测，成天算计别人。乡村的事，让他搅和得乱七八糟，不得安宁，那家事的处理不会心平气和。咋能打交道呢！

她是她，她爹是她爹，不能说她爹心坏，她的心也瞎。叫我看，柳晓云对你是死心塌地。不信，她将来定会感动你的，因为你不懂女人的心。

没到感受的时间，真的是苍白，唉，冷清也有。

热火的时候，必然会懂得真爱定能驱使自己的行动，滋生无形的力量。

真的？

谁哄你！

姐有体会。

黑
山
虹

79

# 八

庄稼田里的小麦秆硬邦硬邦的，麦穗金黄金黄的，捻开一瞧，颗粒豆大惹眼。五边地、塄坎边、荒坡上栽的桑树枝叶茂盛，草木葱绿，苍翠欲滴，群山碧波，起伏跌宕。那位不闲嘴的老太婆转了麦地，游上山坡，伸出大拇指赞不绝口，才成势子了，还是山腊梅和申匠人做得好，我们这把年纪的人，也能沾点福气了。她突然奇怪地自问，柳三安不是去学手艺了，怎么回来了？他没有理睬她，他也许没看见老太婆兴高采烈的劲头。

柳三安在回家的路上，一直想着棉织和丝织作坊基本成形，看来阻挠也难行通。回到家，他对他大爹说，现在看来无济于事了，关键是人心有所变。

柳化谋拉长了脸，别胡说，少泄气。能做多少是多少，千万不能放弃，我是不是给你讲过？他和柳三安悄声咕哝了一阵子，坐在椅子上呼噜地抽起水烟。

大爹，我还有几个哥们弟兄，能给点好处吗？柳三安的口气，似乎是在讲价钱。

柳化谋把水烟袋往桌上一搁，那算个啥！几个人？

五六个吧，这几个就能办得很出色。

得多少？

十二三块钱。

就按这个数。

我这就去给他们打招呼。

回来。你不得露面，不能把人打坏了，适可而止，造个声势，让他们惊慌失措，以达乱阵脚的目的。

柳晓云盯着柳三安鬼鬼祟祟地出了门，回到闺房，望见他偷偷摸摸地进了农工的住房。不一会儿，一农工任明山，大家都常叫山娃子的走了出去。他望了望四周，便到晓云的窗下敲了几下墙壁。见她从窗子伸出头，悄声地说，晚饭以后，要去挖山家祖坟。

三安去哪儿了？

他去通知几个哥儿兄弟出面。

爹呢？

不知道。

柳晓云望着天上的太阳已经偏西了，装着要到水泉沟洗衣服的模样，不慌不忙地走出大门。一过柏树梁，她马不停蹄地朝着周家垭的山路上奔跑。当爬上周家垭前头山梁时，已经是汗流满面，精疲力竭了。这时候，她朦胧觉着周围的群山已经塌陷为宽阔的平地，身边的草丛模糊不清，仿佛连成一片掀动着自己疾驰，眼前显现出细长细长的羊肠小道，难以摸测哪儿是自己要走尽的终点。

柳晓云，急啥嘛，脚前有石头！

柳晓云被喊声一惊，影影绰绰地见到有一个人在前边走动。突然间，图像清晰了，叫了一声，明义，他们要捣毁山家的祖坟！

啥时间？

晚饭后，你赶快去看看！

那你呢？

柳晓云摆摆手，我得折回去。

孙明义看柳晓云走路摇摇晃晃地，说，我送你吧！

柳晓云的眼睛亮多了，脸上渗出一丝笑意，别操心，赶紧去看他们要干啥。

孙明义返回作坊，也未能来得及告诉山腊梅，叫两个织丝工，远望山家庄子，一路上疾步如飞，如星火飞流。当翻上山梁子时，望见一帮子人，有的扛铁锹，有的提挖锄，有的攥钢钎，集结在山腊梅家的坟园。一个五大三粗的汉子，捋袖揎臂，声嘶力竭地叫着，他们租老爷的田地种棉栽桑，不讲信用。都上，把这些土堆平了，这叫掘祖坟，亮尸骨，肥棉花，壮蚕山。他又指着那座新坟，把山老汉的土堆先挖了，把坟前的柏树拔了，不然会导致荒地颗粒不收，给老爷交不够租子。都给我狠狠地挖！

孙明义一见这阵势，当机立断地冲上去，大吼一声，你们不孝祖先，太过分！

那个汉子回头一望，这一帮人摩拳擦掌地向坟地走来，冷漠地喊道，我平土堆，碍你什么事？

土堆，要说土堆，你们家的祖坟同样是土堆！

我家老爷的坟园都是高贵身份。地位显赫，这能比得过嘛！

地位这个东西，同这坟园扯不上边。这是山家，那是柳家，他做他的达官贵人，咱做咱的平民百姓。我要说的是，富贵也好，贫贱也好，最终的落脚点，都得走进坟园。

你胆大包天，竟敢咒老爷！

咒你老爷做啥？你我到头来都要走这一条路。这坟是一种象征，是由于后人对前人的尊敬而堆起来的，是一种精神的寄托，从某种意义讲，在敬仰中检讨自己，让传承的美德留下来，还要发扬光大。说白了，就是念想，思前想后，感动苍天，打动自己。你们这是伤天害理，知道吗？

腊梅妈这时扑向前去，两手死死攥住挖锄，叫着喊着，你们不能这样啊，祖坟碍你们什么事！

壮实的大汉，伸出粗大的臂膀，把她掀倒在地，头碰在了山老汉的坟上，一股血溅红了愤怒的泥土。

坟周边来了不少男女老少，看热闹，观场子。

孙明义手一挥，怒吼一声，跟我上，把他们赶出坟园。包括旁边参观的有十几个人，好像是听到了指挥员的庄严号令，一字地排成一队，赤手空拳地做出格斗的架势，迅猛地向前冲去。

那汉子刚举起挖锄挖垮坟沿的一块垒石，一见这般来势，心虚了，收起锄头喊，不同他们斗了！那一帮人听得一喊，哄的一下散伙了，弃甲曳兵似的，跑到不远的山洼里瞎咋呼。汉子好像不服气，回过头又叫，孙明义你听好，等着柳老爷收拾你们！

孙明义伸手在空中一挥，仰头哈哈大笑，小心路上有石头绊脚，你这话可值钱。人哪，越叫别人收拾，就愈加清醒人在世道里，命运是自己创造和掌握的。嗨，强势不就是那个样子吗！

围观的百姓越来越多，大家议论纷纷，坟园也会降临灾祸，为啥要砸山老汉的坟，山老汉从来不惹人的，我认得那里边有一个人是柳老爷的亲戚。他们望着孙明义他们抬着腊梅妈去百草堂，都在为她如此受害打抱不平：瞎东西，眼睛被老鹰剜了，硬是欺负贤惠人。蛮横乡里的人，到头来总要遭到报应的，绝没好下场。

腊梅妈的伤很严重，周医生一直在边观察边给服药，但一个时辰过了，病情还未好转。医生告诉孙明义，流血过多，不容乐观。

谁想到柳三安来了，一头扑进门，虚情假意地喊道，大娘咋啦，谁干的这档子没良心的勾当！大娘，好好的大娘，惹谁了，惹谁了！寻出来，打断他的两条腿！

孙明义眯起双眼，你咋来了，咋知道的？

村上的人摇铃了，都在议论，不知是谁做了这种缺德的事，竟然去撼动祖坟。师娘的妈受伤了，我过来看一下。通知师娘了吗？柳三安的话，既有斥责又有关心，显出儒雅善心的样子。

假期该满了，什么时候回作坊？

后天，要不我现在回去告诉师娘。

不用，有人去了。那你就后天回去吧。

我该留在这里照顾大娘。

不用。有人。

那就辛苦你们了，再说，我也不会照料人。

孙明义借话说，是的，是的，不为难你。他瞧着柳三安那种神情不安、脚步混乱的样子，心里有个直观的感觉，早不请假，迟不请假，偏偏在回家的期间出了这事，柳三安到底在家做些什么呢！

夜色苍茫，黑黢黢的，深沉沉的，影迷糊地把天空和山地仿佛连在一起，抱得很紧很紧。匆忙赶路的几个人，打着手电光，刺开了夜幕，时暗时明，照亮脚下的毛毛路，也给夜空留下了她们的影子。

山腊梅赶到百草堂，看妈神志不清，跪在床前哇的一声哭了。妈，我来迟了，都是女儿给你老人家惹的祸。她眼泪唰唰地往下流，紧紧地把她妈的双手揣在胸前，指责埋怨自己，也是在惩罚自己，觉得心里好受一些。

周医生在旁边低声说，安静一点好。

水彩莲把腊梅扶起来说，你这样，大娘会难过的。

山腊梅抹了一把泪水，不由得人哪！

强仁愿好像在查问，这究竟是怎么一回事？

孙明义望了望大家，说了句无法捕捉根底的话，告示贴在房顶上，只有天知道。他又把强仁愿拉到一旁说，看来是有来头的，明摆着的。他们叫嚷、掘祖坟、亮尸骨、肥棉花、壮蚕山，不是柳家干的，还有谁有那么大的胆量。

强仁愿把头点了一下，说，有可能，回去问问柳三安，看他知道不知道底细。

孙明义清楚他与柳三安是穿一条裤子，是在掩盖一种真相，不抱希望地说，从他嘴里了解内情，比上天还要难。要是他操纵的，能给你说实话吗？

你怀疑他？

没有，打比方而已。

咱俩是哥们是兄弟，无话不讲。

你就这么相信他，心里留半句，你能猜到是什么？不要过于自信把他看穿了。俗话说，人上一百，形形色色，你是看不穿的；人心隔肚皮，虎心隔毛皮，摸不透。

你要那样讲，我无法争执，以后总会真相大白。

是的，乌云遮不住太阳。管家管家，要管好棉织和正在试运营的丝织坊这个家，管理好我们棉工和丝工这个大家。要公正为人，千万不能偏心袒护。

明义，你放心，我定会公道的。

我说得过头了，一个耳朵进，一个耳朵出，不在乎就是了，也不要认为我在找刺，只是为了我们团结共事。

你多虑了。敲警钟，捋思路嘛！

那就好，那就好，共勉共勉！孙明义笑着说，可心里不踏实，是不是表里如一，有待于今后看怎么做事，看你怎么对待柳三安的一言一行。

山腊梅询问医生的结论，眼下病情稳定，一时崩溃的神情，一下子又像在心里筑起一座防护大堤，牢固而坚强。她轻声问彩莲，他俩呢？

在门外说话呢！彩莲领会了问的意思，朝门外喊了一声，明义，腊梅叫你们呢！

他俩进屋后，腊梅吩咐：天晚了，你们回去，明天还有事要做。

强仁愿说，留在这儿，轮流看大娘。

不用这么多人。做事情要紧，你们走了，工就停了，要不得，这有我和彩莲就行了。

孙明义说，要不让管家和彩莲回去，我留在这儿，要有出力的能帮上忙。

山腊梅坚持说，你俩回去多管管事，我俩留下，明天再来两个人就可以了。

夜越来越深，天越来越黑。汉江水拍击江边鹅卵石，发出哗啦哗啦的声音。岸边农家灯火映照在江中，江水在闪光中奔流，仿佛河床也在缓缓地流淌。

百草堂里的桐油灯光线暗淡，从门缝中挤进的微风，轻轻地吹动着屋里平静的空气，回升微妙的气息。

山腊梅一直守护在妈的床前，不觉感到她妈微微地睁开眼睛，霎时又闭上了。她明显觉察她妈使劲地握了一下她的手。几乎难以听到她断断续续的叨叨声，腊梅，你来了……妈要说……栽桑……养蚕……穷人家能有手艺不容易……千万不能丢了……没等说完，再听不到一丝丝的声音，头偏落在枕头上。

先生，快来救我妈！

周医生闻声迅速赶来，把脉搏、翻眼帘后，带着抱歉的口气说，腊梅，医术有限，无能为力，大娘她走了。节哀保重！

山腊梅伤心难过地说，先生，尽力了，谢谢你！她的泪滴止不住地往下掉，跪下磕了三个头，小心翼翼地把一幅白单子盖上她妈的躯体上。

水彩莲泪水汪汪，抽搐着哽咽着，不知怎么说才合宜。听大伯大娘嘱托，挺起精神，我们把我们的蚕业做强！

彩莲姐，爹生前精心育桑，又有养蚕的念想，叫我缫丝买。其实，丝织坊的产生，实现了爹的愿望。爹走后，妈没离开，给不成形的桑园，剪长枝，培沃土，桑树枝繁叶旺，长势茂盛。妈很细心，她听爹说过，桑叶能喂蚕，桑子人可吃，具有补肝益肾、生津润燥、乌发明目的功效。把那绿色的、红色的、紫色的、黑紫色的分别收集在不同的箩里，放在太阳底下晒干，送给别人品尝。前辈这样精心，我们这一代不能分心，把这看似不是宝贝的宝贝给利用到最大限度，走得远远的，交朋友，挣大钱，只有这样，我这个做女儿的，才没有辜负爹妈养育一生，不为光宗耀祖，而是为家富村强，悲痛也是要挣扎的。挣扎是生命硬气站起来的力量，只能向前走，不能向后退，后退到处是石头，或者是山沟，没出路。山腊梅用回忆坚定自己的渴望与企盼，接着说，彩莲姐，你说对吗？

腊梅，你讲得对，命运不允许我走回头路，反之，就是违背老人家的遗愿，逃避未来，失去本该收获的美好。水彩莲擦了擦眼泪，关切地说。

山腊梅情绪逐渐地稳定下来，两眼射出愤恨的目光，对水彩莲说，先要处理妈的后事。这桩掘坟事件，是有预谋的，虽是冲着山家来的，实际上是敲打大家，不要支持丝织作坊。

是的，一定与柳家有关。

对。你想的与我不谋而合。但猜想总归只是猜想，要有确凿的证据。

事情总会真相大白，哪有不漏水的草房，不透风的石墙。

口要紧点，不要打草惊蛇。记着，先稳住。

孙明义收到报丧的噩耗，是在鸡叫二遍的时候，随即通知强仁愿一同去百草堂。可能是强仁愿告诉了柳三安，让他紧跟在后边，一声不吭。

天蒙蒙亮，晨雾迷漫，山地、庄稼、树林、河流全被暮帘笼罩。在接近百草堂的山路上，影影绰绰有几个人在匆匆行走。

百草堂门前已经站满了一堆人，已准备好花格。

姐，把大娘送回家。孙明义说。

山腊梅强颜说，嗯，叶落归根。

强仁愿殷勤地说，师娘，派人通知亲戚们。这花格不行，要担架。

山腊梅脸色阴沉地说，就这，让妈坐着回家，沿路好看看青山绿水，再照顾叮嘱桑树棉花壮实生长，还要辨认那些不怀好意的恶毒之人。妈会安心走的，我们会踏实地做事。

孙明义发现彩莲不在场，问，彩莲姐呢？

彩莲去给我舅他们报信了。山腊梅的眼眶里充满了期待的目光。

孙明义喊了一声，走，我们一起护送山大娘回家。

强仁愿连忙走近花格，两手扶着把手，朝着一言不发的柳三安瞅了一眼，努了努嘴，默默地上了路。柳三安领会了强仁愿的用意，接着加快脚步，去重复强仁愿的无言动作。那种强硬的姿势，令人难以理解。

山大娘的安葬，按腊梅舅的安排，以乡间民俗礼仪办理。申治平以长子身份穿戴孝巾，到邻居家磕头，请邻家予以帮助；孙明义联系寿衣房扎纸人、金童玉女、楼阁庭院、家具之类；不请风水先生点穴，山老过世时已看过，是合葬墓；由强仁愿负责搭建灵堂，寿棺前立杆挂一盏长明灯；所需的桌椅、碗筷、铁锹等器具，一家付给两块钱，由孙明义去办理。

山腊梅不同意这样的安排，说，爹妈生前辛劳吃苦，勤俭持家，从不铺张浪费，也是我们家的家俗家风。我想一切从俭，也随了爹妈的意愿，也不干扰左邻右舍的正常生活。舅，你看行不？

她舅看了腊梅老半天，没有开腔说话。

孙贤良坐在一边，看这冷场的局面，说道，我插一句不该张嘴的话。我对山老兄和嫂子的脾气，是了解的，省吃俭用，节衣缩食，日子过得蛮自在的。腊梅说得对，孝顺一定要在活着的时候，不要老人受罪，过世了，再多的花销，老人也享受不到。要表示后辈和朋友的心情，适可而止。

强仁愿说，大伯说得有理，可减少部分礼俗。

我对这不大懂，一定要尽到对老人的敬心。

腊梅舅坐在那儿，一直闷着头抽烟，屋里雾腾腾的。他自己想，我尽到对外甥责任就行了，听不听由你。

必要的礼仪程序还是要的，待客设宴要丰盛一点，八凉八热还是能办到。得请大厨师。强仁愿说。

行，你去办！山腊梅说得很果断。

孝布定多长？老盆谁捧？谁扛幡？孙明义提出了一连串的事情。

山腊梅望着她舅，好像在期盼看他怎么说。舅，你觉得咋样合乎礼俗？

她舅知道腊梅是倔强好胜的性子，略微笑了一下，不失礼过得去就行。你定吧！

山腊梅心里好像早已想好了，柳枝白幡，自然由申治平扛；孝布不做了，要变一下披麻戴孝的形式和含义，明义去采三根桑树枝，取三缕生丝线，裹在桑枝上，算为麻；孝布以坯绸代用，彩莲手巧，把它做成白花，戴在胳膊上即可；老盆，同送我爹一样，我来代替儿子摔老盆出殡。

用麻行吗？孙贤良问。

应该是一样的意义。《诗经》里说了，维桑与梓，必恭敬止。我想，这些桑树是爹妈栽培的，以表达敬意和思念。思和丝是谐音，爹妈生前一再提到养蚕抽丝，织绸，用手艺、靠勤苦换来美好的日子和幸福的生活。女儿一定不能辜负爹妈的期望！孙叔，我这样想，思爹妈，孝爹妈，对不对？请您指教。

对，对，对。爹妈会放心的。

山腊梅抬头再看她舅，他在那里抱着旱烟袋使劲地抽着，不大会儿，取下噙在嘴里的烟袋，稍微地吹了一股烟，娃讲得对，一个女婿半个儿，顶儿了，传香火，也是山家的人，舅认了，就这样办，蛮合理情。

六十花甲了，按传统也是喜事，得放炮！

腊梅她舅说，那是的！

第三天出殡日。申治平扛着柳枝白幡走在灵棺前边，引魂升天；紧跟着的是山腊梅端着瓷盆，灵棺抬出院坝后，只听砰的一声落在路上，摔个粉碎。哭声连连，鞭炮声声，送山大娘走好。

你师娘不孝。柳三安对强仁愿说。

怎么啦？强仁愿瞪大眼质问。

仪礼搅和得不像样。现在三七没过，急着回来操办丝织坊。急什么急！

三七上香烧纸奠祀，碍你什么事。

你偏护她？

没。她是师娘嘛！

嘻嘻！不知安的什么心。

把棉纺和丝坊办好嘛！

谁知道呢？

你瞎想什么呀！

邪心不邪心，都揣摩点。

强仁愿有点严肃了，说话掂量掂量轻重，不要胡说八道。诚然，腊梅这花很美，但谁也不敢去摘。

是的是的。说真的，不是那个意思，我想告诉你，大爹非常关心丝织作坊。柳三安收住嬉皮笑脸，口是心非地说。

那好，有他关照，我们的后台就坚实了。强仁愿把柳三安的肩膀重重地一拍说。

他俩边说边笑，走进热气腾腾的染房。

# 九

柳化谋路过谢家湾，看见水彩莲租的地里，真的是她哥领两三个人在薅草，站在地边喊，水老弟，你不怕地多，累弯腰，还替你妹子种地！

柳老爷，咱们种地人不怕累，精刚刚的身子就是累出来的，怕啥！

叫你妹子回来，忙时做个饭什么的。柳化谋似乎是在说挑拨的话。

彩莲做丝活也忙，我们人手够。彩莲的哥哥边锄草边说。

你们忙啊！柳化谋走在去孙家坪的路上一直在想，一个孤苦伶仃的女人家，竟然被一个瘸子老婆拉拢。为什么？还是那手艺招引人，恐怕那丝织业将会使更多村民羡慕。我的这一步棋虽然没有走好，但还可以改变棋路，以挽回败局是有把握的。他想着，不觉走进孙贤良的院坝，站在礌磋上，往地边一看，孙贤良正在桑树上剪枝采桑叶，便喊道，喂，老表，年龄大了，小心点，还能上树啊，不要命了。

孙贤良将一把桑叶往篓子里一塞，蚕养成了，吃的桑叶多，得帮着点。柳老爷，有啥事吗？

柳化谋站着没动，是有点小事同你商量。又问，栽这么多桑叶树，荒庄稼了吗？

没荒没荒，隔得远。

噢，留有足够的空间。

嗯，庄稼长得旺，给你的租子有保证。

不是租子，而是养蚕缫丝的事。

柳老爷，我栽桑养蚕，不缫丝啊！

你下来，我一说，你就明白了。

孙贤良一手提篓子，一手把住树枝，两脚蹬树干，一不小心踏了个蹿脚，扑通一声，摔落在地，一篓子桑叶撒得到处都是。他没有叫，一头拾起来，站不稳，又倒下了。在一旁干活的二儿子赶快去扶起，搀扶着他回到院坝，坐在凳子一看，脚崴了，一时之间肿得通红。他疼痛难忍着问，老爷，有啥事？

柳化谋站在一旁虚情假意地说，不小心吧！你跌伤了，改日我再来。

不要紧。你来一趟不容易，不能白跑一回。孙贤良皱着眉毛说。

我吐露一句，想叫明义来我这里经办丝绸。

挖墙脚啊？

实在一点讲，也是。你有一个思想准备，下一次再面议。挖那个墙脚，为的是补这个墙脚。你看你的石墙，那么破烂，快垮了。

明义大了，我做不了他的主。再说，石头砌墙，稳着哪。

先不说了，你治伤要紧。我回去派人给你送几服治跌打损伤的中草药。

不用不用，我家有这些药。谢谢，谢谢老爷。

要不，我给你请个巫神先生，掐算时辰，查查方位，以除妖驱邪，祈求平安。

从心里讲，孙贤良是不信什么神鬼之类的，何况是巫神，但他不愿当面拒绝，伤了人家的面子，连连地说，这使不得使不得。

柳化谋提起文明棍往前一指，叮咚叮咚地下了石坎。一路上，他想，只要先把孙明义拉过来，侄儿子有办法让强仁愿钻进设置的圈套，来个里勾外连。那时，丝织坊树倒猢狲散，看她山腊梅靠一个使闷气活的水彩莲，还能撑起杆子吗！釜底抽薪，要比扬汤止沸厉害，凶猛十倍！一路上，逢人就讲，孙家冒犯了先蚕娘娘，被惩罚了，从桑树上被掀下来，摔断了腿。

什么，先蚕娘娘？

就是那个嫘祖，轩辕黄帝的元妃。

什么，嫘祖？

她是栽桑养蚕人的先人。你们要是再跟着山腊梅一起忙活，会遭受灭顶之灾！

嘿，真悬乎，有那么灵验？

不到一个时辰，一个穿着长袍，打着卦牌的高个儿的人，一步慢一步，仿佛在数着自己的步子，走进了孙家坪。他直接地走到摔伤孙贤良的桑树下，朝东南西北方向环顾了大半天，转身望了望这座石板房，不声不响地进了大门，站在堂屋的神位前，念念有词，诵念咒语，接着走出后门，望着坡上茂密的桑林，边点着头边回到堂屋，装腔作势，故弄玄虚了一番。一动不动地站在那里，好像在定神思语，什么话都不讲。过了好大一会儿，他终于开腔了，施主，观天云，察地气，望穿四方，看透多处，是你们得罪黄帝，不孝祖宗，是嫘祖"先蚕娘娘"显灵了，对你们实施轻微的教训。

孙贤良眯起眼睛，是这样的吗？

如果不加改正，会有更严厉的惩罚。

那，那该怎么做，才能避免受罪？

你们门前门后都有桑，这桑字里有丧。只有把桑树全部毁掉，才能除去妖魔作怪，驱散邪气的缠磨。

原来是这样。中华儿女沿袭几千年，遇到了多少的天灾人祸，都是与桑树有关吗？

星辰变换，地气运行，不能说没有影响，只是当时的人们，没有看透那天文地理之间的联系。

原来是这样。好，你走吧，谢了，给钱。

钱就不用你给了，柳老爷已经付过了。

孙贤良看他出门时，神情显得慌忙，脚步有点混乱，说明他心里有鬼。欺人的骗术施完了，糊弄谁呢？吃饭长大的，不是吓大的。

孙明义闻知爹腿摔伤了，连忙到百草堂拣了三服中草药拿回家。爹，老了得小心点！

不要紧，已上了药，现在疼痛轻多了。

以后要爬墙上树的，一概不能做，叫我弟去干就行了。

你坐下，我给你讲，今天柳化谋来过，又在使招，让我叫你回来，到他那里办丝织坊。

你咋想？

哪能呢！

爹，叫我观察，有几个人心里有鬼。这里边有名堂。

我也是这么想的，你不能，给万贯也不能离开。

就是，真的有万贯，那只能靠双手去挣，挣来的也是从心里掏出来的，硬气！

腊梅来了，快到屋里坐。孙贤良靠在椅子上，看见山腊梅进门，直打招呼。

孙明义转过面说，姐，忙得啥样，把你的事耽搁了。

大叔，为咱们丝织业而摔伤的，不来看望，心里咋过得去呢？山腊梅说着又问，大叔，好些吗？

孙贤良拍着上腿部，说，刚才百草堂先生看过，人家用鸡蛋清，还加了啥药，抹在受伤地方，揉揉、扭扭、拧拧，一会儿疼痛减轻了。中医先生说，不打紧，三天后肿就会消下去，在服上三服药就会痊愈。我问加的啥药，先生说是祖传秘方，不肯告诉任何人，连子女都不知道。药简单有效，两手有功力，不干那一行，也学不到，更学不到手。这就和你们学丝织手艺一样，行道有行道绝技嘛！哎，腊梅呀，今天早饭过后，柳老爷来了，说让我叫明义回来，为他办丝织作坊，肯定又在使啥瞎瞎心眼。

还说啥了？

我对他没客气地讲，他是在挖墙脚。他说，你看你的石墙快垮了，还得补。这话里有话，那人贼着呢！

嗯，没猜错的话，是想让我们的丝织作坊倒台。要这样做，就必然先瓦解我们的丝织组成人员和工人。他要办什么丝织作坊，其实是一个借口，打着幌子糊弄人，结果是两败俱伤，谁都办不成。但这不影响他富裕，到头来富人还是富人，穷人还是穷人，其实不伤他一根毫毛。

腊梅说得对，脑子开窍了。孙贤良强笑着说。

姐，我有一句话，已经想了好几天了，不知当说不当说。孙明义考虑再三，一副征求的口气。

窝在心里发霉了，为啥不讲？

我说了，你不要见怪。

往日说话，心直口快，怎么一下变得吞吞吐吐的？

我觉得柳三安来咱们作坊是有企图的。再就是他同管家来往不正常，总感到他俩怪怪的，不自然，但要讲个一二三，那就卡壳了，真相不清楚。

挖祖坟的举动，你怎么看？

柳家大小姐那天很急促地来告诉这件事，她也不知道是谁在幕后唆使的。问她消息怎么得到的，是一位农工神神秘秘地给她讲的。我还听她讲，这个农工是你在板庙子放的那个人。

有那么一回事？原来是这样，肯定与柳化谋有关系，是他在暗地里操纵的。

估计柳三安也脱不了干系，实际上他只不过是一个卒，第一个往前攻。一是攻破作坊的人，首要的是拉拢管家，以攻得顺利；二是攻陷作坊的靠山桑农和蚕农，没桑没蚕，丝织作坊就不稳了；三是从好处着眼，也要从最坏处着想，防止出现伤天害理的事情。至于对不对，我也难以完全确信。

讲得对，讲得对。我对他俩的行为，也有所察觉，我曾给彩莲通过气，她也有同感。现在是空口无凭没证据。只有他们露出狐狸尾巴，才能抓个正着。明义，你从侧面注意他俩的行迹，同时把丝织作坊当成一个家庭，大家和睦相处，团结在一起，不怀好意的人，就无空隙可钻。现在开始要留心他们怎么做，把握时机，掌控主动，以便见机行事，以动治动，好不？

姐的脑子灵活。

腊梅说得对，千万注意观察火候。还有，俗话说，打蛇要打七寸，蛇出洞了，就要打在要害处，让它不能再复生。孙贤良好像忘了自己受伤的余痛。把袖子抹了一下，激动地说。

大叔，你精心养伤。我们会小心的，或者叫审时度势，稳固地办好丝织作坊，还要成立丝织社。

还有，那算卦先生让全部毁掉桑林，这是拿自己的嘴说柳化谋要说的话，实际上一个鼻孔出气，是个阴谋。

大叔，我完全明白了，没桑了就没蚕了，没蚕了就没了丝，没丝了就没绸了。他企图断的是做丝绸生意的路，简直痴心妄想，不可能让他办到！山腊梅断言说。

是这个道理。孙明义说。

山腊梅走出院坝，想起什么，又折回到大门口，声音不高不低地说，大叔，如果柳化谋再来讲明义的事，你就坦率地给他说，儿子大了，腰杆硬了，我管不上了，去找本人商量。就这样说哈，我走了。

孙贤良睁大眼睛，然后又笑着说，对头。

姐，你咋能把我推上戏台了？孙明义似乎不完全理解其意，脑里蒙蒙地说。

哎呀，明义，你咋不明白哪！

怎么办？赶快说！

做要做得稳当些。他要我们上空船，就登船查看到底装的有没有货？有些啥货？灵人不可细说，该知道怎么做了吧！

明白，明白。顺着杆子上，摸个底细。

行了，行了，只有这样才能对付狡猾的柳大老爷。

上胡家梁的坡路倒是挺宽的，但是坑坑洼洼，走起路来一脚高一脚低，刚过柿树坡，就是凸出山地的石嘴子。

山腊梅快步走上石嘴子上，望了望沟坡两岸，突然感觉敞亮得多了，江河、山村、庄稼、桑林全收在眼底。激动地对站在身后的孙明义说，用心点，想细点，我们的丝织作坊就会像自然界一样丰茂旺盛，生气勃勃。她俯视面前的深沟，扫过沟上边那条耸立一座石塔的山梁，接着说，山梁那边就是柳化谋住的柳家大院，被山梁挡住了，在山背后。我们站在这儿看不见，但已经掌握着他的意图。明义，你要胆大谨慎地去做事，一丝一毫不能大意，不管发生什么情况，都要从容镇静，不动声色。好吧！

姐，你还不相信吗？

咋能呢？有什么不放心，相信才这样强调。

心里总觉得不踏实。是不是因为柳晓云？

晓云咋啦？她对你有意，是吧？

我不知道。她有意，我给你说过，我这个穷人还有志哪！

你想多了，我叮咛的不是那个意思。

我想不明白。

我指的是柳化谋他的脑子尖得很。不然，你是惹不过他的。是不是？

那我相信，他在十里八外都是尖过火的人。哪个不知，哪个不晓。

对了，不要乱猜想。晓云那女子好着呢，不要人家对我们好，你还没感觉对我们好，不要拿对她父亲的眼光去看她，那肯定产生误会，或者是怀疑。

有点是有点，不完全是。

你换个位置想，自己就会辩解自己，人家为我们做一点事，是不容易的，多体谅点。

嗯，或许是这样。

时间是公正的，会做出最后的断定。

该受的受着吧，忍耐痛苦也得去，但不会是低三下四，可怜兮兮地上那个台阶。

挺起腰杆，宁折不弯。记住，为了掌握他的一切，还得委曲求全。

嗯，会应付的。

如果晓云出现的话，你要大方热情一点。我猜摸着，柳化谋很可能拿她来说事。

据以往判断，会的。

哈，哈，她这个位置非常重要，你心中有数了？

没点，没点，成了才算数。

辨析对方有数没数，你准会牵着一个人的鼻子走。

一阵爽朗的笑声，滚动在胡家梁的庄稼地里，震动着那饱满的麦穗，在阵阵的轻风里摇曳点头。那南岭北坡里茂盛桑树绿叶，在阳光下，闪耀着绿色的波浪，听得出来，仿佛有一箔一箔的金蚕宝宝正在会餐，发出嗤嗤的响声，一下子感觉地球在响声中徐徐转动。

柳化谋念念不忘孙贤良的伤情，实际上是别有用心。刚过十天，他挂着文明棍，站在石塔前的山梁上，俯视着孙家坪的庄稼依然那么茂盛，桑树林依然那么葱绿。突然想起孙贤良讲的种庄稼和育桑园有个合理的问题，还是有点道理。又想起，他说年轻人有主见，做不了儿子的主，我总不能低声下气地找他儿子吧！于是提起双脚扑踏扑踏地走上下山的小路。

老爷，你去哪儿？农工谢义堂扛着锄头收工回来，在庙坪子碰见时问道。

柳化谋把文明棍提起朝山下指了指，不在意地说，到孙家坪。

送送你吧？

不用！不用！

要不要接你？

过一个时辰，你到火神庙前头等我就行。

好，老爷！

柳化谋走过一棵枝叶繁茂、硕果泛黄的枇杷树，老远看见孙贤良拄着拐棍，一跛一跛地练走路，便搭腔喊道，老表，看来好多了！

柳老爷，谢谢问候！孙贤良停止走动，不经心地应答了一句。又补充说，请坐，请坐。

柳化谋没有坐的意思，开门见山地说，我上次给你讲过，准备叫孙明义来帮我办丝织作坊，你考虑得怎么样，是同意还是不同意？

孙贤良把拐棍往椅子上一靠，坐下说，我不是给你讲了，明义大了，我做不了他的主。

给他讲过吗？

没有见过他的面。

这么忙呀？

不知能忙个啥结果。

既然这样，你能托个人捎信，我要见面谈谈。

孙贤良一见柳化谋就猜准了一定是为儿子的事来的，早已成竹在胸，带着询问的口气，行倒是行，地点放在哪里？

老表，你选择吧！

弥院寺、财神庙、板庙子，哪个地方都行。

财神庙离我家近，就搁在财神庙吧！行不？

行。为慎重起见，你写几个字，我托人送去，这样妥当些。

你有笔有纸吗？

穷人家，哪有那玩意儿。

不麻烦了，带个话也行。

孙贤良嘿嘿一笑，吩咐二儿子去摘一小碗黑色桑葚，用手捻了捻，墨水制成了；接着又去削了一根细竹签做笔，又拿来一小块构皮纸，全部放在小方桌上。他朝桌上一望，开心地说，请老爷提笔挥毫。

柳化谋无奈地连连摇头，没想到会别出心裁，啥办法他都能找得到，做啥熟啥用啥嘛。他苦笑着拿起竹签，溅了几下桑子黑水，在构皮纸上写下了几个字：

孙明义，你爹同意，在财神庙面谈有关事宜，须届时到来。

孙贤良接过纸条一看，又将纸条展放在桌子上说，请写上时间和你的名字。

柳化谋有点不耐烦，心里抱怨是故意在挑毛病，说，行了行了，告诉他就完事。

你不写，啥时间，是谁叫他，怎么知道？孙贤良有理气地说。

柳化谋不得不在落款处填写自己的大名，在名字前写了"明天上午早饭后见"，而且将这八个字用单括号括了起来。然后递给孙贤良，说，该完整了吧？

孙贤良一笑说，时间、地点、干啥、谁请都齐全，接着就看你们会面了。

柳化谋非常好面子，暗想别人在戏耍自己，但又无法表述，只好任何话都不说，摆了摆手就走了。

孙贤良坐在椅子上没起来，手里拿着那块构皮纸，在空中摇了几下，表示送他上路。

天空布满鱼鳞甲似的云彩，天气时而闪亮，时而暗淡，给人一种沉闷的感觉；山地刮过一阵阵山风，空气凉爽了许多，又给人一种舒适的感觉。

财神庙坐落在孙家梁的山垭子，不算高高在上，但也是一处雄踞的地方，逢年过节，人们川流不息到此地许愿，或者还愿，祈求发财致富，家产万贯。但今天，这里不像往日那样热热闹闹，反而显得冷冷清清。不过，那云彩和山风，却增添了些许自然的气氛。

你来了。

我来了。

吃饭了吗？

太阳都跑到树顶了。

你拿桑树枝叶做啥？

赶路太热，扇扇子，还能养蚕抽丝。

那桑子呢？

恐怕饿了，走在路上吃，补肝润燥，乌发明目。

你这个孙明义竟会生经。柳化谋开玩笑地说。

那我去当道士了。孙明义一边扇着桑树叶，一边嚼着桑葚，郑重其事地说。

你爹给你讲了吗？

讲什么？收到老爷写的纸条，不知所措，跟今天的天气一样，像在云里雾中。

走，到家里谈吧。

不，就在财神庙讲，挺遂心愿的。

敲明叫响地说，我想让你来我这儿经办丝绸作坊。

老爷说笑吧！啥时开办作坊的？

你来了，就算开始了。

我一个人？

有你就会有一伙人。

我只能管点事，没有手艺呀！

这手艺嘛，对你来讲是容易学会的。

师傅呢？

不是有山腊梅吗！

师娘自有自己的徒弟。我哪能够格。

你太自卑了吧！如果你不行，那就没有合适的人选，那手艺就无法传下来。

既然真的要办，老爷究竟是咋想的？我可想方设法，以解难关。

柳化谋似乎非常相信孙明义的态度，一股脑儿道出了自己的宏伟蓝图。一是开办县上最大的丝绸公司，要走疆过海；二是开办后兼并山腊梅的丝织作坊；三是组织公司管理和从业人员，据说山腊梅要成立"山虹"丝织社，其原班人员一律不用；四是由你担任副董事长；五是做好山腊梅的稳定工作，你即可退出；六是继续限制种桑养蚕，有利我们公司开办，还可以考虑减息。你看呢？

规模巨大，有气势！

没你的魄力，那就没戏！

有计划吗？

是空的，要你策划实施。

老爷，你如果这样抬举我，我就站在你这一边，说一些不客气的看法。

你掏心窝讲。

老爷，后辈无理了，可能不入耳。第一点，大家都在向那目标奋斗，不能有丝毫的怀疑，只要坚定信心，目的一定能达到；第二点，要把山腊梅作坊吃掉谈何容易？人家初具规模，咱们还没个样样，连口都没张开，怎么吞掉人家？第三点，即是如老爷所说的兼并后一律削减，一个都不用，人家的管理方法怎么借鉴，人家娴熟的手工艺技术怎么运用；第四点，组织管理人员的构成，至少得三人或者五人，如果有重大事宜表决也好处理，少数服从多数；第五点，我认为做稳定工作是对的，即可退出，时机完全不成熟，不可草率从事；第六点，老爷一直在限制栽桑养蚕，结果呢，究竟减少多少面积？不得而知。可以证明一点，栽桑养蚕，是穷人改变穷日子所选择的一种活路，我看是众望所归，人心所向，难以抗拒。

柳化谋沉默着坐在庙前的长石坎上，一直没说话。过了好大一会儿，他把文明棍攥在手里，往石板地上掸了掸，才缓慢地开了口，照你讲的，马上开办不可能。

我该怎么说呢！

估计多长时间？

恐怕最快一年半，最慢两年半，得同心协力。

那行，我心中有个数。这期间，你得疏通那几个方面，以打好基础，争取一年半到两年时间开业。

老爷，当然最快为好。不过，有几个不明白的地方，你得解释一下，让我更明白些。

什么？

董事会组成的人选是怎么考虑的？

我为董事长，副董事长是柳三安、孙明义。

如果尊重山腊梅丝织作坊，对山腊梅如何使用？

可为第三副董事长，按你的意见，可再加一名，五名人员组成这个公司机构。

柳三安可先回来，做好先行准备。

不行，他在那里要掌握情况，有所攻势。

噢。我可做好内部的破解事宜，不但可以拉拢山腊梅，而且很容易笼络人心哪！

你有优势，多一个人多一份智慧，力度更大一些。

能否放宽限制育桑的面积和养蚕的张数？

可以稳定现在面积，对我们有利；至于养蚕张数就不管了，他缫丝收购就那么大，蚕农自己就会掌握的，不用我们去操那份闲心。

是这样的。

还有啥需要明了地提出来，当面说清楚。

没。

你现在跟我去看一看准备筹备丝织业的房子，这几处房屋都是山腊梅看过的，她说大部分可用。再就是立得远一些，瞭望南山北岭，东槽西洼，成片的薄地，哪片适合桑树生长，可以退田育桑，改农工为桑农。

孙明义随着柳化谋边走边说边看，但心里一直在想，对柳化谋的意图，虽不是了如指掌，但对他心中活动轨迹起码掌握了十有八九。你的办法会走向绝路，绝处逢生，便是我和腊梅姐的出路。不信，苍天睁开眼睛看看，那一天，不是一年半以后，而是在那以前就驰名一世。我还断定，为期不会太远。

柳化谋一路观察孙明义沉重无语，神态从容，第一估计是他在费尽心机想发财的大事。到了水泉沟时，他问道，孙明义，这山这地这房，如何？

孙明义延续着那美好幻梦，被一句无关紧要的话语拨醒，充满希望地说，毫无疑问，这就是公司的本钱，成事在天，谋事在人。几处房子，山腊梅有眼光，丝织用房完全可以，至于退田育桑，由老爷确定。因为是没出租的山林和土地，想怎么处理就怎么处理，别人也不能横加干预。老爷，对不？

柳化谋一摆手，说，不对，你是自家人，说说也无妨。

孙明义一想，要是他拿出几块土地栽桑，就很可能把桑农挤掉，挫伤为山腊梅育桑养蚕的积极性，肯定会影响蚕茧的供应。他直言不讳地说，老爷，待缓一下，筹备就绪后转换耕种农作物不迟，提前了，粮没了，桑用不上，自己把自己掀到坡里了。我认为，不可取。

柳化谋看着西边的太阳，说，我再考虑。走，到家里吃饭！

孙明义摇摇手，说，我该走了。

柳化谋有点生气地说，是老爷管不起你一顿饭，还是对老爷有成见，要么你答应来这里是假的。

孙明义强硬地发出嘎嘎的笑声，老爷，说什么呀，我怎么有那些想法呢！该敲打，该敲打。

实际上，柳化谋早已安排好了。孙明义跟着柳化谋一踏进门，一眼就看见那张漆黑的方桌上，已经摆好四个凉菜和六个热菜。直接入座进餐。

胡艳花提着酒壶，给桌上又摆了三个酒杯，说，明义呀，你是不容易请的客人，给你斟一杯酒，咱们同老爷一块儿高兴高兴。

孙明义赶忙站起来，大娘，不敢当不敢当！

快坐，快坐，将来公司办成了，是一家人，不说两家话。来，共同干杯！柳化谋提议说。

孙明义客气地说，老爷，后辈不胜酒力。谢谢啦！

胡艳花劝说道，年轻小伙子，连一杯酒都不能下肚，哪能显出年轻人的刚气。喝了！

大娘，我确实滴酒不沾，请谅解后辈。

柳化谋一见为难的样子，将酒杯一端说，这样吧，都把酒杯端起一碰，明义只闻不喝，我俩喝起，预祝丝织公司合作经办顺利成功。行吧！

孙明义勉强举起杯子相碰，捧在鼻子间闻了闻，便放下，说，祝长辈松乔之寿！

柳化谋喝了一杯，明义呀，常来走走，通通气，答应的按答应的做，好吧！

没说的，没说的，桴鼓相应，助长声势。孙明义站起来，又说，我吃好了，请二老慢用，我该回去了。

胡艳花笑着说，坐会儿，急啥？

孙明义挪动脚步，说，赶紧回去看我爹。

好，孝顺的孩子。明义，你最近见过晓云没有？胡艳花不知怎么的提到孙明义不愿听到的话。

孙明义愣了半天，才找出自己认为应该回答的话，我没什么事，找她干吗！

这时的柳化谋听到这令人尴尬的问话，吭吭了几声，明义，你走吧，精心点做事啊！

孙明义听见装着没听见，一言不发地走出了门。他走到门楼子时，正巧碰见柳晓云噔噔地上石台阶，便从她的一侧噔噔地下了石台阶，疾步走在了后门外的场子上。

柳晓云脑子里一时闪现出疑问，他为什么出现在这里？还不同自己搭话，像两个陌生人相遇。她站在门楼子上，尖厉地喊了一声，孙明义，你就站在那儿！

孙明义回头一望，见她向这边走来，站在这儿看后门啊！

想站岗就站岗。柳晓云冷淡地说。又问道，你到我家有什么事？

孙明义定了定神，说，去问你爹吧！

我问你呢！

问我有什么用？

没用，也得问清。不说是吧，我会有办法的。

怎么着？

不然，我去告诉腊梅姐，你有暗中串通的嫌疑。

你说得真难听。

不听难听的话，就说实话。

是合伙经办丝织公司的事。

你傻呀你！

我确实不聪明。

孙明义，我不是那个意思！

不是，是啥？

钻进圈套，上当受骗的是你。

这倒是有点意思。这个意思在我心里装着，不会忘记，更不会丢掉。

哎呀，莫耍嘴皮子，这可是正经的事。

孙明义觑眼望了柳晓云一眼，那悠闲、警觉、缠绵的神态，实在有点令人感动。他更轻声地说，我知道怎么去应对，你不要掺和，柳家大小姐，行吗？

柳晓云伸手拍了一下孙明义的肩头，而且拍得很重。接着，嫣然一笑，说，你心中有底呀，还绕圈子逗人。

严肃点，不要笑。我问你，你上次给报的消息掘坟那事，究竟是谁搞的？

后来我向那位农工打听，他觉得是柳三安，但不敢肯定。有一点他是肯定的，牵头闹事的人，是从柳三安那里领的钱，然后分给去的人，每人发了六块钱。我想，这钱绝对不是柳三安从自己腰包里掏出来的，是从别人那里要的，确切地结论，是给别人发的闹事经费。

这人是谁呢！竟敢如此大胆地胡作非为。

不知道！

会不会与他大爹有牵连？

不知道。你断定吧！

胡艳花站在门楼子上大声叫道，云云，赶快回来吃饭，一会儿饭菜都凉完了！

妈，就来了！柳晓云答应着往回走，又转过面对着孙明义，担心地递了一句，小心点啊！

孙明义微微地点点头，大步流星地穿过白石塔，路过中午来过的财神庙前，停留了片刻，望着庙里的财神爷，心里古怪地想，财神庙有财神，可没储存金钱哪！那个号称的大老爷，是墙里的柱头不显身哪！联想到刚才问道会不会与他大爹有牵连的时候，晓云只说了不知道，并没有反驳。当然，她有她的想法，是合情合理的，不可强求人家有鲜明的义举。还有，在讲到柳三安与他大爹有牵连时，她并没有露出惊讶，而是非常镇静，这潜在地表现了她极有控制自己的能力；或者，在她心里的是非标线，完全隐藏在举止言谈里。谁能觉察呢？那恐怕是只有发现她长处的人。

汉江岸边的夜空，突然被一道一道的手电筒闪光划破。过了一会儿，这闪光又在空中绕了一圈，接着一闪一闪地过李家场，经段家湾，上了周家垭的周家嘴子。闪光在这儿消失了。黑黑的夜色，只有暗淡的星光透亮眼下的山林、江河、村落和庄稼。

孙明义揿灭手电筒，坐在一块大石头上，闭了一下眼睛，脑海里闪现出柳晓云的影子。接下来又想，是在这儿，接到柳晓云送来的信，这石头正是她坐的那块石头。她应该是向着我们的，也是为丝织作坊扩大在做她力所能及应做的事，是在尽心，不能怀疑。怀疑人家，就等于怀疑自己；

不相信人家的行为，就等于不相信自己的眼睛。

丝织作坊各房间灯火闪亮，热气腾腾。丝织工人情绪高涨，熟悉工序，掌握技巧，正在为准备正式运营苦练本领。

孙明义一见这热火朝天的场面，紧绷的心情，一下子变得舒展多了。他直接找到山腊梅，还没来得及说话。山腊梅十分有把握地说了一句，收获不小吧！

你咋猜到的？孙明义愕然地问。

这还用猜吗。说说吧！山腊梅还是要问个到底，心里才会踏实。

孙明义却卖起关子来，姐呀，我这次确实悟出了一个道理。是不是道理，我也不懂，但我越想越是这样的。

那你说说看。

要依靠同富人家建立关系，以求改变穷人家的现状，这是要认真考虑的，来不得半点马虎。拿乡里乡外的富人来讲，没有一个同穷人建立亲情关系的，密切来往更是少见。如果有个别人这样的话，我敢打包票，是另有企图，一定不怀好意。

很有见地。比如说呢！

眼前的例子，就是柳化谋的打算，不出我们的所料。不过，他的口气很大，野心不小，要把我们全部吃掉。

他想把我们踩在脚下，谈何容易。做他的美梦吧！

是不是真的？肯定不是真的。他表面对我过分地热情和信任，我就感觉虚伪、假意、伪装。

情感真实的投入，要有很大的付出，他能平白无故地拿出来吗？不可能。

是的是的，要有一个赚头。孙明义把全部情况告诉了山腊梅，又袒露了自己的想法。干脆退掉丝织工柳三安，中断在内部联系。山腊梅不同意这样做法，理由是，柳三安到丝织作坊是自己答应柳化谋的要求，应允他的心愿，这倒不打紧。关键是泄露了你的底细，他马上会认为是你在捣鬼，过早地暴露了你两面角色的身份，咱们的牵制计划就泡汤了。孙明义不得不承认山腊梅的分析，但他担心的是，恐怕柳三安会借机会，配合柳化谋在丝织活路中作梗，或者破坏，内外夹攻使丝织作坊遭受损失。山腊梅又说了，忧虑不可不有，但让自己前怕狼后怕虎，这就不必了。我们要注意防范措施，这才是最重要的制约办法。

申治平进屋后，坐在一旁听到这些对话，不由得也插言了，你们讲得都对，人心隔肚皮，虎心隔毛皮，很难琢磨得很透。我总觉得柳三安来了以后有点不踏实，成天同强仁愿勾搭在一起。强仁愿也变了，成了另外一个人的样子。我老是在发闷，这究竟是怎么一回事呢？

山腊梅接着说，都有这样的感觉就对了，说明他心虚，更证明我们的警觉是灵敏的。现在摆在我们面前的是要团结丝织工，鼓足劲地干，眼睛睁大点，不应瞎忙乎。实际上，是柳化谋为我们开拓丝织业提供了一个竞争对手，给我们创造了一个发展的环境。

柳化谋肯定会输！孙明义坚定地说。

山腊梅笑着说，我们做我们的，他想他的，断言终在成功之后。

不管怎么说，最近丝织社成立的进展还是一帆顺利的，红红火火的，这使申治平和山腊梅非常满意，心情舒畅，欣慰兴奋。

孙明义出门的时候，正碰上柳三安正要走进印染间，问，你提的啥？

下午买回来的染料，放进屋。柳三安将提的笼子轻轻地举起来抖了两下说。

调色调得怎么样，掌握了吧？孙明义继续问。

差不多。

差多少？要百分之百才行！

熟能生巧嘛，反复几次，就会达到你的那个标准。不过，掌握了成分比例，那就简单得比一还要简单。

你说的跟没说一样，可要专心致志啊！

我会细心的。哎，大伯的腿好些了吗？抽空得去看望大伯。

不用。好些了，中草药单方治得快！

大伯是好人，咋能遭这样的孽？

天有不测之云嘛，难预料。三安，我再和你探讨一个事？

你说。

到山家掘祖坟的事，你怎么看？

知道，我听别人讲才知道的。去后一看，大娘就被撞伤了，鲜血流在大伯的坟茔上。我正准备叫人送百草堂医治，你就来了。大概就是这样。

去掘祖坟的人，你认得不？

我去时，他们被你撵到山洼里了。离得很远，没看清那伙人。

噢，那有可能。那天有点雾，不容易分辨张三李四。好，你去休息吧！

孙明义发现他说话时神色有点慌乱，口语有点结巴，证实柳晓云说的话是真的。他望着柳三安走去的背影，暗暗地想，终究有得意忘形变成垂头丧气的时候。他到作坊各间查看了一遍，正要回房时，只听见山腊梅站在大门口说，明义，我们已经商量过，明天放假歇歇，喘口气再干。

好，我知道了。

# 十

夜，安谧、宁静。偶尔传来几声狗的叫声，过后，只是黑咕隆咚，没有一丝响动，仿佛地球停止了运行。

山腊梅把申治平的洗脚水，泼在门外院坝里，回身闩住大门，说了声，睡吧！

申治平正在忙着收拾梭子，抬头望了一眼，只嗯了一声。看她进了睡房，半掩着门，油灯还亮着。之后他放下梭子，进了自己的睡房，扑一下吹灭了灯。

快半夜时分，申治平翻来覆去睡不着，感到口干舌燥，心中烦闷。索性坐起来，靠在墙上，端起床头柜上的茶杯，咕咚咕咚喝了几口。心想，人讲不喝隔夜茶，这茶还没过子时，或许还能助兴呢！又想，这么多年了，许愿许了几回，还没个影。他越想越没有睡意了。于是，轻轻地下床，走到堂屋中间，透过门缝，见腊梅一丝不动地侧身睡在床上，估摸大概睡着了，猛然间，她动弹了一下，翻了个身。没有睡着，是在想什么，也在折磨自己，想的是不是同我一样呢！他的懊丧没有给任何人表述，虽然这么多年以来，没听到腊梅一句怨言，但是心里一定有伤痛。要谴责的该是自己。这个夜真难熬，也许是对我的报复，谁让你将一个妙龄女子白白地占领；也许是对我的摧残，这是自己招来的不幸，种地不点上种子，哪有结果呢。哎呀，有一个娃儿，就生气活泼了。

申治平返回自己的房间，看着桌上搁的怀表，已经一点半了。他鼓起勇气走进她的睡房，拨暗了油灯。

山腊梅确实没有睡着，伸出胳膊，把他扶上床。他迫不及待趴在她身上，同以往的动作没有什么区别。她的感受，是他在尽力地折磨自己，最大限度地减轻给妻子带来的难受和痛苦。毫无效力，越折腾越不痛快。

起来，起来！山腊梅说。

咋老是不来劲。申治平说。

太紧张。

没有啊。

要儿子，太心切。

这倒是真的，与那怎么能连一块？

算了，算了，不说这个。

说实话，民间讲，不孝有三，无后为大。我虽然没爹没娘，你也没爹没妈了，但我俩在一起，都牵扯这事，你我都是不孝之子之女。在众人面前，好像比别人矮半截子，说不起话。

那又不是自己愿意这样做的，不要自卑嘛！

绝后，人家会怎么讲？说这人心眼短。

短是啥意思，我知道，就是做了很多瞎瞎事。我们没做什么坏事，百姓都议论我是好人，为大家经办丝织业，开辟挣钱的路啊！

我也听到别人的称赞。

治平，不要想地钻到墙缝里了。我想，咱们会遂心如意的，胡思乱想只会动摇自己的意志，对吧？

对，有时控制不住，就怪天怪地了。

放眼千里，天地宽！

过了一会儿，申治平回到自己房间，收拾没拾掇好的织布梭子。

月亮升起来，慢慢地爬在窗子上。

山腊梅经一番是甜蜜或是凄悲的折腾，无法入睡。她为使自己心境平静下来，透过窗户，细数着月影中的竹林，一根一叶，一叶一根，根根相依，叶叶层叠。看不见绿叶和绿杆，夜色苍茫，看不到竹林有多大，是那么地朦胧和模糊。她在似睡似醒的梦境里，不觉听到鸡叫声，数着数着，把早晨的霞光数在了眼睛中。

这几天，申治平在辛勤的操劳和忙碌的间隙间，没有彻底消除烦恼和郁闷，心里像悬着一块石头，沉甸甸的。他想了许久以后，终于向山腊梅开口说，咱们是不是要一个娃，你看呢？

抱谁家的娃？

你不是说过，彩莲有个儿子吗？

让她姐抚养了。

她姐夫，我认得，他家有一儿一女，活神仙，还抱人家的娃？

护佑生命嘛，况且又是亲戚，不然就没一点人情味，还不如野牲口了。

给她说说，看行不行？

要征求她的意见，等我们的丝织业稳定后再提这事，也不迟啊！现在不要分心。

在理。要不，咱们再去弥陀寺上个祈福的高香吧？申治平虽然不想这样说，但是不由得还是吐出了心里真实的想法。

山腊梅想了好大一会儿，就随了他祈福求子的愿望，也是了结自己的意愿，不然他会产生逆反心理。可笑的男人，可笑的女人呀，谁为谁如此执着，求神拜佛就能生出孩子吗！她想了又想说，走吧，啥时候？

申治平笑了一笑说，明天吧。

弥陀寺坐落在四面低坡的庄稼地，中间凸起而平坦宽阔的高地上，是方圆百里较有名的寺庙，来这里上香许愿的、卜卦算命的、祈求风调雨顺的，表示悔过自新的人，像寺庙南侧的汉江水流一样连续不断。人们带着虔诚、恭敬走向这里，又揣着平坦、期望回到家园。他们把企盼寄托于神灵，苍天保佑；又将期待托付给双手，勤劳赐福。

山腊梅走到庙门前站住了，望着三个人都抱不住的又高又粗的柏树，苍老挺拔，遮天蔽日。她不由自主地想到，小时候是爹妈牵着哥哥和自己，来过多少次，记不清了，只记得每次到这里上香烧纸时，妈妈总是祈祷儿女无病无灾、平平安安、健健康康地成长。返回时，拉着爹妈的手，心满意足，欣喜若狂，总认为爹妈引我们见了一回大世面，天广地远，见了十几尊神仙，惊心动魄。今天到这里来竟然高兴不起来，反而伤心欲绝，其原因是，在为摆脱不孝，做那件办不到的事自己欺骗自己，还不醒悟。

进庙吧！申治平催促道。

走！山腊梅扶着申治平跨进了庙门高高的、厚厚的木门槛。

寺庙院子香火燃烧，烟雾缭绕，给人一种静寂、庄严、沉重、压抑的气氛。每个人，仿佛全是在自己同自己对话，凝聚的目光却在向神像传达真诚。

申治平拉着山腊梅在香炉上了三炷香，在纸炉烧了六叠纸，直接走到卜卦先生桌台前，端端正正地站着没动。先生一看，明白两人来意便摇了几下卦筒，放在桌上，没说话，只点头示意。申治平伸出一双手撮了几下，然后小心谨慎地从卦筒抽了一支签，自己没看，便递给了先生。先生捏签伸臂一举，大吉，大吉。

申治平接过签一看，喜出望外，神色飞扬地笑了一下，把签递给山腊梅。山腊梅扫了一眼，感应灵签，大吉：

称尔心，

称尔愿，

顺风相迎世祥安。

称时福见。

她心里默默地想，但愿如此吧，天知道。便拉了申治平一把，笑着说，走吧！

申治平转过面向先生点头致谢，又回过头来，满意地向她笑着说，嗯，走，走，谢天谢地！

山腊梅扶着他出了庙门，回望威严的大庙上殿，心里回应着，还应该致谢神仙、卜卦先生，还有谁呢？那该轮到痴心如魔的自己了。她抬头仰望参天的柏树，感叹地说，这柏树恐怕几百年了，苍老了！

别看它满身皱纹，还挺精神的。申治平挺着胸脯说。

是的，有天地的养分养着哪！山腊梅含蓄地说。

一阵热风从头顶上吹过，那眼前的一棵枝叶茂密的柿子树，在风里摇曳不定，那一串和一串还没有变红的青柿子，在风中摇来摆去，那一群山雀飞进丛叶中，仿佛光顾了一下，不可觅食进餐，扑棱棱地飞走了。

猛然间，从柿子树背后的麦地里传出了急促的喊声，姐，快救救我吧！

谁啊？

铁娃。

铁娃，咋啦？

他们要逮我。

为啥？

当国军。

谁，知道不？

薛家湾二连的。

人呢？

在后边到处搜呢！

你出来，跟我们一起走，挺起胸，莫害怕。

嗯，听说你认识二连的人，给讲讲情。

正说着，从胡家梁边向屈家院子小路的拐弯处，东张西望地走出两个士兵。其中一个在大喊，那不就是梁铁娃吗？看你往哪里跑！另一个迅速冲在申治平面前，问，是你们把他藏起来的？

申治平把拐杖一提说，他是我们作坊的棉农。

他还是丝织作坊的蚕农，光明正大的，一个大活人，能藏得住吗！你们找他做什么？山腊梅向前走了一步，质问道。

当兵。

他家老大不是被抓去了吗？

战事吃紧，兵员不足，只能这样。

兵役法规定，不是二抽一吗？

这是上峰的指令。

上峰指令就指定你们抓梁铁娃。

我们也不清楚，本来要去抓柳三安的，不知啥原因，就来抓梁铁娃了。

山腊梅又问，就你们俩？

我们排长带队。

人呢？

排长让我们先到处找寻梁铁娃。他上弥陀寺了。

姓啥？叫什么名字？

姓薛，不知道名字。

申治平收起拐杖，心平气和地说，我俩认识他，他还是我的湖北老乡。你们能不能派一个人，去找他来一下？

不用，不用。他说立马就赶上我俩的，找着找不着，一块儿回连部。

那不是吗？是不是你们的排长？山腊梅向寺庙东边的下坡路上一指说。

是的，是的。我给你们说，我们排长还是很好的一个人。

申治平老远地喊道，老乡，老乡，在寺庙旁的神仙身边见到你了！

缘分，缘分，神仙保佑。你和嫂子一路啊！薛满仓哈哈大笑说。

是啊是啊，正巧遇到你的两个兵。

梁铁娃是要抓的人？

本来不该是他。

没等薛满仓说完，山腊梅插话问，那应该是柳三安，是不是？

薛满仓一笑说，嫂子咋知道得这么清楚？

是你的兵给我们讲的。那为什么又换成梁铁娃了呢？

实际上我们也没有掌握梁家的情况，是柳化谋出的主意，而且给乡、保都出了钱的。因为咱们是老乡，才给你俩讲实情。

有钱的出钱买壮丁，顶替他人，祸害百姓，没王法了。薛排长，梁铁娃家是棉农又是重点养蚕之家，不能带走，要钱我们也给你。行不？

是保里确定的，我不要你的钱。

申治平温和地说，老乡，无论如何，你不能带走梁铁娃。按你嫂子讲的给你一部分钱，只多不少。麻烦你帮帮忙，给我们变通变通，行吗？

薛满仓摇着手说，我这个人，要这样帮忙，讲一百遍，也不会昧心去帮的。

山腊梅气愤地说，柳化谋采取各种办法拆丝织作坊的台，实在太可恶了。

薛满仓想了半天，将不该讲的话说出来了。我也打听过你们的丝织作坊的筹备，拟成立"山虹"丝织社。柳化谋一心想把它变为自己发财的公司，所以不择手段。他带着乡长和保长，找过我们的连长，企图借军力来说服整垮丝织作坊。连长不愿意参与此事，或许也得到了好处，不得不表态说，先调查了解以后，再采取措施，不过到现在为止，也没有任何动作。

申治平求情似的说，看在老乡的面子上，你也得帮助支持这个只会手艺的老乡。

山腊梅大方地说，薛排长讲的这些情况，我也略知一二，他有他的鬼主意，我有我的神办法。薛排长，请你高抬贵手，慷慨相助！

薛满仓把头摸来摸去，想了半天，才冷静地说，好吧，除乡情、民情、友情之外，算不上慷慨正气，是意志的消沉。说罢，他高声向两个士兵喊道，你俩先走，我与申师傅说会话，带着梁铁娃再赶上你们。

是，排长！

两个士兵走得不远，薛满仓喊道，你俩不要走过梁家院子，就地等候！

是，排长！

薛满仓又叮咛，你俩要注意点。

申治平和山腊梅感到莫名其妙，站在那儿愣神。说实话，他俩把话说到那个份上，不好意思再问什么。

薛满仓看了看他们三个人，都显得疑惑不解的样子。便把梁铁娃拉到一边，又对他俩招手说，你们放心走吧。

申治平和山腊梅只走了短短一截路，站在路边的树丛里，直望着薛满仓在给梁铁娃说什么。梁铁娃好像有所领会，不断地点头。

薛满仓走在后边，梁铁娃走在前边。他押着他，不紧不慢地向梁家院子走去。

距离梁家院子很近了。突然间，梁铁娃快步跑进苞谷地，又跳下苞谷地的石塄坎，穿过段家湾，健步如飞，消失在深沟西面的丛林里。

与此同时，薛满仓举起手枪，往苞谷地里砰砰地放了两枪，高声大喊，跑了，跑了，快来追呀！

两个士兵闻枪声而至，慌忙问道，从哪跑了？

苞谷地。精得很，一转眼就跑！薛满仓说着也跑进了苞谷地。

排长，把苞谷都扑倒了。

再往前瞅瞅看。

这石坎垒的石头也蹬垮了，跑了，没见人影。

薛满仓找见苞谷地里一远一近的两个枪眼小坑，唉了一声，白白地浪费了两发子弹。

两个士兵抬头望着薛满仓，担心地说，排长，咋个儿交差？

我是排长，是我的过错，与你们无关。薛满仓拍着两个士兵肩头宽心说。

连长追查咋办？

如果要问你俩的话，照实说，嘴不要太长。

排长，知道了！

这样吧，咱们到梁家院子买两只鸡带回去。

改善伙食？

不，送给连长。

还是排长脑子灵。

申治平和山腊梅老远望着，两个士兵枪上各挂着一只鸡，跟在薛满仓的身后，一颠一颠地走出了胡家梁。

治平，你的老乡真是有诚意。山腊梅赞赏地说。

老乡见老乡，两眼泪汪汪。他没流泪，而留下的是义气。

# 十一

等了这么长时间，二连连长一直没给柳化谋音信，是有原因的。原因之一，是了解柳化谋有无条件吞并和开办丝织业；原因之二，当地老百姓栽桑养蚕，轰轰烈烈，据侧面反映，95%以上的蚕农倾向于"山虹"丝织社；原因之三，基于以上两个原因，须调查核实，再同乡保长商议，确定支持哪一家。这位连长心眼尖，已经派一排长薛满仓带领一位班长和一位士兵，不声不响地暗访多时了，只是还没听到排长的汇报，便也不主动地去询问具体情况。

柳化谋接到柳三安捎来的口信，成立"山虹"丝织社的筹备工作基本就绪。他更急了，坐立不宁，对胡艳花说，你同二连长张志严来往频繁，比较熟悉，能不能带上晓云走一趟？

去做啥？胡艳花把鬓发往耳后捋了一下问。

你明明知道，还装糊涂？

这一次去，不知给人家咋说。

就这么说，就说柳老爷正忙着筹建丝织公司，走不开，代老爷来感谢长官的支持，将来办成了，将重重犒劳长官和士兵们。

嗯，心中有数了。

我说嘛，你比谁都机灵。

胡艳花撇了撇嘴，进到睡房，从针线筐里取出了两双绣花鞋垫，在鞋柜里拿出两双做好的，还没来得及送去的布鞋，喊了一声，云云，走，出去一趟。

到哪里去？

跟妈走，就知道了。

噢，不会跳崖吧？

这娃，净说瞎话！

嘿！嘿！嘿！

刚走过白石塔，胡艳花看见前面上来一位全部武装的军人，搭眼细瞧，脆声脆气地喊道，是多山哪，差点没认出来。啥时回来的？

昨天回来的。大娘出去啊，这是晓云吧，这么高，俊得很哪，差点认不得了。

我们到薛家湾走走亲戚。是晓云，女大十八变，越长越好看嘛！胡艳花指着柳晓云，夸奖地说。接着，又给柳晓云介绍，这位是你包大伯的儿子包多山。

柳晓云冷淡地说，好像没见过。

包多山搭腔说，从小就出去了，后来去武汉当兵，一直没回来。

应该多回来，看看二位老人。

战事太多，离不开。这次是爹连续拍了三次甲级电报才回来的。

这么急啊！

是爹假借病危骗我的。到家才知道，人家提了一门亲事。包多山说着，眼睛滚溜溜地盯着柳晓云。

胡艳花听了以后，心想，是不是上一次扯闲话，他爹信以为真了？她说了句圆滑的话，那是好事，年龄不小了，不能再迟了。便拉起女儿，踏上去薛家湾的下山小路。

要到薛家湾，必须要走紧挨孙家坪的山梁，别无他路可走。正坐在孙贤良院坝喝茶聊天的张志严，发现了有人下山，问，大伯，那是柳化谋的太太吗？

孙贤良搭眼一望，是，是胡艳花和她的女儿。

张志严指着卫兵说，喊她们一声！

卫兵扯起嗓子喊道，大娘，干什么去？

胡艳花远瞧，是一位士兵在喊叫，立即答声，找你们的连长。

连长在这里，你下来吧！

真凑巧，找人不如碰人。胡艳花急急火火走到院坝边，不停地笑起来，能在这儿见到连长，幸运！幸运！

张志严手臂一扬，哪里哪里。找我有什么事啊？

孙贤良连忙说，晓云，扶你妈进院坝坐，先喝茶，然后慢慢地说，想说啥就说啥！

胡艳花边上石坎边说，她大伯讲得对，先喝茶。

柳晓云眼明手快，提起茶壶，给每个人倒了一杯茶，进了草房屋，见大娘正在刷锅，问，大娘，明义没回来？

忙得很，几天没见面了。

忙丝社呢？

那还有啥事把他牵住！

他给你说过我吗？

大娘抿嘴笑了，嗯，经常挂在嘴上。

柳晓云欣慰地笑了，大娘，你喜欢我吗？

大娘把柳晓云的刘海往上一捋，你净说怪话，乖女娃，好女娃，哪个能讨厌呢！

这时，院坝传出哄然大笑声。柳晓云手把着门枋一看，张连长一手拿鞋，一手拿鞋垫，赞赏着说，大娘真是心灵手巧，针线活做得这么好，比我妈做的要强十倍。

连长是在奉承我吧。那你媳妇的针线活，肯定是巧妙精细了？

哎呀，哪有那个福气啊！

咋啦？

还没呢！

连长、连长，黄金万两。找个媳妇，那是轻而易举的事。是不是你的眼头太高了？

哪能呢！像我们这样的人，成年东奔西跑的，没个固定的地方。再说啦，打仗是要死人的，谁愿意嫁给当兵的。

照这样下去，找个媳妇也难啊！

张志严把鞋和鞋垫往挂包里一塞，说，谢谢大娘啦。喝了一口水，又问，找我有什么事？说吧！

胡艳花把柳化谋交代的话向张志严重复了一遍，说，请连长操劳费心，来日定当感恩回报。

张志严习惯地将手抬起来一摇，说，不用不用。这桩事，你家柳化谋先生，曾两次来向我谈过，为了稳妥起见，我已派人去打听，请你们耐心等待。我想问一下，柳三安不在家，怎么一回事？

到周家垭学丝织手艺去了。

为的是丝织公司。

是的。

那就专心致志地真学，不要三心二意地去找敲门砖。你说对不？

实话，实话。

孙贤良看着他们各自走了，边收拾桌子边想，连长的话，是话里有话，胡艳花能不能听得出来，很难讲。对利令智昏的人，只能是置若罔闻。

胡艳花返回走到财神庙时，突然问女儿，晓云，你看连长这人怎么样？

柳晓云意识到问这话的口气，有点不满意地回答，怎么样，又怎么样，与我们有什么相干？

你看你说的，人家帮我们建丝织公司嘛。连长，大小也是个财神，你觉得那人行，托人给你找个婆家。

妈，又在乱说、瞎说什么哪！

女大当嫁嘛！

不出柳家的门，若要撵我出去，那就到黄土坡！

不过这人看起来，是世面上的人，能帮我们就不错了，还挑三拣四地拧瓷啥呢！

妈，我是你生的，布是爹织的。你怎么把我当成布到处卖呢？我是会说话的人，不是拿着去讲价钱的布。你不知怎么样做，才是真的心疼女儿。以后不要再提，要不，就上黄土坡！

好，好，好。到你要提的时候再提，行了吧！

柳晓云把气出在上门楼子的石坎上，只听得踏得咚咚直响。

站在门楼上的护卫见了嗤嗤发笑，不知是谁又惹了这位娴雅大方的柳小姐。

进门刚坐定不大一会儿，护卫站在门外说，老爷，有人要见你。

谁呀？

没见过。他说，跟你很熟，非见不可。

让进来吧！

哎呀，是先生。是啥风，把你吹来了？

喜风，喜风！包兆让我来，为他的儿子提亲。

确实是大好事，你卜卦了吗？

相配，相配。可同太阳和月亮相比。男在外，事业有成；女在家，独当一面。所处位置不同，目标一致，超越自己，致富发家，这完全是相同的。是一桩美妙而圆满的姻缘。你太太曾给包兆提过此事，你意下如何？

先生，这样吧，我和女儿和她妈再商量商量，再给你回话。好吧？

老爷，可不能错过千年不遇的机会啊！

先生走后，柳化谋一家三口坐在堂屋，反复讲了包家这门亲事还是挺般配的。虽然家产不比咱家富有，都是做手艺的，前途比咱家还要好些，再说儿子是副连长，干得好可升连长，说不定还能升至营长、团长呢！

胡艳花接话说，就是年龄稍大十岁，俗话说，硬叫男大七，不叫女大一。家里有钱了，啥都有了。

柳晓云眼睛一睦说，哪怕是当军长，不眼气；我还听别人讲，女大三，搬金砖。我真不值钱了，给人家去填房，娃都十几岁了。爹，妈，你们为啥不替女儿想呢？

柳化谋硬硬地说，爹妈挑来挑去，还不是为了你，为你找个富人家，享一辈子的福。

柳晓云气鼓鼓地说，幸福是找不来的，是用手里的茧子磨出来的。我有双手，不用你们操心，将来再苦再累，是自己找的，绝对不怪你们。

胡艳花长长地叹了一口气，说，你这娃呀，真要把妈气死，就甘心了。

柳晓云神情平静地说，妈，不能这样，是你在自己气自己。我这样说的意思是，爹妈可管我一时间，不能管我一辈子，是吧？

柳化谋噙着水烟袋，一直是吸几口，又装几袋，连续吸着一团一团的烟雾。当他从嘴里一缕一缕吐出的时候，发出撕心的咳嗽声。过了一会儿，他唉唉唉地叹息着，喊了一句，晓云哪，熟悉的门你不进，就走你那陌生的路吧！

柳晓云耍着孩子气，赶忙走过去，把她爹的水烟袋嘴抽出，捻了捻水烟装进烟嘴，划了根火柴点着，站在一旁听她爹呼噜噜地吸着，仿佛听见的是舒畅香甜的山歌。她轻轻地喊了一声，爹，以后少抽点烟，少咳嗽，或者不咳嗽，会长命百岁的。

柳化谋哦哦哦了几声，望着愁眉苦脸的胡艳花，点了点头，说，时代快变了，由她选择将来的生活方式吧，拦是拦不住的，只能是这样。

柳晓云听到这话，倒想起同孙明义悄悄告诉她的话意差不多。孙明义是从李家坝小学一位来自省城的黄老师口里得知的，快要解放了，要分大户人家的田地，穷人苦日子快熬到头了。种棉花织布，栽桑养蚕，把手工艺做好，翻身过好日子不是更快些？叮咛一句话，要明白世事！她想，爹是不是听到什么风声了，不灵通，咋觉得有悲观情绪呢！她又站在爹妈面前，好像在发誓，爹，妈，你二老放心，我会用智慧创造财富，充实幸福生活。

胡艳花还在唠叨着，说得再好听，一个女娃家，再有本事，还得有主事的人哪！

柳晓云自信地说，爹，妈，放心吧，天底下会有称心如意的人的！

胡艳花追问，该不会是那个穷光蛋孙明义吧？

柳晓云眼皮一翘说，我也不知道！

报告！

进来！

连长，你找我？

是的。你给我汇报的事，这几天，我仔细地琢磨着，柳化谋的胃口还是挺大的，山腊梅她们挺能应付这个局面。你掌握的乡长和保长他们态度如何？

是这样的。乡长同山腊梅有近亲的关系，同孙贤良家虽然是远亲，但常走动，孙贤良的儿子孙明义又是即将成立"山虹"丝织社的台柱子，因柳家是大户人家，有钱有势，有些民间的事，乡长是办不到的，但柳化谋却能摆顺。所以，对山家脱不开脸面反对，对柳家是不好惹，只能是含糊其辞，态度暧昧。不过，也难为这位乡长，他家也不算富裕，他爹栽桑养蚕，一部分加入了丝织社的股份，一少部分卖给丝织社。从骨子里，他是不愿阻止丝织业的发展的。至于保长，是个唯命是从的人，其女婿家跟着大伙也开始务桑养蚕，虽然还没有入股，全部的桑叶蚕茧都被丝织社收购。他的态度不明显，在我看来，乡长是模棱两可，保长是不愿自己做主，俯仰由人，自己要得罪那么多的人！

柳化谋一心想借用势力，把丝织社变为自己的。

他是不是把希望寄托在乡长和保长身上，说不准，要借用我们来出面，是他强烈的愿望，这是真的。

既然这样，你带上两个士兵去处理此事吧！也算是给柳化谋一个面子。

连长，叫不叫乡长和保长一块去？

不用叫了吧！

我想，把他叫上主动一些。

说说看，征求他俩的意见。

既然他俩也是那么地左右为难，我们去讲明意图时，他们是会随声附和的，对我们也有利。

行。交付你去办，主见要圆范些。

是，连长。

哎，我再问你，孙明义是台柱子，为啥答应给柳化谋出力？

据我所知，该是两面人，乔装得如何，就要观察最后的结局。

那梁铁娃呢？

他是壮丁的受害者，寻他，他东躲西藏，才抓了他。他趁我们不注意，还是跑了！

自己跑了？

嗯，没追上，跑了。

三个人抓了一个人，反倒跑了，真是有意思！你们的警觉，实在是差很大很大的高度。

是，连长，我们确确实实是麻痹大意了。你给我处分，与那两个兵无关。

好，给你一个处分，那就是还领那两个士兵，去解决山柳两家的矛盾吧！

连长，我应该为谁说话呢？

你是问我的倾向，是吧。梁铁娃跑了，柳三安不见人，我到哪儿去找倾向呢！你这个一排长，竟敢捉弄我这个连长，吃不完，得兜着走！

他俩仰面大笑，毫不夸张地说，笑声把门外江岸的沙石都震得飞扬起来。

一班长和士兵站在门口，也感到很兴奋，喊道，连长、排长，我们等着，现在走不走？

张志严看了薛满仓一眼，声音洪亮命令道，出发！

薛满仓走出门外，同两名士兵站在一起，一同向连长敬个军礼，异口同声地答应，是！


乡长，我们先到柳家，还是先到山家？薛满仓问。

乡长回答，排长确定。

保长，你呢？

排长，随便，先到哪家都行。

薛满仓望着马上要登山的小路，笑着说，那我就独断专行了。

乡长说，排长，你走的地方多，见识广，你就拿主意吧！

保长说，是的，我也是这个意思。那壮丁之事还提不提？

薛满仓边走边说，不提。柳家离这儿近，山家较远，咱们先近后远，周家垭距离你们乡保不远，回去近一些，免得走些冤枉路。

乡长说，排长考虑得很周到。又问，排长，对柳家和山家的纺织业，究竟怎么讲才合乎实情？

124

薛满仓想了想，说，点到为止，不可讲得太细，不可能为他们出谋划策。对吧？

乡长说，是的是的。谋事在人，成事在天，关键还是在人。他们谁有能量谁就破竹而上，我们没入山家的股，又没沾柳家的光，费那么多心干啥！

唉，乡长说得有理。那个"破"字用得恰如其分，我们只能点破，使他们明白别人，懂得自己，启发他们强弱的抗争的结局，才是我们解决矛盾的上策。

保长轻轻地拍着手，说，这话讲得真好。

火红的太阳仿佛挂在树顶上，慢吞吞地走着走着，迟迟走不出树冠，遮盖处有一番凉意。白石塔静静地站在孙家梁上，仿佛在看着这一帮人的去向。

一走进柳家院子，大家望着熟悉的乡长和保长，猜摸着是不是柳家出了什么事，乡里保里都来人了。不对呀，乡长保长跟着几个当兵的，不知干啥！

柳化谋眉飞色舞站在门楼上笑着，招手迎接。

人们只见他们一个接一个，有秩序地走进了柳化谋家的大门，有人啧啧地议论说，柳老爷这个人就是有头有脸，连国军也光顾门庭。有人反驳了，不对，是人家有钱有势。

柳化谋内心清楚他们来干什么，乐滋滋地招呼着，请坐请坐！又喊道，给客人上茶。

大家各自坐定。一时却寂静无声，相互扫了一眼，以微笑代替了见面的礼仪。

薛满仓喝了一口茶，看一下乡长和保长，表情的含义是征求他俩的意见。他俩心底也十分清楚，会心地把手摇了几下，只喝茶，没吭气。

柳化谋一直忙活着倒茶递烟，不时侧脸斜望乡长和保长一眼，不知道也不想开口询问什么。只能睁着眼睛静静地等待他们，等待他们讲出自己想要知道的真话。

薛满仓终于开口了，柳先生，丝织公司筹备得如何？

柳化谋终于等到问主题的时候了，一五一十地说，这个想法和进展情况，我和娃她妈都向张连长报告过，希望干预此事；我多次同乡长和保长沟通，也得到他们的过问；还有，周家垭丝织作坊的山腊梅和孙明义，曾先后来查看过，都认为这三处的房子可用，仅需修缮改造；近来，我确定将一部分山地腾出来栽桑树，我的农工家里必须养蚕，不然就不能在我这里做活路了。大概就是这样。

只是设想。得多长时间才行？

一年多吧！我让我的农户孙明义，已经开始做了。

我知道这个人，就是孙贤良的儿子。是吧？

是的。我专门同他商量过。

呵，商量过！丝织设备呢？

即将购置。

薛满仓朝着乡长、保长笑了笑，你俩说说吧！

他俩异口同声地说，排长，你讲。

薛满仓收住笑容，严肃地说，我是代表连长来的，他清楚你要成立公司。不过，你虽做了不少的事，但距离公司的成立还有很大的差距，还需要十倍的努力。柳先生，你看呢？

柳化谋对这样的评价，是满意还是有意见，只有他自己心里最明白。他不自然地一笑，服从地说，尽力尽力，会尽力的，请转告连长，希望继续过问丝织公司的成立，这样，风向就一定有一个转变。

薛满仓转了一口气说，但愿按你自己想的能早一点成功！听说山腊梅的丝织作坊，已经成形了，你要更加倍努力，或许能赶上。

乡长说，鼓点劲，柳老爷。

保长说，柳老爷，严峻是严峻，船到桥头自有路嘛！

柳化谋连忙将手一合说，谢谢你们的鼓励和期望，我会竭尽全力去争取。

薛满仓出门时，对柳化谋说，不讲客套话，我们翘首以待。离开你这儿，我们要去周家垭一趟，对山腊梅也要敲打敲打！

人们常称周家垭，按地域划分，位于半山区，处于浅山区和黑山之间。村境多是缓坡和平地，土地肥沃，庄稼繁茂。毗邻李家河深沟和黑山余脉，群山雄峙，层峦叠嶂，绵延不断，云雾蒸腾，溪水叮咚，草长莺飞，鸟语花香，景色诱人，美不胜收。

过了李家沟，乡长抬头朝山上一望，要爬陡峭的山路了。他提议，排长，歇一会儿，喘口气再走吧！

薛满仓没走过这样山势的路，想了一想说，慢些走吧，不是有言道，不怕慢，就怕站。看来，你这个乡长走平路走得多了，在艰险面前有点胆怯。是不是？

保长圆滑了一句，主要担心排长走不动，我们走惯了，啥都不怕。

薛满仓望了保长一眼，看他胁肩谄笑的样子，说，经常走，就不怕累了。走吧！

乡长领头走进申家院子，搭眼一看，一排丝织作坊的房子排列有序。这时，正碰巧山腊梅从缫丝间走出来，招呼道，乡长光临，请到屋里坐；又笑着说，这不是薛排长吗，请不到的客人哪！保长也来了，保咱平安，对不对？

保长大笑着说，山腊梅言之不妥，是薛排长带领我们来此，询问丝织作坊的开展情况。

乡保长了如指掌吧，是他俩带我走这不熟之路。薛满仓有意地说。

乡长摇摇手说，不够不够，只是道听途说而已。

山腊梅坦直地说，排长，既然这么谦虚，那就先参观参观吧。

薛满仓爽快地答应，好！

山腊梅领着他们看了缫丝间、织造间、印染间、整理间及其丝织存放间和蚕茧收购间。相继介绍了孙明义、水彩莲和柳三安，薛满仓听了以后，产生了摸不透的联想，孙明义和柳三安在演什么样的角色自不待言，各自都在打自己的如意算盘。不过，这是他们的事，咱们确实管不着。乡保长感到心中很不安，柳三安能是真心学手艺吗？从实际状况看，柳化谋居心不良，不然出钱买壮丁做啥。

为啥有这样宏伟的想法？薛满仓问。

是我爹妈想用栽桑养蚕改变一下生活。由丝织作坊建立丝织社的想法，像鸟的翅膀一样，让我们的贫苦百姓越飞越高，而且有恒心有毅力，靠这翅膀越飞越远。山腊梅津津乐道地说。

能发丝织的财吗？

贫穷的日子，逼得我们不得不想方设法发个大财，不是大财，小财也行。我们想好了，真真正正、踏踏实实地做这个梦。我们自己不哄自己，也不会骗人，做丝织确实比别的活路能多挣钱。

顺当吗？

阻力不小。说实话，不仅如此，而且我中有他，他中有我。这个他，存心不良，千方百计要把丝织作坊吞并，变为一人所有。

孙明义插话说，不管咋样，正义始终会压倒邪恶。那痴心妄想，结果终会化为泡影。

薛满仓怀疑地说，是这样的吗？听说你同柳化谋有来往，对吗？

孙明义毫不掩饰地说，那是无公害的合作，是被逼的，不得不这样做。

乡长和保长莫名其妙，既摇头又摆头，也说不出个所以然。

还是乡长的脑子够使，他说，对对对，识时务者为俊杰。

保长随声附和地说，那是的，硬碰，脑子会出血的。但是，不要出了血，还不知道是咋出血的，那就不好了。对不对？

乡长不以为然地说，那也不至于吧！

孙明义听了他俩的好心话，心里有点不理智地骂道，简直是蠢货，做梦说胡话。

薛满仓觉得他们的对话有点虚诞夸张，与主题根本都不沾边。话题一转问道，孙明义，你对那件掘坟导致死人的案子怎么看？

排长，这是蓄谋已久，具体情况还没有掌握。孙明义只是应付地回答说。

保长，你觉得该如何处置呢？薛满仓问。

保长说，查无证据，无法处理。不过这个案子没有结束，待处理。不，不，继续调查了解。

薛满仓猜摸孙明义那句"无公害合作"的话，意在言外，这不掌握的蓄意而为的说法，也有弦外之音。他笑着对保长说，继续需多长时间，要的是结果。

乡长临机应变地说，对对对，抓紧出结果。

薛满仓见山腊梅和孙明义神态沉稳，问，你们的丝织社就在这里生根？

山腊梅眉毛一扬说，根就在黑山下，这里有桑才能养蚕，养蚕才可抽丝，有丝才能织绸，织绸才能走出去，只有走远路，才能做生意交更多的朋友。眼下，日子虽苦，但我们对生活没有绝望，因为有山有水，有桑有蚕，天眼人心，终会点亮眼前的暗淡路程，清扫落满尘埃的世道。坚信，我们会一天一天好起来！

孙明义充满信心地说，黑山下的黑石头，不能黑一堆，不能穷就穷一起，终会有出头见日的时候。过去的穷，不能生自己的气，不能生土地的气，不能生邻家的气，现在兴桑养蚕，缫丝织绸，公平交易，价格合理，福气一定会来到我们的身边！

太阳偏西了，树影开始慢慢地拉长，天空几只喜鹊、山鹰、鹞子在盘旋飞翔。也许是飞累了，不一会儿有的索性钻进了森林，有的穿过了一座高高的山梁，向远方飞去。薛满仓望着一只鹰飞过了黑山头，不免有点触景生情，欣然地说道，你们的话有道理，时来运来，望你们高飞远走吧！他又转过面问乡长和保长，会不会，行不行啊？

乡长脱口而出，会会会，咋不会呢！

保长不假思索，行行行，哪有不行的呢！

薛满仓想着，有山有水，有山野村民，有桑有蚕，加之这帮人的团结、智慧和勤劳，肯定能行的。他手一挥说，乡长、保长，咱们是不是该走了？你们还有什么要建议的？

他俩站在一旁，挤眉溜眼地说，没了，没了。以后再有的话，随时和他们交代。

薛满仓俨然一笑，对丝织业，我们懂得什么？不是交代而是疏通，明白吗?

乡长点着头说, 对对, 解决所发生的争执。

薛满仓用很重的语气说, 是柳家和黑山虹社的对立!

保长连忙打躬作揖地说, 是的是的, 柳家就是企图吞掉丝织社和棉织作坊。

乡长的口气变了, 我也觉得是那样, 照现在这样的阵势, 柳化谋未必有那么大的胃口。

薛满仓并不认为他俩的话有多少真诚, 也许在敷衍自己, 应付局面。他勉强地大声笑了一声, 咱们走吧!

山腊梅送走三个人, 望着滔滔奔流的汉江和汉江南岸巍巍耸立的棋盘山, 她心里如翻江倒海一样, 滚荡起控制黑山地域的激情和决心, 不信我们的丝绸成不了气候, 走不出大山。问题是, 眼前的步子如何走才能顺当?

今夜很黑, 丝织坊里的桐油灯很亮。只听山腊梅说, 我们要考虑的是棉织作坊和丝织作坊的巩固和发展, 哪个是主, 哪个是次, 齐头并进, 显然不太现实, 这里边有转型的问题、人员调配和技术适应等。薛排长今天讲的那些话是支持丝绸业发展的, 至于乡保长的态度不是那么鲜明, 其亲戚多数都入股参加丝织社了, 不可能尽力反对。因此, 我们要商量尽快成立丝织社, 时间已经成熟了, 不能拖沓。

申治平不紧不慢地讲了自己的意见, 既然这样的话, 棉织作坊维持现状, 不扩大规模, 而且要从中抽两三个人学丝织手艺, 从人力上支持丝织社。

强仁愿心里不是个滋味, 这样下去的话, 会有负于对柳三安的承诺。鼓了鼓勇气说, 把人调走了, 会削弱棉织作坊的力量。我的意思是能不能借外力, 借已有合作意向的行家来发展丝织作坊, 既有利对方, 又发展了作坊。

山腊梅问, 这个议项是谁家, 说明白一点?

强仁愿伸了伸脖子, 说, 柳老爷不是早就提过合作嘛。把柳三安送到丝织作坊当学徒工，就表示柳老爷是有诚意的。

你是这样认为的？

我觉得是。柳三安多次给我讲过，柳家的条件占优势，这是我们的短板，我们都需要扬长避短。

我给你讲，优越的条件是创造出来的，我们现在的基础不是很好嘛！当然，也不排除相互之间的合作。

这话妙极了，就如同女娲补天一样，填补了需要弥合的空隙，让自己隐蔽地存在于同柳化谋的交往之中，也让强仁愿和柳三安相信这是真实的，更使柳化谋忘了自己那种动作是一种虚幻的假象。孙明义明白得同镜子一般，接茬说，就是就是，一定要同我们真诚交往的匠人交心、交艺，对谁都有好处，对乡亲们有利益，多一个朋友多一条路嘛！要我看啊，师傅讲得很对，稳定巩固棉织规模，全力以赴做好丝织业。尽快成立丝织社，制定丝织社的章程，确定丝织社的领导和财会人员及各班组的负责人。就说这些。

强仁愿不安稳了，急切地说，师娘，时间是不是有点仓促，缓一阵子会宽松些，准备得更齐全，不是好上加好？

山腊梅不用多想，就琢磨到强仁愿这话的用意，实则是拖延时间，是伙同柳三安给柳化谋施行搅局动作的恣意放纵。她措辞委婉地说，还是很悠闲的嘛，万事俱备，只欠东风，我们还需要什么呢？我们的重点：一是要竭尽心力，聚精会神地把发展丝绸业搞好，只要大家团结一致，排除干扰，准能盘出个样子来。二是丝织社的成立，已经酝酿很久了，丝织社的名称定为"山虹"丝织社；丝社要制定章程和入股的条件，这由孙明义负责起草，在"毛坯"的基础上广泛征求意见后进行修改、修订；成立的日期越快越好，选些桑农、养蚕、收购的代表参加，邀请棉农、棉织作坊代表列席，开个小型座谈会，庄重简朴，不能铺张浪费，人为地走形式，座谈会近期召开，要抓紧点，不然会掉拍子的。三是关于丝织社的领导及其人员配备，我事先征求过不少丝织工和桑农蚕农的意见，初步拿一个方案，小范围进行商议，社主任申治平，副主任山腊梅，丝织社的总管孙明义，丝织社的会计由强仁愿兼任，各班组长由社领导研究选配。你们说说，这样行吗？

申治平首先发言说，按我的想法，我不担任这个主任，我腾出精力专管棉织作坊，可以参与丝织社的议事决策，这个主任就由腊梅当合适些，副主任由孙明义担任，也就是承担总管的一切事情，明义从丝织社的筹备开始到现在，他费了心，出了力，而且一定能胜任。其他几项，我完全同意。

强仁愿心里有鬼，还想装好人，假惺惺地说，师父讲得也对。不过我有个不大不小的建议，为了减轻明义的担子，这个总管能不能考虑其他人选？

申治平抬眼一望，你认为谁来担任合适？

强仁愿等待的机会来了，说，柳三安脑子灵，在这里又干了这么多天，他当总管能拨拉得开，而且是个好手。我这个提议，并不是对明义有意见，更不是贬低明义的本事。

山腊梅完全注意到了这一移花接木的天大的动议，没有直接反驳和戳破地说，这样做不仁义，柳三安的大爹把他送来学手艺，掌握丝织整个过程，然后回去要办丝织大业，咱们不能挖柳家人才的墙脚啊！

师娘，让他当管家，不是学点管理的技能吗？

欠考虑，不妥，人才配备必须从全局统筹安排。

强仁愿哑口无言，再也说不出什么理由来，眼眶里显露出掩饰不住的茫然。

山腊梅心中有数了，并不担忧什么，反而更加踏实了。因为她真正掌握了内外冲击的底细，望着孙明义说，你有什么想法直说。

只要行得端，走得正，即便是黑夜，在微弱的月亮星光下也定有一条路在眼前延伸。孙明义想着想着，自信地抬起头说，师父的意见符合实际，不能顾了丝织丢了棉织，腊梅姐任主任，我感谢师父对我的评价和信任，副主任可另外物色人选，鉴于人手紧缺，只能是强管家兼任丝织社的会计。至于强管家提出柳三安任总管的意见，我同意腊梅姐的看法。人家好不容易送来一个人，叫丝织社挖走了，用个不恰当的比喻，这不就是釜底抽薪，坏了柳老爷也要发展丝织业的打算吗？山虹社不能把所有有技艺的人才尽入彀中，如果真要这样做，我也要为柳老爷打抱不平。不然的话，我去给柳老爷当个总管，他不会不要我吧！强管家，你说对不对呢？

这话说得让强仁愿摸不着头脑，呷了呷嘴唇说，对对对，高兴还来不及呢！

孙明义望着山腊梅嘿嘿一笑，那可是真要烧高香啦，我没那个福分，做梦呢！腊梅姐，真要是让柳三安任总管，我不会有一丝一毫的意见，举双手赞成。你好心定夺。

山腊梅同申治平附耳低语了一番，说，你讲吧！

申治平摇手说，就按大家提议的加上你的主见，名正言顺。

在山腊梅的心中领悟到了孙明义那番话不是随便说的，是点滴不漏地掩盖自己倾向的假象，把明白当糊涂呢！她拨了拨桐油灯焾子，开腔说，总的想法是一致的，没有天地间那么大的差距，工作重点是发展丝织业，众望所归，没有理由不搞好，让大家都过上好日子；关于领导的设置，暂时由我来撑头，带领大家一块儿干，待一年后以选举的形式予以产生，孙明义也不要推辞了，副主任兼总管；至于提到的柳三安，从方方面面考虑，不任总管要超脱些，让他全心全意地学技艺，过了一年半载的可以回到柳家，为他大爹办丝织业，尽心尽力地拼搏奋斗一番。强管家，这样是不是对我们，对他自己，对柳家的兴业都有利？你觉得怎么样？

强仁愿心里实在感到不过意，为柳三安争取了半天，到后来是这个结局，张口蚕食山虹的勃勃雄心失去了一次机遇，觉着对不起他，自己也没多大面子，也只能先这样了，接下来走一步看一步吧！他不自觉地把右手食指和中指在膝盖头上敲了几下，然后皮笑肉不笑地说，师父、师娘，你们考虑得周全，我只是随口提一提而已，不想放走一个竞争对手，这也是为山虹社好哇！

山腊梅笑了，我刚不是讲，这样对三方都有好处。要说竞争嘛，也好哇，有竞争才能产生一种意想不到的力量，不过，要走正道才行。好了，不说这个了。山虹丝织社的成立，选个黄道吉日，按原先想的就确定为六月初六吧；顺不顺，就看我们拨云见日的本事了，不能怨天，不能怨地，也不能怨人；各方面参加的代表，一定要征求大家的意见。

请不请棉织匠人？孙明义问。

山腊梅立即答复，请，把包兆和扈志根请来见识一下，没什么不好的。

强仁愿接着说，请棉织匠人，没那个必要吧！

山腊梅认真了，唉，棉织和丝织都离不开织。织的程序、操作、技艺大概都差不多，可汲取人家的长处！

师娘，请不请柳老爷呢？强仁愿又问。

山腊梅不假思索地答道，请，咋不请？他要来，我们欢迎，他若不来，我们不能勉强。

让柳三安代我去送请帖，给柳老爷讲清楚。强仁愿说。

山腊梅思索了半会儿，稍微笑了一下，直率地说，你就算了，还是孙明义去比较合乎情理；再就是他们之间也有一定的不成熟的交流，看能不能达成共识，化干戈为玉帛。管家，你看如何？

这一反问，使强仁愿左右为难，不知如何回答这话里含意。他心里发闷了半天，才开口说，行，明义去也许有利些。

孙明义不得不说句心不由衷的话，不就是去请人嘛，你去我去都可以。当然，管家同柳三安去，应付的机动会更多一些，比我单枪匹马、形单影只势子要雄大得多，还是你走一趟为好。

山腊梅听了这话，就像摸镜子似的明亮，说，不要推让了，还是刚才说过的，孙明义登柳家之门合宜，也是他们期望的。就这样，成立的日期已经确定，对大家也是催促，抓紧点，不误事。我再说个题外话，棉织坊和丝织社的人，都能满意自己所做的活路，都要能清楚自己真正存在的价值，作坊就会兴旺，丝社就会发达。

孙明义出门没走几步，强仁愿紧跟在身旁，扯了两下孙明义的胳膊，你到柳老爷那里把丝社的事好好地告诉他，一切都在按预想的步骤进行。

尽力而为吧！孙明义一直往前走，淡淡地说了一句。

山腊梅看见了强仁愿的动作，暗暗地想，你这个管家，为了柳三安再拉扯孙明义也无用，他是个是非分明的人。她抬头仰望天空明晃晃的月亮，甚感有点刺眼，幸好，有几片浮云从月亮下飘飞而过，这时的月亮，仿佛拔步疾追，像是在进行一场自强不息的赛跑。我们何尝不是呢！等太阳出来了，就是明天。

早晨，云山雾罩，树暗谷阴，忽然刮过一阵风，阴云消失，浓雾散去，天空明朗明朗的。院坝下的老槐树和山垭子那棵高高的红椿上，有几只喜鹊飞来跳去，叽叽喳喳叫个不停。

孙明义乐呵呵地说，天气晴得好，喜鹊也叫得欢。

山腊梅望着虽不盛大，但很庄重的会场一笑说，天遂人愿嘛！山虹社的成立，是我们丝织业发展的小小结果，也是我们坚忍不拔面对各种艰难险阻的开始。

一阵雷鸣般的掌声和笑语声，在山梁上、天空中、深沟底、洼地里滚动。

山虹丝织社的成立，如期举行。这个成立的小型座谈会，圆满成功的最大标志是，除了邀请的与会人员几乎全部参加以外，还有不少慕名而来的人，超过正式代表一半还多。会场挤满了人，院坝里外水泄不通，山垭子上还站着一帮子，兴高采烈地远望会场周围随风飘扬的彩旗和涌动的人群，摇着手臂呼喊着什么，听不清。大概是，看着这山虹丝织社的诞生，他们无不欢欣鼓舞吧！

那个接近于全部显而易见比全部还缺那么一点点，缺的谁呢？会议结束后，山腊梅问孙明义，柳化谋怎么没有来？孙明义回答说，他先答应赴会祝贺，在自己离开柳家院子时却被叫住，突然变卦了，说，我亲戚家有急事，去不成了，让柳三安做代表参加。我觉得不妥，向他解释，柳三安是丝织社一员工，表示不了你柳老爷的真诚心意。他也觉得不适宜，说了句活话，好，我尽量地提前办妥事情，争取到会。我当时就觉到，他从骨子里没想真的要出席丝织社成立会议，趁机打听情况倒是真的。

那是预料到的，了解些啥？山腊梅问。

　　孙明义回答说，他打问我，听强仁愿讲，要推荐柳三安为丝织社副主任，对柳家有利，有多大的可能性？你能不能也帮个忙？你对最终要为柳家办的丝织社出力，是咋想的？现在好像不少的蚕农都倾向山虹社，你做了哪些为咱的事？你知不知道薛排长和连长的脚究竟踩在哪儿？这些问题，我一个一个圆范地进行了应答。不过，关于柳三安能否任职，我讲得很直接，山虹丝织社关于领导人选的安排必须是有一定的功绩，真诚能干，且大家没有多大意见的，而且还要少数服从多数通过投票选举才行。有没有可能性，难以估计，强管家是不是要推荐也不清楚。至于我能不能帮这个忙，就看你柳老爷什么态度了，人才是你的，为啥要往外掀呢！如我去竭力相助，那就暴露无遗了，你要从长远考虑！他只说，尽力而为，你这墙里的柱头不能过早显身。我出门时，柳晓云撵了几步，说，明义哥，你的脑子要清醒啊。我对她说，不会糊涂。腊梅姐，柳化谋就算再使尽各种手段，也很难颠覆想过好日子的百姓的真心和梦想。

　　山腊梅对柳化谋来不来参加早有判断，他来不来对山虹丝织社无关紧要，不来更好，免得引起棉农蚕农对我们的误解。是他自己心虚，他想忽悠别人，实际上是自己在欺诈自己，结果是一无所得。她坚定而高兴地说，咱们黑山下有这么多明白事理的百姓，不相信不能把丝织牵拉到远处去，等那一天吧！

　　姐，你想得远，就近的来说吧，有的农民种庄稼，只要辛苦耕耘不怕没粮食，只要粮满仓，人就能活命；有的农民务桑养蚕种棉花，不怕手头没钱花，有了丝绸和棉布，人就能活得有声有色，还有滋味啊！孙明义踮着脚，神采飞扬地说。

　　山腊梅抬头遥望从黑山下通往远方的那条崎岖的小路，笑了笑说，嗯，是那个样，你想得既现实又长远哪！只要勤奋，再加上智慧，想要的好日子一定会来的。

　　那院坝边挂满着的五颜六色的彩旗，被一阵风刮得呼啦啦地响，裹挟着那铿锵的话语声，在黑山下的这块神奇的土地上飞荡。

　　天朗气清，和风柔爽。岭上坡下，深山老林，谷畔水岸，到处盛开着牵牛花、金银花、十里香、百合花、一串红、鸡冠花，百花争艳，色彩驳杂，姹紫嫣红，一派生机盎然的景象。

丝织社的缫丝间热气腾腾，织造间飞梭嗖嗖，印染间花色斑驳，整理间拉幅轧光呈神韵。丝织工人聚精会神地操作，技艺娴熟，情绪高涨。这热火朝天的劳作场面，仿佛沸腾了沉寂的土地，也激动了人们的心情。

柳三安在山垭子突然碰见柳化谋，问，大爹，你怎么有闲工夫到这里来？

柳化谋扬头傲气地说，是路过，老远望一望山虹丝织社的阵势。

大爹，坏了！

什么坏了？

你看人家多红火。我们恐怕弄不成事了！

莫灰心丧气。咱办不成，也不能让他们顺当，想办法显显我们的厉害。

那个领导没当上，一个小工人无计可施了。

不是还有强仁愿和孙明义假力于人吗？

看不出是不是一路的神仙。

莫管看出看不出，不过，为谁的事，全蒙蔽在各为其主之中，很难识别。你要谨言慎行，小心做你自己该做的事。

难了，怎么做？

柳化谋凑近柳三安的耳朵边，比手画脚地说了一番悄悄话。柳三安一动也没动，静静地听着，眼睛放射一丝冷峻的目光，不住地点头。

柳三安，该干活了，回去！有人在叫。

柳化谋怕别人发现自己，赶忙把戴的草帽往下拉了拉，匆匆离开。

孙贤良站在孙家梁上望见柳化谋的影子，不便喊住，也不愿同他深谈什么，只管欣赏充满活力的山野和村庄，心中激动不已。孙家坪、孙家那坡、周家垭、孙家水沟和薛家梁的棉花地里呈现生机勃勃的景象；缓坡里和田地边一片一片桑树，枝浓叶茂，青翠欲滴。孙家坪、孙家那坡村前屋后，架起一排一排竹竿子，那红、橙、绿、蓝、青、紫六色的丝绸、棉布搭满高高的竹竿，随着一阵阵微风飞扬飘荡。

黑山下出虹了！一位天生丽质的晒丝姑娘，亮起清脆的嗓子高喊着。

是的，彩虹是丝绸和棉布弥缝而成的彩带，灿烂艳丽，光彩夺目，恢宏壮观。

孙贤良摸了摸嘴唇，自言自语地说，兴旺，丝业兴旺，到了这把年纪也有想头了，将来美满的生活有希望，大有希望！

# 十二

有多少优质的桑叶，就能喂多少蚕宝宝的生命，蚕宝宝的生命决定了抽出蚕丝的数量。山腊梅对这一关系到山虹丝社丝绸生产规模和发展的事，想了很久很久，为保证有足够的蚕茧，决定丝织社要有自己的桑园，也要养蚕，以防别人卡丝织社的脖子。在征求意见时，大家没有不同意的。一致称赞说，有远见，有远见。

这天，山腊梅对申治平说，准备到蒋沟去一趟，在那儿勘察一块荒地，开垦出来务桑园。

申治平果断地说，行。那里的荒地闲着，可开辟一块桑园。让孙明义同你一起去吧！

他忙，走不开。我一个人去。

那咋行，山大沟深，虎狼出没无常，那就把强仁愿叫上，更安全一些。

一个大活人，怕啥！

别大意，小心一点好。

去蒋沟的一路上，强仁愿始终没有说过多少话，只跟在山腊梅的身后边，总觉得她身上有一股香味在陶醉自己的心胸。思来想去，那种沉浸超越的境界难以说出口，万一被认为是异想天开的邪念，不仅这个脸面丢尽，而且还会被赶出棉织坊的门，还是收敛一点好。他没话找话地说，师娘，为何到这么远的地方开桑园？柳老爷不是有三天的缓坡苞谷地要变成桑园，不如去联系一下。

山腊梅边走边回答，这里温度比前山低，桑叶比较嫩一些，前山的喂了再喂后山的桑叶，让蚕宝宝吃得可口嘛！她明明从孙明义口里得知那块地的事，却故意地问，你听谁讲的？

柳三安讲的。好像孙明义也给我说过。

不管谁讲的，我们前山的桑叶够了。再说那柳大爷不是张罗建丝织作坊，留给他自己用？我们不能拆人家的台。你说是不是？

就是，就是。不过，我还听说，他还想把孙明义拉过去。

但愿称他的心，如他的意。你说，如果他真的要走，那有啥办法！

你不心疼吗？

他今天在这里就是丝社的人，但是如果身在曹营心在汉，还不如让他自己选择一个安稳地方，去大显他的手艺和才能。为什么要强留他呢！

师娘，你真大度啊！我操个闲心，给你提个醒，紧防点。

怎么啦？

我猜测孙明义和柳三安有拆丝织社垮台之野心，不能不提防。

山腊梅心里非常清楚，明明是你管家同柳三安勾搭一起捣丝织社的鬼。今天，你却用花言巧语来掩饰自己偷梁换柱的花招，你以为我看不出来？你再流光，有孙明义聪明吗！她放开重重的声音说，你也要提防自己，站稳脚跟呵！

师娘，你就放一百个心好啦！我会跟你们一辈子！强仁愿说着，从路旁拾了一根树枝当拐棍，递给山腊梅又说，师娘，拄上它走路稳些，免得崴了脚！

山腊梅一听这话心里泛麻，有点没好气地说，不用，那不用，山路走惯了，两条腿硬梆梆得很哪！

强仁愿本想讨个好，结果却得了个冷气攻心，只好把那棍子狠狠地抢出了手，落在老远老远的树林里。他眼睁睁地看见山腊梅上一面石坡路时有点滑脚，赶忙迎上去喊着，师娘，停一下，我拉你。随即拉住山腊梅袖头，却被山腊梅用力一甩，脚一蹬爬过石坡路。他却打了个趔趄，差点摔倒在石坡下，心里埋怨着，这个女人，连一丝温柔的味道都没有，简直是火爆的脾气，难怪不生娃！他又死皮赖脸地嘿嘿一笑，师娘，你还是拉我一把吧！

山腊梅站在石坡边讥笑地说，一个大男人，自己跌倒自己往起爬。这个小坡都上不去，算个啥大男人！

强仁愿不好说什么，猛地吸了一口气，两臂往前一伸，左脚在前右脚一跶，一下子冲上去，在地上坐了一会儿说，师娘，这不是上来了吗？看来做啥事还要有人鼓动啊！

山腊梅远望着山上面两块荒地，不在意地说，还是自己振作得好。你看，哪块荒地适合栽桑？

强仁愿没有立即答复，跟随山腊梅一直爬上山坡，绕过一座快要坍塌的石板房，房背后是一片缓坡荒地。他才开口说，师娘，这地原是石板房农户的苞谷地，苞谷长得很好。由于偏僻，所以几年前就搬走了，搬走后还种了两年，嫌路遥远，就干脆不种了。

山腊梅抓了一把泥土，在手里捻了捻，说，土还是很肥的，这地又阳又阴，日照的时间不太长；那一块地坡势太陡，又是阴坡。我觉得，眼前这块地可开垦桑园。

强仁愿眉毛一扬，师娘，你讲得对，我也是这么个看法。如果需要看守桑园的话，把石板房修缮一下就可住人，不会花多少钱。

那倒是可以的。等一会儿路过时，再仔细看一下。山腊梅边走边说。

走到石板房前，强仁愿望了望大门，门枋不复存在，门外的两尊石狮子蹲在两边守门。他胆战心惊地轻步进大门，生怕走动的脚步震垮房上的石板，把自己砸个半死，东张西望了半天，没说一句话。

山腊梅一见强仁愿害怕的那个样子，心里急了，神态从容地大踏步进了屋。站在所谓的堂屋中间，抬头望向房顶，环顾四周石墙，俯视地面、石蹲、石凳、石桌、石椅，还有一张洁净如洗的石床，好像在等待主人有朝一日再回来。

师娘，这房还结实，可用。

还坚固，那石柱铆的石担很牢。山腊梅走近柱子把住手摇了摇，石柱稳如泰山，一动也不动。她说，完全可以做守护桑园的用房。走吧！

强仁愿！强——仁——愿！强——仁——愿！

山腊梅走在前头，侧耳细听，说，沟垴有人喊你，赶快回应！

强仁愿快步走出门外伸开右手掌搭在耳背后，听得声音更响亮，强——仁——愿！他随即把两手合成喇叭状放在嘴唇上，发出"唔——噜噜噜"的答应声，意思是在告诉对方，我听见了。

沟垴上又传出呼唤声，申师傅——让你——马上回来，有客户——来谈棉织生意。

唔——噜噜噜！这回声，是呼传给对方，我知道了。

山腊梅刚走下门前的石台阶，才发现坡下上来一个人，瞅了半天，发现耳边有痣，惊奇地说，那不是薛排长嘛！

强仁愿眨了几眼，肯定地说，是，是薛排长。怎么穿一身便衣，差点没认出来，到这高山峻岭、路途艰险、荒无人烟的地方做啥？怪了，怪了。他还是不是国军？

山腊梅淡淡一笑说，那谁能知道呢！

这时，薛满仓汗流浃背地爬上了房子前的一面陡坡，抬头一望惊讶地叫道，怎么是你们两个？

强仁愿抢言说，咋不能是我们两个？

山腊梅微笑着道，半个老乡，你咋来到这不毛之地，自找苦吃！

一言难尽，连自己也难以讲清楚。薛满仓摇头一摆手说。

强仁愿一见薛满仓一屁股坐在石台阶上歇气，一望山腊梅督促说，师娘，咱们赶快回吧！

山腊梅沉思了半会儿，折了一根树枝攥在手中，说，你先走，我同你师父的老乡聊聊天。问问他，咱们丝织社在这样战乱的年境里，该如何占领这不受干扰的一块领地？

强仁愿听罢，说了声师娘小心点的话，一溜烟跑下坡，跨过深深蒋沟，飞快地爬上了对面的山坡，湿漉漉的身影消失在沟垴的那边。

薛满仓似乎不适应单独同一个女人待在一起，便站起来，走不是，不走也不是，陷入非常为难的境地。他望着高山，问，这儿能通向黑山脚下吗？

能。毛毛路。

有多少里？

大概有六里吧！

爬山顶有毛毛路吗？

没有，你问这么多做啥？走，进石板房坐下说。外边的太阳很毒，山腊梅不由自主地掀了一下他的胳膊。

薛满仓有点迟疑不决，站在原地没动，只觉着一丝微风挟着女人的芳香从鼻前吹过，倒很清爽，沁人肺腑。

薛排长，是怕这旧房子倒下来，把人塌死了。我看过了，很牢固，到屋里凉快些。

不是怕，我急着上山。

歇会儿，攒点劲。走到房里免得太阳烤人。

薛满仓心里毛毛的，扭头一看，这位高大而壮实的山腊梅袅袅婷婷地站在自己身旁。虽然个头那么高，但同自己并排一站，却显得矮了半个头，不过这并不影响她身材颀长挺拔的形象。他领了她的情意，毫不拘束地走进了石板房。

坐，坐在石床上。这没有灰尘，很干净。山腊梅扬起手里的树叶在床上刷了刷，坐在了他的旁边，问，咋穿便装？

薛满仓脱口而出，工作需要，行动方便些。

你打听黑山做啥？

不能告诉你。

为啥？

这是军事秘密。

哎哟，我又不是汉江南山里的解放军女探子，怕啥！我只顾得山虹丝织社的安全，其他管不着。

那倒是的，你们安安宁宁地织丝吧。你们更加兴旺的时候为期不远了。

将来会比这处境更好吗？

我给你讲，我是上黑山侦察路线的，二连要配合其他国军在黑山修筑防御工事，阻击解放军西进。实际上，汉江北岸驻的国军，节节败退溃不成军，哪能抵抗得住。

你们连也撤走吗？

有可能。据我估计，我们这个连可能要上黑山担任阻击任务，不然侦察路线做啥！

咋不瞅机会悄悄地离开连队呢？

逃兵多的是，抓住一律枪毙。控制得紧，离不开。

那你不能等着挨枪子啊！

我有一个感觉，连队里好像有对方的人。随机应变，也许会随同起变，反戈一击吧！

好好好，千万不能白送了自己的性命。山腊梅望了他一眼，关切地说。

想是这么想，还得听天任命吧！薛满仓感激地看了她一眼，两人的目光猛然碰撞在一起，迸发出热烈的火花。

突然间，山腊梅脑海里泛起曾和彩莲对话的微波。开荒种地，也得有精刚的小伙子，要有那一股子劲头，还要细发一些，才能开采和耕耘那块肥沃的土地。我这五尺多的女人，那块荒地，谁能开垦呢！要是真的碰上了这样的人，你说，他是不是好人？彩莲是这样过来的女人，非常同情腊梅，抿着嘴说，百年难遇，万一碰上了，那就是命好。咱们都是女人嘛，咋不懂得你的心思呢！要开荒就得开荒，要种地就要种地。女人嘛，横竖都摆不脱摧残自己。不然，我咋能落到这种地步？你的男人，是顺聋子的耳朵样子货；我男人呢，看不见，摸不着，或许阵亡了。实际上，俺俩受煎熬的感受，没什么两样。她想着想着，心绪像波涛一样激荡，他就是那个开荒种地的人，猛然拉住了薛满仓的手。

薛满仓想抽出手，怎么也挣不脱，连忙说，山掌柜，不敢，不敢！

山腊梅平静地说，薛排长，你老乡这把年纪还没后，虽不应该做，但也算是帮人行善哪！

薛满仓静静地坐着，心里怦怦地乱跳，不管咋着，我没有家室，麻烦少些；老乡，我是不是对不住你？真的不知道，我会愧疚一辈子的。但是如果真能生个儿子，那就后继有人，有人给你传宗接代哪。

山腊梅悔不该说刚才那种真言，道德是我的养成，品质是我的根本。在这个折磨生命时光的荒野里，究竟怎样坚持、坚定、坚守本能，太难了，为了一个后把人活得这么累。变了，你不是原来的你，为男人这样不顾丑恶，就等于毁灭了自己。不，都是为了一个解脱，撂出的决心不能改。她眯起凤眼笑了一下，又紧紧地闭上了。

他不好意思地瞟了她一眼，他迷蒙了，顺势倒在石床上。怪了，竟没有感觉到石床有一丝一毫的冰凉和坚硬，反倒是一生中从未体会过的酷热和柔软。

一朵云彩缓缓地飘过石板房的上空，一缕阳光穿过云缝洒向这片深深的旷野。透亮了石板房的周围，门外的草木绿汪汪的，房后的竹林青滴滴的，门前那苞谷地玉米穗子硬邦邦的。一群叽叽喳喳的山雀来回盘旋在蒋沟的天空，好像让地上的人儿好乘凉。

说实在的，山腊梅同薛满仓接触过好几次，都是不在意第一眼而过。时至今日，她才看清他的面貌，白白净净、高高大大、壮壮实实、灵灵光光的，真是一表人才，气宇轩昂，即使跨过汉江到南黑山地或也难找到这样的男子汉。人间总是这样的不公平，为何不是他呢？如果是才不会浪费感情资源！想些什么呀，迟了，异想天门大开的日子，永远不会有了。

我该走了！

一起走吧！

不是一路。

你要上黑山，去探测送命路。

探路是领旨的，生命是自己的，也许不会。

万一同解放军打起来，你可要仰不愧天，成仁取义哪。

我是农民的儿子，会的。

山腊梅听清没听清这耐人寻味的话，对她没有丝毫的影响，也不会也没时间去反复琢磨。她噔噔噔地走下石台阶，飞快地跨越蒋沟湍急的流水，爬过胡家山梁，向周家垭走去。一路上没有回头，也没有歇气，满脸滚落的汗珠，让她不自觉地抹下来甩在地上，仿佛摘掉了开辟桑园而横生的枝节。

薛满仓费了九牛之力，爬上黑山半山腰，敷衍地望了望山顶，这是易守难攻的地方。回头俯视远远的奔腾而泻的汉江水，由于山势遮掩没有看见薛家湾，想着赶快回去给连长交差，再去找那位从壮丁当上排长的神秘人。

强仁愿跑回棉织作坊，已经是气喘吁吁，挥汗成雨了。

申治平一见说，看你累得啥样子了。顺便递给一块白毛巾，说，快擦擦汗，有客户订货，在丝社的会客室，你去接洽一下。

强仁愿边抹汗边说，好，马上就去。他刚跨出大门，听见申治平关切地问，

你师娘呢？

师娘还在蒋沟。

怎么啦？

碰到你的老乡，要打听战局的事。

老乡到那里做啥？

什么考察地形。

最近人心惶惶，恐怕要打仗了。

师父，要不派人去接一下师娘？

不用，大白天的怕啥。赶快去招呼客商！

从强仁愿的笑容里，完全可以看出生意谈得很顺利。他送客户时叮咛了一句，谢谢你，希望以后有更好的合作。

柳三安看着强仁愿眉飞色舞的样子，自己也好像跟着高兴起来，神气地问，大订单？

反正不少，比往日要多得多！

给你多少价格？

少了些？

为啥？

局势紧张，有打仗的可能，能卖出去就不错了。

不对吧，你肯定有利！

我哪敢，你别胡说！

好啦，只要心里知道就行。我再问你，你陪师娘去蒋沟，却一个人回来，把师娘给弄丢了。你在捣什么鬼？

你别胡扯瞎说，人家遇见了师父的老乡，问问时局对丝社有无危害。

噢，就是那个排长。

有啥奇怪的。

你别装了，我们把该做的事做好。是起炉台的火候了，不要把握不住时机。

孙明义咋样，不是也在给柳家出力嘛？

我实在不掌握他的底细，来往是有的，有利的实事没干几件。

那你呢？

柳三安被这一问，哑口无言，想了想说，老鼠拉木锨大头在后边呢！

强仁愿应付了句，那是的，好事多磨。突然转话说，看谁回来了！

柳三安放眼一望，说，是师娘回来了。

他俩连忙向前走，谄颜逢迎，异口同声地说，师娘真辛苦，费心找桑园，终于回来了，可把人担心死了。万一有个闪失，我们丝社可咋办呢！

山腊梅脸色平平地应付了这句虚心假意的话，哪能呢，谢谢操心。说完，觉得完美了一个远景，高高兴兴地进了屋。

强仁愿站在原地挤眉弄眼，一会儿又一本正经起来。

柳三安嬉皮笑脸地说，听大爹的，等着，有啥吩咐，少不了你这个大管家的配合。

强仁愿把头点得像鸡叨食一样，一定，一定随从意愿，请老弟放心好了。

柳三安进印染房把调配需要的颜料分放两处，口里念念有词，不能让你把顺利都垄断了，也该尝尝曲折是个啥味道。他假借有急事要办，找来水彩莲交代，在水开后，请帮忙把这几样颜料倒进多搅拌一会儿，然后将丝绸幅子徐徐展开放进去，三五分钟后慢火即可。说完，他就急急忙忙地走出大门，直奔槐树垭。水彩莲按柳三安的交代，反复地对证了几次，小心谨慎地生怕拿了那几包没做记号的颜料出差错，还是不放心，快要拆包时又去比较了一回，才将颜料撒进沸腾的开水里，抓起枣木棍在锅里来回搅拌，直到均匀为止。水彩莲虽不是印染工，但是操作起来，心灵手巧，捧起两匹坏绸，像放开的洁净水流一样，漂进印染的另一种不可思议的境界里。水彩莲蹲在灶口抽薪减火时，孙明义有意来到印染房，问，彩莲姐，你咋在这儿？水彩莲回答，柳三安有急事出去了，叫我来帮忙。孙明义不解，有急事，他坐在槐树垭的槐树底下。水彩莲感到有点疑惑，你看见了？孙明义直点头，嗯，是的，绝对是他，不会看错人。过了一个时辰，柳三安慢吞吞地回到印染房，像早有觉察似的大喊起来，这是咋弄的，紫色的丝绸，怎么一下子变成了黑色的！彩莲姐，你是不是把染料下错了！

水彩莲有板有眼地说，三安，如果是我下错了，那就是你交代错了。

柳三安气呼呼地说，没想到，你彩莲姐也在害我呀，而且让丝社受这么大的损失！

水彩莲平静地质问道，柳三安，是我陷害你吗？我倒觉得恰恰相反，是你自己不出面，借别人去损害丝社，是不是这样？你给我老老实实地说。

柳三安怒吼，水彩莲，你不要胡说八道，含血喷人，我哪点对不住丝织社？

你自己最清楚。我问你，你刚才到底做啥去了？

有人找我说话。

你说谎！是大槐树请你吗？

我在那儿坐了一会儿。你咋知道的？

明义来印染房，问你没请假到哪去了，我说办个事马上就回来。他出去在院坝一望，发现你在槐树下蹲着，什么事也没做。我问你，你到底安的啥瞎心？害人、害社，到头来害自己。

柳三安扑通一声跪在地上求饶，彩莲姐，是我把染料放错了，给你指的也不对。全是我的失误，不怪你。彩莲姐，请你高抬贵手，我将没齿难忘。

水彩莲自责地说，是我看错了眼，认错了人。这么大的损失，我得向社主任报告。说完，一转身即向大门走去。

柳三安连忙爬向前去，死死拉住水彩莲衣角，继而跪地求饶，彩莲姐，黑丝绸买的人极少，这损失，是我粗心大意造成的，我来想方设法予以赔偿。姐，请看在我大妈的情分上，放过我，千万不要告诉任何人，我会报恩的。

水彩莲尽管觉得柳三安嘴是甜的，但心是毒的，心存险恶，是明摆着的。但是一听提到他大妈胡艳花，一种关照的情感不断地在脑海里涌现出来。在自己坐月子时，是她送来晓云小时穿的衣服，裹暖孩儿童体；是她送来一兜鸡蛋和炖的鸡汤，以补身子；是她宽慰说，孩子是自己身上掉下的一块肉，要心疼养好。她想到这些，慈悲怜悯之心油然而生，说，纸包不住火啊！

错就按错的来，姐，你就说了是自己下错了，不就顺顺的事？今后要是有什么需要我出力的，尽管言传。

那行，反正沾在手上洗不掉，就背下这口黑锅吧！

谢了，我的好姐！

随即，水彩莲还没进山腊梅的大门，就开口自责地喊道，腊梅，姐对不起你，出了个大过错。

山腊梅站在堂屋中间，有点不敢相信，这么个谨慎的人，怎么会呢！问，啥事情？

水彩莲进屋一直站着说，我把丝绸染成黑的了。

山腊梅简直摸不着头脑，不知印染与她有啥关系，说，你整理咋能把丝绸变成黑色了，听来似乎是天方夜谭。姐，你是在开玩笑？

是真的。

不可信。

水彩莲眼睛里放出令人猜不透的目光，将事故的原委陈述了一遍，最后又重复着说，颜料是自己帮忙撒在染缸的。

柳三安的态度呢？

他讲，他请我帮做事，损失由他补偿，与我无关。

山腊梅脑子里一思索，感觉非常蹊跷，这里边肯定有名堂，说了一句讥笑的话，他倒是很明智啊！

他还说，哪怕不要工钱，也要赔。

彩莲姐，你走，咋赔？谁赔？之后把真相弄清楚再处理。

腊梅，我确实不是故意的。

你是心细的人，我并不以为是你有意的。我更确信，你同他们不是一伙的，好好地把自己整理工艺做好，这种帮忙以后可要小心点。还是我给你说过的，对柳三安要留神为好。

水彩莲出门时，正碰上孙明义从外边走来，心想他肯定是为黑绸子事故来的。她似乎想摆脱过错，说，明义，我确实不是故意的。孙明义回望了水彩莲一眼，说了句宽慰的话，你为人实在，这肯定是真的，真的不会假。

山腊梅听了孙明义对事情发生的过程及其柳三安的行迹所述，与自己估计的基本一致，是柳三安给水彩莲设了一个套，让她往进钻，但令人不解的是水彩莲为何要揽在自己身上。这就需要问个明白，现在就问，不，先冷一下再说。

孙明义建议说，要不把柳三安解雇了。

山腊梅沉思了一会儿，说，不要，在当前这个节骨眼上以稳为好，小不忍则乱大谋，要掌握柳家更大的阴谋，再采取动作，制止其嚣张气焰及蛮横强暴的行为。至于黑绸的处理，咱们另想办法，明义可去大户问问，能卖多少是多少，我再联系销售，不能蒙受损失。

这件事故发生的结果，好像没有发生过一样，很平静，也无人过问。这使柳三安的思考出现了错位，对水彩莲更加信任，奉承的话更多了。水彩莲多长了一个心眼，你理我，我回应，你不理我，我不招识。

黑山虹丝织社把紫绸染成黑绸的事还是不翼而飞，柳晓云得知后很是纳闷，这是真的，还是在糟蹋丝社的声誉？她想弄清内情，先找到柳三安问，你是印染工，怎么出这等事？柳三安理直气壮地回答，我是干啥的，会出这样差错，是水彩莲做的。但我也有责任。柳晓云脑子灵活，没再说什么，直接去见孙明义，关切地问道，咋出这档事？不可思议，到底是怎么一回事？

孙明义冷冰冰地说，这有什么奇怪的，生活中很难不遇曲折，丝织社也不免有人不精心，我想不是马虎造成的，有啥大惊小怪的，用不着你操心。

柳晓云听这不着边际的话，并没有生气，反而笑吟吟地说，明义哥，我听不懂你的话，说清楚点行不？

听懂能怎么着，听不懂也与你无大碍，何必呢！

我在想，是不是柳三安在里头捣蛋？

那你就得去套他的口舌，我怎么知道？

你这人真是的，不相信我，是吧？

反正不能告诉任何人，包括你。你走吧！

那我就去找山腊梅主任，为弥补丝社损失和减轻你的负担，我会千方百计地帮助解决。

孙明义最怕山腊梅为他同柳晓云牵线，便急了，说，哎哎，晓云不用找，也不要费劲，我们已有了办法，争取最佳的收益。

好。那我帮你，我联系几家有老人的富户经销，保没问题。你告诉腊梅姐一声，不要犯难。那我走了。你不送我吗？

我正忙，没时间。你要替我着想。

哪一回，你有替我想过吗！我爹过去做的，你还记在心里，完全不相信我。

好了好了，不说了，过去就过去，让它在过去的皇历里珍藏吧！

你这是在耍嘴皮子，那就翻新皇历看日后吧！

孙明义嘿嘿一笑，千万不要把感觉等烂了。

柳晓云嘴一撇，那就搁在心里窝成粪，做肥料。

# 十三

现在，孙贤良租种的地边和塄坎上，栽种的桑树长得茂盛，桑叶绿嫩厚实，层叠成荫，很是喜人。家里养的蚕宝宝，听得见吃桑叶发出沙沙的声音，不过，它们快要结束自己的一生，即将爬蚕山了。细看，有几只蚕宝宝，全身几乎透亮透亮，已全厌食，准备进入另一个辛勤的世界。

早晨还是明朗的天空，突然飘过片片的浮云，好像走累了站住不动。霎时，遮天蔽日，山地一片阴暗。

正在采桑的孙贤良看见孙家梁上走下来一伙人，领头的是柳化谋。他心里忐忑不安，恐怕是来找事的。果然如此，柳化谋站在地边，挥起拐棍乱指了一阵，那伙人一哄而上，抢起棍棒，将一排一排、一塄一塄的桑树，打得七零八落，飞撒在地。

孙贤良一见这阵势，恼羞成怒，火冒三丈，顾不得那么多，便大声呼喊道，柳老爷，柳化谋，你这是干什么！仗势欺人，蛮不讲理！为啥要断绝蚕宝宝的食粮，天地不容啊！

柳化谋狞笑着，把拐棍提起朝孙贤良面前一指，恶狠狠地说，孙贤良，我对你够可以了，但你不知足，任意横行，胆大包天，扩大种桑面积，荒了庄稼，减少了粮食。今天，我不得不让你清楚，租种我的土地，就一定要听我的建议和安排。我的目的只有一个，要多打粮食，过上好日子！

孙贤良双手攥得紧紧的，心里骂道，口蜜腹剑，笑里藏刀的东西。他扬起铁青的脸，质问，哪里种桑面积增大了，哪颗粮食缺给了你的，哪亩地由你摆布而我不能自主撒什么种子吗？

适可而止，不要太过分。

不合你的意，我不租种了，另想办法！

我不是不让你种地，而是你不要跟着别人胡折腾。再告诉你，别叫你儿子那么韧性子了。你暴躁什么呀？连个高低都不认了。老孙头，我要做的事，要说的话，你都见了，都听了，随你的便。我走了，你该好好收拾那几块地。

真是想害死蚕宝宝，拆山虹社的台，断穷人生财的路。真狠，是要我们的命。

谁要你的命，你眼睛没看见，那桑树荒了多少苞谷，还不承认，是救苞谷的命，救你的命，胡咧咧个啥！

那一帮子人，挥动着棍棒，紧跟在柳化谋的身后，大摇大摆，得意扬扬地走出了庄稼地。这时刮过一阵风，地上那破碎的桑叶被卷起飞飘在天空中，仿佛是驱逐他们赶快离开此地，以免践踏和伤害丰茂的苞谷。

梁铁娃在沟那边亲眼望见柳化谋带人毁桑的架势，无能为力，内心非常地气愤。他赶快到了丝织社，向孙明义讲了实情，现时桑叶荡然一空，得抓紧收买桑叶，喂蚕宝宝。

孙明义眼眶里迸发出愤怒的目光，柳化谋欺人太甚，得找他论理！停了半会儿，他的火气自己被自己压下来了，处在夹缝里的我，怎么办呢？他拉着梁铁娃去见山腊梅。

山腊梅镇静地说，这是冲着山虹丝织社的，鉴于你现在的处境，不用理会柳化谋，装着不知道。他急了，是想让你早点亮明身份，你就纹丝不动，看他怎么着。如果贸然要去的话，这是一种鲁莽冒失的做法，不妥。不过，你得抽时间回去，给孙叔把这个意图讲清楚，孙叔会理解，气也会顺的。铁娃，你的桑叶多不？

供几家养蚕户够了，剩下的很难估计。主任，你的意思是……

我的想法是，要帮助解决明义家的燃眉之急。

我会尽力想办法的，你放心。

孙明义插话说，铁娃，桑叶价格可以高一点，谢谢你了。

哪里的话，咱们不能分彼此。有难嘛，讲钱数太生分了。我保证，我家的桑叶不要一分钱。总之，不让孙叔家的蚕宝宝挨饿。

山腊梅干脆地说，客套话都不必讲，当务之急是桑叶供给问题，不能说不给钱，也不能抬高价钱，能过得去就行。

梁铁娃大方地说，我立马回去，给孙叔送桑叶。

孙明义心里不过意，连声感谢铁娃。又说，我爹身子还硬朗，一定会去你那里联系的。

天亮了，日头刚露出东山垴。

孙贤良不愿给人家添麻烦，自己背了背笼准备到梁铁娃那里采桑叶。当他刚走到燕子崖下的水田坝时，突然听见路旁边树扒里的小路上有人叫，孙大伯，你这是做啥去？

孙贤良抬头一望，这人好像在哪儿见过，噢，对了，是柳家的农工二鲁子。他淡漠地回答说，到梁家前头去转转。

二鲁子挤了挤眼睛，肯定不是实话，一定是去采谁家的桑叶。赶快回去告诉柳化谋，柳化谋认为柳三安猜测的没错。便说，这老家伙能耐挺大的。你马上到燕子崖把他截住！

恐怕来不及了！

不动脑子，等返回的时候。

堵他做啥？

这还不明白，等人要桑叶呀！

柳大爷，还是糊涂。

你这个娃，馒头硬是掰着吃，叶毁人不亡，最好！

二鲁子把头点了一下，似乎有些诚惶诚恐地走了。

这时，掩在门里边的柳三安走出腰门，说，大爹，你安排得滴水不漏啊！

柳化谋吸了一口水烟，又吐了出来，说，是你想得细微周密。现在就要看那小子做的结果了。

柳三安沾沾自喜地说，好哇，不相信孙明义不顾他的家，只要他一走，丝织社那个副主任就轮到我了。

柳化谋用手扇了扇烟雾，说，还是你年轻，把梦想得美，把事做得绝，把路看得远。

柳三安笑了笑，得意忘形地说，我不能把自己撼在窝里不出招。我现在要去观察二鲁子，是不是那样做了。

柳化谋摆手，不用不用，胆子再小，不能不吃饭。他家里欠我的租子，一定会听我的！可不能蛮来啊！

柳三安摆手说，大爹放心，有我呢！

二鲁子一动不动地趴在一片葱茂的桐树里，时不时地扒开树枝张望，观察这半崖中的险路有无多少人走过，是否有老孙头返回的影子；再伸头俯视崖下的万丈深渊，就是一块石头滚下去也落个七零八碎，人万一失脚，一定会粉身碎骨。他不禁觉得毛骨悚然，停了片刻，又深猛地吸了一口气抖了抖肩，为自己鼓劲壮胆。

怎么还没见人，难道改道了？不会的，要走薛家湾得下一面坡，跨一条沟，再上陡峭的山路，太远了，这路是最近的。等着，耐心地等吧！

梁铁娃一边摘桑叶一边问，孙伯，你来有人知道吗？

我给家里说了。

路上遇见熟人了吗？

也不算是熟人，好像是柳家院的农工二鲁子。

问啥了？

问我到哪去。

你咋说？

我说到梁家前头。

你回的时候，注意一点为好。柳家成天都在寻找我们桑农蚕农的岔子。

这我领教过。柳化谋这家伙心狠手辣，什么瞎瞎事都能干得出来。

看起来像一只羊，实际上是一条狼，很多凶恶。

铁娃，你也要留神啊。

大伯，我送你。

不麻烦，背这一背笼桑叶不算个啥。你赶快做活去，打扰了。孙贤良笑嘻嘻地说着，摇了摇手，精神矍铄脚步有力地踏上回程的山间小路。

二鲁子将桐树枝叶拨开一条缝隙，平望出去，只见老孙头跨越柳树沟，走过水田坝，路经桐树林间的羊肠小道，便登上燕子崖狭窄的石径，在那儿停住歇气。他不声不响地走出桐树林，慢步走上前去，搭话说，大伯，背了这么多的桑叶！

孙贤良听见背后有人问话，扭过头一看，怎么又遇见二鲁子？他微笑着只嗯了一声，便跨开脚步向前走。

二鲁子紧跟在背后，大伯，我帮你背吧！

不重，轻轻的，不用不用。孙贤良说着，步子很快地走到悬崖峭壁的半腰间。

二鲁子低头一望，崖下的深沟，紧紧逼在孙贤良身后，一把抓住背笼的口沿拉扯着叫喊，大伯让我来背，你就歇着吧！同时，用右腿向孙贤良打了个绊脚。

孙贤良一下子失去了平衡，死死拉着二鲁子衣角的纽扣，纽扣扯掉了，顺势身子倒在石径的坎沿上，紧接着一颠一簸地滚落在崖下的深潭里，那些桑叶溅绿了岩石，那一滴滴鲜血染红一条沟水。

二鲁子左顾右盼，抖动着双手慌忙躲进桐树林。过了一会儿，见路上没有人的踪影，走出桐树林，连滚带爬地上了柳家坡。刚走到柳家院子前的院场，被柳晓云叫住，二鲁子，你做啥去了？

到水田坝看稻田的水。

堰渠没坏吧？

漏水，用泥巴堵了堵，没大碍。

那怎么从桐树林上来的？

对对对，看田以后，我在桐树林歇凉。

柳晓云觉得二鲁子在编慌。自己站在柳树梁上远望自家稻田的时候，并没有人去看水，只看见孙伯背着背笼从稻田上边的小路上走过。她又追问，你遇见孙伯了吗？

看见了，没碰上。

啥时候？

在我爬柳树坡的那个当儿。

他背的啥？

好像是一背篓桑叶。

他回去了？

不知道，我上到柳树梁就看不见燕子崖了。

喂蚕宝宝的？

大概是吧。大小姐，问这么多做啥？

不碍你的事，闲问！

你的纽扣呢？

刚上桐子树被挂掉了。

也许是柳晓云无不关注孙家的缘故，确切一点就是操心孙明义。此时，不知怎的，心中总是有点烦乱不安。她正要回闺房时，迷迷糊糊听到堂屋有人说话。

我把堰渠修好了。

你这娃，活做得利索，欠租全免。不过，你做得过火了，得离开这里。

去很远的地方，也是个大户人家。

怎么走呢？

下来说的话完全听不清。见鬼了，莫不是让天神偷上天了。柳晓云反复琢磨，堰渠修好了，做得利索，令人难以猜测透彻。不过有一点可以断定，在掩盖着不可告人的真相。究竟发生了什么呢！她情绪十分急躁，大门是出不去了，便悄悄地溜出后门，找到任明山，注意二鲁子的活动行迹。于是翻过柏树梁，一口气跑到水田坝，一望燕子崖下，沟坡二岸，到处都是一片号叫声、恸哭声、呼救声。这时的柳晓云责备自己估计有误，不该出现的恶祸发生了，顿觉天旋地转，全身难以支撑，幸好靠在一棵木子树干上，才没摔倒在地。她好不容易走到沟底现场，拨开人群，挤进孙贤良躯体旁一看，面目全非，鲜血满身，几乎认不出是那位善良慈祥的老人了，不禁潸然泪下。

有人认出柳晓云，指责地喊道，柳家人给鸡拜年，从来都没安好心。

有人不同意了，柳大老爷凶狠，不等于他的后人就如此，或许是心善的呢！

你还别说，这女娃子还行。她爹原要招孙明义做上门女婿，后来反悔，女娃还是看上了这穷小子。

难怪流泪，原来孙大伯是她未过门的公公，这的确是迟来的孝心哪！

你当呢。我听孙明义说过，柳家的老爷这一生只做对了一件事，就是背弃自己招女婿的意愿，也免得自己这个穷小子当个人家合法的长工。富有富想法，穷有穷活法，不要眼气那些富有，自己靠双手创造富裕，心里更踏实。

围观的人们说长道短，议论纷纷。那声音被沟里咕咚咚的溪水卷走，流进奔腾而泻的汉江里。

纸钱灰叠，香烟缭绕。

一面白布盖在孙大伯的躯体上。柳晓云走上前，奇怪地发现孙贤良的右手捏着一颗纽扣。她有心地取下来，攥在自己的手里，缓缓地拉起布头，轻轻地掩蒙在孙大伯的头上。她眼睁睁地望着四个精壮小伙子把孙大伯捧在自制的担架上，目送他们过了梁家坡，她才迈起沉重的脚步，朝着水田坝走去。

柳晓云，咋碰到你了？

腊梅姐，孙大伯走了。柳晓云说着，眼泪扑簌簌地掉在了地上。

晓云，我们知道了，就去安排。

姐，明义，我怀疑一定有人把孙大伯害了。

谁？

问问二鲁子。这是孙大伯手里捏的纽扣。

你先回，有话以后再说，好吧！

明义哥，你可要节哀顺变啊！

孙明义待答不理地回了一声，谢谢好意。

山腊梅觉得孙明义冷冰冰的，对人家好一点嘛！

孙明义有点厌烦地说，姐，真是有缘无分，你不要闲操心。

山腊梅很了解孙明义的心情，说，有其父必有其子，是吧。可他的这个女儿应该另当别论。

孙明义不好再说什么，快到家的时候，看到院里院外人山人海，挤个水泄不通。他发现，柳化谋也站在那里比手画脚，不由得骂了一句，这个人面兽心的东西，鱼肉百姓，不得人心，必定会遭到群众反抗。

山腊梅劝解地说，现在真相扑朔迷离，没把握的情况下，在这样的场合里，你要心情平和，态度冷静，千万不能把伤心和愤恨两种生气一齐发泄。大家都在看着你呢！你先走吧，我不想同柳化谋在这场合见面，只能在房后橘子树下等一会儿。

腊梅姐，你放心。孙明义伤心欲绝，流着如雨的泪水走进了院坝。他抹了一把眼泪，没理柳化谋，而对包兆说，包大叔，你们都来了，谢谢！

包兆为解除尴尬局面，往身边一指，笑着说，柳老爷急着赶来吊唁。

孙明义却望着涌动的人群说，那可承受不起！顿时，他又改变了生硬的口气，哎呀，柳老爷你这一来，说明老爷心中还有我们佃户，真是对佃户的关照啊！

柳化谋把拐杖稍微提了提，说，明义呀，我同你爹关系还是不错的，虽然种了桑荒了庄稼，但是没少给我一颗租子。好人哪，谁能预料出这档子事，天不长眼睛，能有什么办法。

这一说，倒让孙明义气得七窍生烟，一连串的事从脑中闪过，那收地，那请阴阳先生看地脉，那三番五次提及入赘，那毁桑举动，而父亲被害肯定与你牵扯，这都是关系好吗！你这口蜜腹剑、笑里藏刀的家伙，摧残了多少穷人的梦想！尽管如此，他还是稳住了情绪，是的，柳老爷，你对我家的好处，我全部铭记在心里，不会忘记的。

柳化谋哈哈大笑，说，我要的就是这句话。孙明义，你这小子够意思。将心比心，都一理，你柳老爷还是很有良心的，虽然有些事做得过分了点，你可能不能接受，从长远来看，还不是为了你们好嘛，是不是？况且，我们还有丝绸合作的承诺。

孙明义心里骂道，你的良心全都让狗吃了，这冠冕堂皇的假话能打动谁呢！他虽然怒火中烧，但是尽量抑制住自己的情绪，憋着气说，是是是，柳老爷，都要望远不看近，况且还有什么办法呢，不然，咋能蜕茧化蝶呢！

柳化谋笑得更响亮,太好了,太好了。明义呀,我们做任何事,就应该深谋远虑,出自胸怀,事情就办得顺利。借这个机会,我给你提出个建议,你看是不是能行。

柳老爷,有什么就直讲。

这样啊,可不要生气。你爹走了,这租的土地还种不种,不种我就收回。

租种的时间还不到,等到明年夏季以后再确定。

既然有这个想法,你家人手不够哇。

这个,你不用担心,有我妈有我弟,再请亲戚帮忙,完全能把这地种好,还要务桑养蚕。

你家劳动力薄弱,要不你还是退出山虹丝织社,回家操劳,减轻你妈和你弟的沉重负担。

我们的协作办丝绸就到此结束了,是不是?

那倒不完全是,你不是还要务桑养蚕?我们还有业务的密切来往,况且对柳三安有极大的好处。这你想过没有,应该是实行协作上策的时候了。

果然不出所料,项庄舞剑,意在沛公。柳化谋终于露出马脚,为了实现另有所图,费了这么多的口舌,绕了这么多弯子,不就是想夺取一个位置,吞并一个丝社吗?妄想。柳化谋的虚假、阴险、算计,逃避不了孙明义的火眼金睛。他扬起头,说得很干脆,柳老爷,你讲得对,我也是那样想的。不过,你那个想法我还得周密思考再定。租地问题,还是等到明年再说。

柳化谋把拐杖一提,边走边说,那好那好,等你的好办法。往日的事,该过去的就不要再追究,往后的事,该认真的就不要再马虎。

孙明义的表情非常自然,千方百计地节制自己的情绪,说,柳老爷,明白自己,理解别人,一步一步地往前走吧!他转过身跪在地上拍着父亲棺椁,眼泪哗哗地往下流,大喊了一声,爹,儿子不孝啊!

天气昏昏沉沉的,山野阴阴沉沉的,院坝边的大槐树平平静静的。孙家梁上的一棵一棵松柏苍劲挺拔,傲然屹立。院子里挤满了严严实实的人们，大家都怀着沉重的心情，默然不语，伫立鞠躬。

孙明义最担心的是母亲，能不能禁受得住这从天而降、突如其来的严重打击。他赶紧走到堂屋，不见人；连忙跑到灶房，只见他妈坐在锅灶长木蹾上，向坐在身旁的山腊梅诉说什么，山腊梅正在用轻言细语安慰他母亲悲痛的心情。孙明义没管那么多，扑腾地跪在锅灶前，喊，妈呀，儿子对不起你，没护好我爹，不孝，不孝。说着，眼泪唰唰地掉在灰堆里，灰堆立刻显出看不透的小窝窝，像钉子钉出的一样。

娃呀，快起来，不哭，要硬气一些。就如你腊梅姐刚才讲的，我们虽贫寒，但穷当益坚，不能志短，不能钻柳家人的圈圈套套。

妈，我心里明白。妈，柳家的地退不退？

不退，为什么要退？租契还没到期限。我们还要务桑养蚕，帮助山虹丝织社。

好，那我帮不上种地的忙啊！

你干你的，家里有我呢！我给你说，柳家巴不得要你离开山虹，给你爹叨叨过三四次了，你爹坚决不同意你离开咱们的丝社。说白了，丝社就是咱们穷人挣钱的地方，寸步不离，离了丝线，就等于扯断了救命的命根子。

孙明义看到母亲非常坚强，伤心地掉泪过后，苍老的皱纹渗出微微笑意。他放心地说，妈，以后你多小心，我肯定会想办法的，腊梅姐也会帮助咱们的。

山腊梅温和地说，大娘，减少桑叶的数量和养蚕的张数，你们能干多少是多少啊！

腊梅，不能减少。我身子骨还硬朗，等到那时撑不起来，就会主动提出修改合同的。

山腊梅紧握大娘的手，说，好好好，听你的。不过你千万要保重身体，免得后人操心。

孙明义过意不去地说，妈，腊梅姐送来一丈多绸子，让给爹做寿衣。

那怎么行呢？这面料太贵了，那都是富人家首选的料子，穷人家怎么能穿那么高档的寿衣。不行不行，不能叫你们破费。

山腊梅劝解说，过去咱们穷，现在有了，大伯辛苦种地务桑养蚕一辈子，活着没享受，现在就让老人家洋火洋火，最有资格穿用的就是靠双手创造出的丝绸。给老人还个愿，我们也心安理得，问心无愧。大娘脸上泛起感激的笑意，你们精心地织丝，丝越多俺们的富日子就越长。

山腊梅走出大门，一眼看见包兆，喊道，大叔，你也在啊！

好久没见，你好吗？

包兆摸着短胡子，好好好，你们忙得很难得一见。你们的山虹丝织社成功啦，名声传扬山里山外！

山腊梅赞扬地说，大叔，丝社一路走来不容易，你那几次的点拨，让我豁然开朗，你有你的智慧啊！

包兆把手摆了摆说，不值得一提，实际上当时我想自己多了些，也担心啊！是你们团结棉农、蚕农，排除干扰，做得顺天应人哪！

山腊梅兴奋地说，有些困难犹如从天而降，好在我们齐心合力跨过了这个坎。

包兆点着头说，显而易见，可想而知。不过，难以想象的困难或者阻挠还会有，过细点就是，没什么可怕的。

孙明义深深知道包兆同柳家深宅大院的微妙关系，可是在棉织作坊如何胜过别人一等的做法上，则完全不同，他从不向外边吐露柳家半点不是。一提到柳家，要不就表现得缄口不言，噤若寒蝉；要不就借机指东说西，答非所问。他故意试探地说，大叔，柳老爷是不是也在紧锣密鼓筹备办丝织作坊？

包兆哈哈笑了，明义你咋问这个事，底细我不知道，但从条件看，他哪有强项，要犯难啊。我听他讲，你不是在帮忙吗，进展如何？

孙明义心底清楚怎么回答，老样子，停滞不前。

包兆摇着头说，叫我看，殊途同归，难啊！你这个明义呀，聪明睿智，套我老汉吧！

孙明义道歉说，不敢不敢，哪能在大叔头上动土，不是在冒犯规矩吗！

包兆走上前，拍着孙明义的肩膀。好小伙子，是山腊梅的得力帮手，是我们黑山下的希望。

山腊梅改变了话题，轻声地问，大叔，你对村外乡里比较熟悉，我想向你打听一个人。

包兆眨了眨眼睛，你说，看我知道不知道。

二鲁子。

这个娃，我不了解，对他家却略知一二。

人咋样，家境呢？

这娃听别人讲，叫冷俊鲁，排行老二，大家叫二鲁子，人还算本分。他家生计很不咋得，可以说是过着穷困潦倒的生活。家里租种柳老爷的几天土地，还欠下两年的租子没给，这不，二鲁子给柳老爷当农工，顶工还债。

咋成这样子了？

他爹游手好闲，不好好种庄稼，还养成个瞎瞎毛病，手头有几个钱，就拿不住，三天两头灌酒喝。那个家只能靠二鲁子和他的弟弟了，老大被拉去当壮丁，杳无音讯。看来那个家要有起色，就只能看老三了。

老三行吗？

老三叫冷俊民，勤快，动脑子，务农是一把好手。

他家种桑了吗？

没有，怎么敢呢！

噢，知道了。

腊梅，你问这做啥？是不是想拉人家一把，救世济民嘛！

大叔，我闲问问。我们山虹丝织社扶危济困，救苦救难，有这个义务。如果能帮得上的，我们一定想办法，都是乡里的穷苦人嘛！

好好好，大气，大度，一起告别黑山下的穷困。

大叔，应该应该的。眼下请你多操点心，送孙大伯一路走好。

腊梅，会的，我没有回去，就是想把重葬张罗妥当。孙老哥六十花甲子过了，应该像样一些。

山腊梅从心底里改变了对包兆的看法，虽然曾经只求过得去，那有时代的原因，不能强求人家，但他确实是一位古道热肠的老者，不能对一个不十分了解的人，形成过多的错觉，少来点刻薄，这人才可能十全十美，再挑也挑不出毛病来。至于他儿媳妇的死，应该归于封建社会的罪恶，他也是一个受害者。

水彩莲来了，伤心难过地给孙大娘说了些宽心的话，同包兆打了个招呼，把好几叠白细布交给孙明义后，向山腊梅轻轻地喊了一声，腊梅，走吧！

嗯！

孙明义问，回吗？

水彩莲提了提手中的篓子，说，顺路到山大伯坟上去烧纸上炷香。

包兆望着水彩莲跟着山腊梅翻过了栎树梁，心里默默地想，彩莲这娃熬过苦日子，终于摆脱悲惨的命运，之前那么邋遢的一个人，现在变得多么地精干利索哪！

快走进山家坟园，水彩莲突然感到很稀奇，腊梅，你看这天怪不怪？

咋啦？山腊梅仰头一望，嗯，爹妈在看着我们呢！

是的，刚才天上还有絮絮子云，一下子跑光了，天蓝如洗，好干净哟，这太阳还一个劲地笑呢！水彩莲既有趣又严肃地说着。她又从坟地里找了一块不厚不薄的石块，像一把铲子，在坟前刨了一个坑，说，腊梅你上香，我给烧纸。

山腊梅会意地点点头，点燃香，恭敬地站在坟前喃喃细语，爹妈，我来看望老人家，给你送钱送衣来了，有钱就花，有衣就穿，清明、十一月一、大年三十、正月十五，老人别忘了收钱，坐享后人的思念。上香毕，她从水彩莲手里接过用黑丝绸做的寿衣，双手捧着放入正在燃烧的纸坑里，又小声地说道，爹妈，维桑与梓，必恭敬止。老人家种的桑，如今养得起很多很多的蚕宝宝；蚕宝宝是你们后来的念想，有了蚕宝宝吐丝，我们成立了山虹丝织社。你们没穿过丝绸衣裳，女儿给送来了，以敬我们的先辈；爹、妈，我还要告诉你们，桑能喂蚕，蚕会吐丝，丝有丝路，丝路上交朋友，交朋友挣大钱，钱多能壮势，壮势务器众，众富州必强。爹妈，我知道你们也思念我们，我们也思念你们，请放心，我们会把长长的蚕丝牵得远远的，一定走出这座巍峨黑山。于是，她从坟地上拾起一根干树枝，拿在手中去拨搅还在燃烧的寿衣和纸钱。

水彩莲眼明手快，即刻拨开了树枝。

山腊梅不理解这是什么意思，咋啦？

水彩莲轻微一笑，说，不能这样。我小时候爷爷带我去给先人上坟烧纸，想把火烧得旺一些，用小木棍去拨拉，被爷爷制止了。他讲，想着是好心，可你把纸钱戳碎了，老先人不能用，把寿衣戳破了，老先人不能穿。阴府里有没有银行兑换，有没有缝补店，俺们不知道，少给老先人找些不必要的麻烦。

山腊梅领会了，烧纸还有这么个讲究，合乎心理。

还有呢，待坑里的纸钱不冒火星子，过一会儿，刨一些泥土掩盖在上面，有风也不会吹走，吹走会惹事。

山腊梅环顾着坟园里繁茂的草丛和苍老挺拔的柏树，说，这个我知道，《左传·昭公十八年》里写：襄火于玄冥，回禄。僻免发生回禄之灾。

回禄是啥呀？

传说中的火神爷。

哎呀，腊梅呀，你还懂得一点古经呢！

太阳快走到西山顶的时候，失去了火爆的脾气，变得十分温和。夕阳穿过一片密密麻麻的树林，落在山间路上，疏影有致。而把山腊梅和水彩莲身影拉得长长的、亲近的脉络，也让黄鹂闻到暗香的味道。一阵微风轻轻地吹过，白杨树叶仿佛在悄悄说话，惊动了几只喜鹊，在她俩的头顶上飞来飞去，旋即落在一棵香椿树上，瞅着路上的这两个女人直叫。谁也猜不透叽叽喳喳些什么。

山腊梅和水彩莲边走边聊，不知不觉走到了槐树垭。水彩莲突然停步不走了，好像不认识山腊梅似的，从头到脚仔细地打量了一番，惊讶而赞叹地说，腊梅，你发福了！

贺喜贺喜，是显怀了！

山腊梅眉宇间渗出一丝丝既甜蜜又苦涩的微笑，咋啦，不应该吗！最终有了那个念想的结果。

水彩莲不好意思地说，哪能呢，好嘛，有后孝为大，是吗？

姐，我信有后无后孝为先，让爹妈活得有滋有味。

那也没错。唉，柳三安怎么从那边回去，怎么不走这边路呢？水彩莲望着对面直通柳家沟的小路惊异地说。

山腊梅延伸这话势说，也许是去了孙大伯那里。这边梁高显眼，那边坡陡路近，是从柳家院子走出来的路。彩莲姐，我直到现在认为错染黑绸子事很奇怪，肯定是柳三安耍了个花招，到底是怎么酿成的？

水彩莲非常理智，很淡然地说，过去就过去了，还提这干啥。自己帮忙帮错了，自己承担，以后按你要求的留心就是。

山腊梅从这话里捕捉到隐藏的奥秘，不好再继续追问，只好说，咱们都注意，守护好山虹丝织社。

水彩莲沉默了一会儿，仿佛明白了事理上了一个台阶说，守护我们的山虹，就是创造我们的命运，就是开辟山虹通向远方的路。她又想了想什么，可话到口边又咽进肚子里，转而情意深长地说，腊梅我的命是你救的，是丝社的人救的，是黑山下的人救的，我就是彩虹里的一滴水珠。

山腊梅拍手说，哎呀，说得好。我们都做细针密缕的工匠，共同给黑山架起一道晶莹剔透的彩虹。

申治平跛着腿走到院坝边，提起嗓门喊，快回来，站的时间长了，身子会累的！

水彩莲搭眼一望，说，申师傅挺关心你的，多有福气啊！

她俩炯炯有神的目光，闪电似的对视而过，随之咯咯地笑起来，男人嘛，谁叫我们是女人呢！

# 十四

柳化谋将二鲁子打发走后，假装不知所措，急急忙忙地找到任明山问，小任，你看见二鲁子了吗？

任明山说，看见了，见他挎了一个包袱，下了栎树梁。

走了？到哪里去了？

他到薛家湾渡口，过了渡船，向南走了。

啊，是逃走了！

咋会呢！

一定是。我看了他的床，铺盖衣服全没了，这个不知好歹的东西，一声不吭地跑了！

他不是顶租子吗？

是的，跑了和尚跑不了庙。

牛头过去了，牛尾过不去。老爷，租子不是顶得差不多了，还跑啥？

那谁知道！任明山，你赶快叫几个人，去给我追！

任明山刚转身准备去叫人，又被柳化谋喊住说，算了算了，肯定追不上。这样吧，谁问你，给他们讲，二鲁子失踪了。

任明山站在那儿愣怔了半天说，老爷，我一直盯他过了汉江，上了丁家院子，进了大山。不会找不着吧！

柳化谋眼睛一瞪，凶恶蛮横地说，就那样对所有人讲，完全消失，不知去向。听到了没有，就这样，不能有一点风声漏出去。你可要小心，有一点说漏嘴，扇出血不算，人命可就难以保全。

任明山像钉子一样钉在那里没动，说，老爷，二鲁子是失踪了，是失踪了。哦。哦。

当二鲁子失踪的事，在柳家深宅大院传得沸沸扬扬的时候，柳化谋乘机放话，到底去了哪里，要查，要查个水落石出。但就是不采取任何行动。

任明山十分清楚柳老爷的用心所在，只得随波逐流一阵子，但却把主见深深埋在心里边，等待天赐一个良机。

那天早晨，任明山在柳家后门外的院坝安锄头把，等待柳晓云会不会出现。不出所料，柳晓云手提一个小包，从后门出来了。他连忙把锄头把敲得梆梆响。

你还没上地？柳晓云边往前走边问。

锄头把坏了，安好就走。任明山回答一句，又低头一笑，说，小姐，二鲁子丢了。

咋丢的，去哪儿啦？

实际没丢，我亲眼见他走的。

啥时间？

是孙家老汉安葬的那一天下午走的。

我知道了。他会选时间，迟不走早不走，偏偏这天走，是怕孙家腾出时间找他们算账。

小姐，你做啥去？

我去丝社扯几尺绸子。柳晓云说着话，嗖一下翻过了柏树梁。

哦，哦。任明山铆好锄头把，一抬头却不见小姐的影子，心里想，不对，扯绸子做啥？

实际上柳晓云不是要去扯绸子，对一个农工是这么说的，就是对她妈仍然是这样讲的。她不瞒天瞒地编造谎言，胡艳花是不可能允许她出门的，咋能溜出柳家的大院呢？她急匆匆地走进山虹丝织社的院子，突然发现柳三安从染房走出来，赶紧退了几步躲在院墙的后边，等他进了另一间房子，才轻手轻脚地向山腊梅的客厅走去，生怕被柳三安发觉。当她要进门的时候，突然有人叫了一声，你咋来这儿了？柳晓云回头一看，是孙明义，只摆手没有搭话，便把他拉进了屋子，这才低声说，我找腊梅姐！

孙明义觉得有点稀奇古怪，你找山主任做啥？她有事不在。

到哪里去了？

谁晓得！

你去找找嘛！

到哪里找？

那我就坐在这里等，等她回来。

你有啥事，是柳家的还是丝社的？

都有关联。

你告诉我，可以转告。

那也可以，不过同腊梅姐一起讲，还是要好些。

这些话并没有引起孙明义的激动，反而显得非常平静，淡淡地说，确实不知道去哪儿了，那就等吧！

柳晓云终于把山腊梅等了回来，老远喊道，腊梅姐，你好忙啊！

山腊梅笑着说，让你久等了，是不是？

等多久，我都得等。

有什么急事吗？

是的。二鲁子失踪了。

什么时间？

就是孙大伯安葬的那天下午。

看来是有谋划地躲避。

柳晓云蛮有把握地说，是的，孙大伯的走，十有八九就是他干的，当时我问他时，他情绪有些反常。依我看，一定与我爹和柳三安有关联，没有后面人撑腰，他绝不会有那么大的胆量。

山腊梅追问，哪里去了？

柳晓云按那次听到的回答，到很远的地方，到底去大神河、小神河，还是到西岔河，没有听见，人家声音很小。可以去冷家问问，或许还能得到根底。腊梅姐，我只知道一星半点的信息，仅提供追查和了解。

晓云，感谢你提供的线索和情况，我们会认真查证的，你到这里来，他们会怀疑的，要注意安全啊！

姐，你放心，我会保护自己的。

山腊梅见孙明义一言不发，问，明义还有啥要说的？

一直默不作声的孙明义，这才吐了一句，我爹的血被榨干了，命也被夺走了，仇恨的感觉，没想到竟能给我坚定的意志和无穷的力量。

这话不能不引起柳晓云的同情和痛心。那悲哀和忧伤对他造成的打击是无法估量的，他是硬气的男子汉，该安慰什么呢？我处在这样的夹缝里，说什么也不能摆脱自己的嫌疑，一切辩白全都是无济于事。如果他也恨我的话，那只能是他真伪莫辨，我不责怪他，为何要指责人家，不是埋怨自己呢！她按捺不住自己的情感，轻声地说，明义哥，你好好的，事情一定会真相大白的。请你放心，我能打听到的一定竭尽全力，绝对不敷衍了事！

孙明义目不斜视，漫不经意地说，管好自己，顺应民心。感谢你的好心好意。

明义哥，这是啥意思，我哪一件事做错了？

是不是错，我很难判断。不管怎么看，左看是你，右看是你，前看是柳家门前的门路，后看是柳老爷的影子。这不能不让人行思坐想，漠然以对。不过，我同柳老爷有来往，这是先前的约定，不碍你的事，与你毫无关系。这个嘛，你提醒过我，怎么对你解释，我心中有数，你不要闲费心，吃力不讨好。

山腊梅觉得这话不但生硬，而且很离谱，便搭言制止，明义，你咋这样说话，没边没沿的，会伤害人家的。晓云，你可莫要计较啊！

没有。

话有点过头。

没有。

哪能呢！

明义哥是出于好意。

哎呀，妹子心地善良纯洁。

腊梅姐，大伯走了，他对我们柳家人心存芥蒂，完全可以理解。他把要倾诉的话吐出来，心里会畅快些，我毫不介意。明义哥，宰相肚里好行船，大度一些，多为丝社着想。

孙明义扑哧大笑起来，哎呀，我的柳家大小姐，你不要讥笑和捉弄人了。我自己十分清楚，我自己能吃几碗干饭，能走多远多宽的路程，我清楚，自不量力，是狂妄，是想从天上摘星星，是愚蠢。

不管怎么样，窘迫的气氛一下子缓和了许多。山腊梅一望柳晓云还是满面笑容的神态，说，妹子，你估计二鲁子到底会到哪里去？

这个方向很难确定。

能不能问一下包兆大叔？

不可。

为什么？

他同我爹我妈通着哪。照我的意思，还是让明义哥去探个究竟，合适。

得有个借口，一是问问租你家土地的耕种能否务桑蚕；二是借机打听娃们农耕技能。

对对对，还是姐考虑得周全。或许会遇见我爹，凭他俩明暗关系，还有可能套出根底来。

这样吧，你能不能最近几天，提醒你爹亲自到冷家去催租子。

姐，明义哥，我一定会做到。不过，哪天去，先通知我，一定让我爹去。明义哥，去早一点，我爹去迟一点，明义哥问清了情况，就主动一些。

妹子，你想得更细致，就这样办。明义，你说呢？

孙明义心里是蛮同意，但在言语上却很冷漠，行吧，能不能那样，碰碰运气，看会不会有个想象的结果。

柳晓云突然面带笑容问，明义哥，你心里一直在埋怨我吗？

这一问，倒使孙明义觉得既可恼又可笑，转过面顺便甩了一句，让柳晓云怎么想也想不到的一句话，你问你们柳家院子那个小世界和你自己吧，我不知道！

山腊梅感觉这两人的对话很有意思，猜摸孙明义是对她爹把女儿当货物到处张罗卖不满，尤其是她爹提出让孙明义入赘而又反悔，更是耿耿于心，总认为她爹是一个不地道的富户人，不可交往。这一切都关乎着他对柳晓云的看法，本是儿时的青梅竹马，却又变得好像素昧平生；但柳晓云一直对孙明义情有独钟，丝毫没有受到父母摇唇鼓舌的影响。她想平息两

171

人现在冲动的心情，笑着说，回忆儿时，远望来时，不要斗嘴了，以后的路还很长很长，说不定还会走到一起，如果不能，在一起共事也不错嘛！

他的忧伤屈服了兴奋，脸颊露出一丝红润。

她的信心战胜了失望，细脆的笑声清香了空谷。

他问，你认得我爹吗？

她说，我很敬重孙大伯。

所问非所答。

不信！真心话。

这时的山腊梅望着他俩的表情，感觉美好的愿望比硬拉说辞更有力量，也欣慰地笑了，说，明义，你安排一下，明天就到冷家走一趟。

太阳刚出山，孙明义赶到冷得石家，柴门掩闭，不见人影。他站在门前的高地环顾周围，平地连着缓坡地，搭眼一看这地方称得上是上等土地。再望远处，四野尽收眼帘：南边的山根下有汉江流过，北边紧靠矮岭重叠、绵延不断的黑山，东接坡陡沟深的曹家河，西连竹林青翠、溪水潺流的孙家水沟。他不禁感到眼前豁然开朗，真是天造地设，风水宝地呀！

这是谁呀，好像是明义吧！

孙明义闻声猛回头，见冷得石拎着一捆柴火从侧面小路上走了过来。他边答应着"是是是"，边赶紧去接过冷得石的柴火，笑着说，大叔，这么早就出去砍柴？

没柴，谷糠野菜也煮不熟。

大娘和娃们呢？

你大娘和俊民上地了，二鲁子给柳家做农工，老大早先被拉去当壮丁，多年都没有音信了。明义，这日子让人真难熬啊！

慢慢就会好的。这地还不错，咋能欠租呢？

说来话长，都怪我这糊涂蛋，没有耕种好土地，不精心呗，再有就是爱喝小酒，把自己喝得更穷了。

这么厉害？

自己不能酿酒，有点粮食拿去换酒，天天喝，有时一天喝三顿，怎么喝不穷呢！

现在还喝吗？

现在限量限顿了，喝得很少。

大叔，你还是了不起，能这样是你有决心和毅力啊！

明义，是别人把我教训了。

谁呀？

是柳大老爷。

他会治戒酒。

想起来丢人哪。柳大老爷领人来催租，我没有，就指示人把我打了几杠子，在床上躺了三个月才好利索。当时，逼着我老二去帮工抵租，我不得不让。这挨打受气把我打得清醒了，再不能过这样穷困潦倒的生活，从我这个一家之主开始，远离酒坛，再想富家的活路。

大叔，你想到什么办法吗？

还没有，照你说的那样，慢慢来嘛！

慢中有快。你为啥不种桑养蚕呢？

柳大老爷来过，很厉害地说，要是这样做，就是拥护山虹丝织社，坚决收回土地，而且所欠的租子还要翻一番。怎么敢呢！

噢，是这样。大叔我再问你，二鲁子最近回来过没有？

一年没有见过面。

从柳家传出的话，二鲁子失踪了。

我的天哪，娃怎么能这样呢？

大爷，你不要急，我们也在找他。

我娃给柳大老爷干活，怎么能没了呢？可能是重活做不了，偷偷地跑了。

难以断定。你的老三冷俊民怎么样？

他们兄弟三个，就是俊民聪明灵活，厚道诚恳，纯朴善良，吃苦耐劳。我想，这个家以后就指望俊民了。

173

正说着，冷俊民同他妈走进院坝。孙明义望着母子两人篮子里装满白菜蒿，心想这肯定是中午要吃的主食，布衣蔬食，俭以为足啊！他向前跨了几步，老远叫道，大娘回来了，你可好？

大娘把头发往后一捋，眉毛一皱说，死死不了，活活不旺，就赖着活吧，那有啥办法！

大娘别那么灰心丧气，慢慢会好起来的。

明义呀，你看我们一天就吃这蒿子蒸苞谷莛，还能想啥呢！

大娘，放心，咱们共同想办法，刨掉穷根。

上街卖灯草，说得倒轻巧，有那么容易吗？俊民，赶快端凳子，叫你明义哥坐下说话。我去做饭。明义，中午就在我家尝尝新做的饭。

大娘，不用了，我坐一会儿就走，还有事呢！孙明义边说边把山腊梅送的一丈白布和三块钱递给大娘。

大娘热泪盈眶，连连道谢。

冷得石也是百感交集，有心留孙明义，说，你忙得很，轻易都不来，来了就请你替大叔想些法子，就吃个粗茶淡饭吧。

孙明义听这话，心里想该是为大叔出主意的时候了，只要大叔能听得进，就是吃糠咽菜，也值得。他深信不疑地说，大叔，你把租的这地精耕细作，争取每年有一个好收成，同时，在地坎边沿腾出一块坡地栽桑树和再养两张蚕，你们就会过上锦衣玉食的日子。

哈哈，怎么敢那样想呢？还锦衣，有粗布穿上就不错，只要丰衣足食就满足了。

事在人为，靠谁都不行，只有靠自己的双手，不信在地里刨不出金子来。大叔，要有一个信心，劲头就长出来了，办法总比困难多。

那倒是的。

下定决心，栽桑养蚕种地。

冷俊民急了，插言道，爹，明义哥这点是对的，我早有这个想法，力量单薄不敢做。

孙明义立即表态说，就是要敢干，还要认真对付柳家的阻挠，有那么

174

多的农户都战胜了，怕啥！

冷得石摸着脑壳，老三都愿做，那就跟大家走活路。明义，你可得帮忙疏通疏通！

孙明义望着天空的太阳，回头细瞧西山的小路，说，大叔，这个忙帮定了，你放一百个心吧！

阳光灿烂，树影斑驳。太阳穿过大槐树的繁茂枝叶射进来，理直气壮地落在茅室石阶的房子上，给这简陋破屋增加了几分光彩。一阵微风轻轻地吹过，门前的一棵一棵泡桐树、柿子树、木籽树、枇杷树不停地摇着，仿佛也增添了几分精气神。

冷得石脸色渗出了一丝笑容，有你这话，咱们该怎么做就怎么做，一定放开手脚大干一场。

大叔，人勤庄稼旺，家和万事兴。你看谁来了？

在哪里？

路那边。

冷得石抬头一望，发现柳化谋拄着拐棍走过来，后边还跟着前农工任明山。怎么是他又来了？

他来了才能解决问题。

是不是来催租子？

他催他的，你不要管。孙明义边说边向前走了几步，高声地叫道，柳老爷，柳大叔，真巧，在这儿碰上了，那就不去找你了。

找我做什么？

还不是我们有约定的事嘛。

噢，那等后再说吧。你在冷家干啥？

询问一个事。

啥事？

冷大叔先前借我爹三块钱，我是来要账的。

给了吗？

大叔手头很紧，吃糠都吃不到嘴里，哪有钱呢？

没有钱那也得要啊！柳化谋说着，转过面大声说，冷得石，我今天是来催缴租子的，有吗？

锅盖都揭不开呀，哪有一颗粮！

你想办法，限七天时间。听到吗？

二鲁子不是去顶租了，咋还要？

你娃跑了，顶不上跑不掉。

咋跑了，是不是柳老爷太苛刻了，或者活太重，他不愿干，走了。到哪里去了？

我咋能知道！要知道，都不叫他偷跑了，说一千道一万，你得赶快想办法缴清租子。

冷得石站了起来，说，柳老爷，既然娃跑了，从你家跑的，你得给我找回来；欠的租子，我想方设法给你，不欠一粒一颗。还有一个要求，就是租种的地，我要自由支配，自己选择种植品种。行不行？

柳化谋挤了挤眼睛，把拐棍敲得咚咚响，带着威吓的口气说，冷得石，你听好了，你儿子自己走的，与我无关，租子不欠一粒一颗更好，期限不变。至于租地自由支配可以，但不能栽桑养蚕，如果不这样，一是收回土地，另行出租；二是上法庭打官司，由你选择。

冷得石硬气地说，找也得找，不找也得找，我就是向你要人。我想好了要栽桑养蚕，你不要卡穷人的脖子，要收土地就上衙门打官司，你看着办。柳老爷，我们这些没钱没势的人咋能惹过你呢！

由于话不投机，冷得石板着脸坐在凳子上不吭气了，柳化谋站起来挪动两腿，像是要走的样子。孙明义感觉是该自己露面的时候了，让他们都有一个下台阶的机会，赶紧拦住柳化谋说，柳老爷，还是坐下慢慢说。

柳化谋停止了脚步，没好气地说，粪坑里的石头，又臭又硬，本就让着他了，还能怎么说，难道低声下气地求他不成！明义，你觉得呢？

孙明义笑着说，柳老爷，不是谁求谁的事。让我看，二鲁子是冷大叔亲自送给你府上的农工顶租的，现在失踪了，找你帮助寻子并没有错。人在气头上，难免说话有点急，这种心情可以理解。柳老爷大度汪洋，就谅解一回吧！

送来没错，腿长在他身上，我咋知道跑到哪里去了。柳化谋微微笑了一下，这一笑，在孙明义看来是掩饰的一笑，失常的一笑。

站在一旁的任明山咳嗽了两声，向孙明义挤了一个眼色，又一本正经地反复拉了几下自己的衣袖，一直没有说话。

孙明义理解任明山的暗示，望着冷得石说，大叔，柳大爷会帮忙的，不要提起不放，好吧！

冷得石接着说，我要栽桑养蚕，柳老爷行不？

柳化谋瞪着眼，一直望着冷得石，嘴上如贴了封条一言不发。

孙明义见柳化谋沉默不语，提醒说，柳老爷，冷大叔一心想栽桑养蚕呢！

柳化谋思索了好半天，说，等我们办起丝织作坊再说，现在不是为别人损自己吗！

孙明义便问了一句，为谁啊？

黑山虹嘛！

柳老爷，归根到底对谁有益？

谁呀？

不是黑山虹，而是我们。

我们？

对，是我们！

你还没有撤出来，我心里不踏实。

那是迟早的事。冷大叔先走一步，打一个基础嘛，先给黑山虹供些桑、蚕未尝不可呢！或许还能迷惑一些桑农和蚕农。

恐怕不保险吧！

不会不安全，不过只要桑农和蚕农，还包括棉农不联合起来，就不会出什么事。有一件事你得慎重考虑，如果能实实在在地保障农家土地使用权，我估计穷人们就不会打捆子同你作对。

我干涉哪不对了，有饭吃，多打粮，交租子，还不是为农家好吗？

柳老爷，你不让人家栽桑养蚕，就是侵犯农户的自主权。只要给你缴足租子就行，管那么多干啥！你看，是不是这个理数？

那你的意思是让他栽桑养蚕？

我刚才说了，到头来还是我们的。

柳化谋头一抬，朝着冷得石一望，大声大气地喊着，冷得石，你不要不识抬举，这地想种啥栽啥随你的便，但租子可不能变，租子必须按时缴纳，少一颗也不行。再叮咛你，如果迟缴少缴，那是要惩罚的。你想好！

冷得石站起来说，柳老爷，你就坐等按时按量收租吧，我冷得石拿我人身来担保，实在不行，我还有那两间烂草房呢！

冷俊民给他爹撑腰说，多种经营，精耕细作，用血汗浇灌庄稼，会有好收获的，一定能够兴家立业。他停了一会儿，提出一个让柳化谋没有想到的问题，柳老爷，正常年景，就是说十风五雨的丰收年，按租约办。可万一遇到天灾人祸，凶年饥岁，即使把命搭上，也收不回粮食，那该如何处理？

柳化谋似乎没听见这些话，依然摆出一种盛气凌人的架势，偶尔把头摇了一下，置之不理。

任明山站到柳化谋跟前说，老爷，冷家老三问你的话呢！

柳化谋有点不耐烦地说，我听清了，莫搅和。接着又问，孙明义到哪去了？

任明山往茅舍一指，在屋里同大娘不知打听什么呢！

把他喊来吧！

任明山故意扬起嗓子喊，孙主任，柳老爷叫你呢！

好，来了！孙明义走出门，问，柳老爷有啥事？

刚才冷俊民提出的话，你听见了吗？

听到了。

我是管得了地，可管不了天，与我啥关系？你说说你的看法，让我听听。

柳老爷，你是高门大户，所谓天时不如地利，地利不如人和，对吧？

积德累善，对你一生是非常重要的，你要受人爱戴，就必须尊重别人。

柳化谋感觉这是教训人的口气，但内心也知道有一定的道理，也不好去多做争辩，但不能付出太多太多，甚至减少防备饥荒的积存粮食。于是他说，以防不测之风云，得有个什么办法。

孙明义一听这话，便脱口而出，提出了自己的建议。柳老爷，改签一个地租补充合同，不就解决了？如果是自然灾害造成的歉收或不收，稞租应该实行减免，酌情确定其比例。

柳化谋稍加思考，说，那行那行。

孙明义哈哈一笑，天底下所有平民百姓没有哪一家愿意遇到荒时暴月的年份，都想风调雨顺，有个好收成。这样，对你积谷防饥也有利呀！

柳化谋点头称赞说，还是喝过墨水的人讲得对，如果真的到了那时再想办法解决，恐怕是江心补漏，就来不及了。

孙明义引经据典说，对对对，我记得《尚书·说命》中有一句话："惟事事乃其有备，有备无患。"老先人讲的话，至今适用。柳老爷，那地继续租出，是否栽桑养蚕由冷家确定，新的地租即日签订。是不是这样？

柳化谋把手一摆，连声说，就这样，就这样。

孙明义转过面叫了一声，冷大叔，该称心满意了吧！

冷得石提起精神说，好好好，谢谢柳老爷的高抬贵手。我还想问一下，二鲁子就那样不明不白地走了。我该怎么寻呢？

孙明义心里想，在这样的场合能问出个什么结果，柳化谋能讲真相那是不可能的。他刚才已经将自己推得远远的，称与自己毫无关系，再抓住不放，只会弄巧成拙，连答应的都可能会反悔。这样一来，哪怕是使多大的力气，很难再扳回来，结果落个徒劳无益、白费功夫。孙明义很干脆地说，大叔，这些柳老爷全部讲过了，二鲁子的事，今天就不要再提了。柳老爷虽然那样说，但心中有数，会帮忙的。二鲁子的哥儿们兄弟也会找他，看他究竟跑到哪儿去了，你就不要操那么多的心了，再想也想不回来。

冷得石明白了这话的意思，便双手一合说，那就拜托了拜托了，实在感谢不尽。

179

　　柳化谋对孙明义的话倒是回味无穷，真体会到一种说不清楚是崇拜、信任、开脱或是祈求的感觉。他笑而不露，温和而热情地叫道，明义，你还要说什么就说，我们是不是该走了？一会儿天气会更炎热，火烧火燎的走路难受。

　　你先走！

　　要走一起走，还有事给你说。

　　他们上路还没走几步，任明山给孙明义口袋里塞了小小的纸条，相互看了一眼。孙明义借口把冷家借款的借条忘拿了，转身返回对冷得石严肃地强调几句话，意思是在当下需要组织大家办一件事，大致给大娘讲了，全家商量以后按规定的日期参加，具体时间由梁铁娃负责通知，一定不要走漏风声。冷得石从老婆口中得知后，心里七上八下，焦躁不安，究竟要干什么，怎么干，不得而知。他给老婆说，稀里糊涂，到时能去不能去？

　　咋不能参加？明义一心为咱们，没有瞎心。

　　冷俊民站在爹妈的面前，思前想后，毅然决然地说，明义哥要做的事肯定是为穷苦百姓的，不会把我带到沟里去。到时，你们二老不管，我哪怕是上刀山赴火海，都不会害怕，决不后退一步！

　　冷得石也很为难，大儿子没音信，二儿子失踪了，老三万一有个三长两短，那就会断香火的。他想了半天，说，娃啊，不要争了，到时候我去，你留在家里，帮你妈干活就是了。

　　不行不行，爹，你年龄大了，经不起磕碰，就不要去凑热闹。

　　冷俊民妈说，现在争啥，等通知做啥事再定也不迟嘛。只要是腊梅、明义他们决定要寻找解决缺吃少穿的出路，我们就全力以赴，决不能三心二意，亏了人家的好心。

　　冷得石也觉得是这样，说，不争了，再争还不到那个时间，俊民你赶快去干活。我这就去联系桑苗和蚕种，说干就干，果断要比犹豫来得快，现在就要看我们能不能走到时代前面，跟着山虹丝社不会错。

　　冷俊民望着他妈笑着说，我记得外婆家过去养了好几架山的蚕，妈肯定是外婆养蚕的帮手，也是能手。现在，我们家养蚕，妈可要大显身手，全家共同使出本领和发挥聪明智慧，让我们这穷户也家财富足起来，过上好日子。

孙明义回到丝织社掏出任明山给的纸条一看，上面写着歪歪扭扭的一行字，有的画了一个符号，有的字还写得叫人摸不着头脑：咪天XX，画的柳丝——"三、二"后画箭头，"大"后画神仙，后画一条河等等。他反复看了一遍，"咪天"是不是弥天大谎？这里要传递一个秘密，后边也无法破解。于是，他赶紧把纸条拿去让山腊梅看，她的眼睛定能发现这些字和符号的含义与名堂。

山腊梅接过纸条，问，谁给的？

是任明山悄悄塞给我的。

这个人我知道，还有点良心，还知道报恩。已经暗地通讯几次了，这次肯定也是。

那次掘坟事件也是他告诉柳晓云的。

嗯，是的。你看"咪天"是不是弥天大谎的意思？

对，他不会写弥，就写了个猫咪的咪，XX代替了大谎的意思。

你没看出来吗？那个柳丝是什么意思，应该指的柳家，或者是指柳化谋，还有柳三安，对吧！那"二"呢？箭头按常规是指行进的方向。

对对对。腊梅姐，我的脑子笨，和你的想法不能比，会不会暗示二鲁子走了？

应该没错。再看坐的神仙和后边的一条河，山的后面示意是山垴，指明是大神河山垴。对吧？

嗯。我听我爹讲过那里，分小神河和大神河两个地方，山大林深，土地肥沃。

这石头代表什么，后边的房子虽然标的线条简单，结构不是一般茅草房，而是高门大户，有钱有势之家。

哎呀，我爹讲过，那里有富豪人家，拥有几面山和几十天的土地，有农工三十多人，有护卫十五人，方圆百里没人敢惹那姓石的。据传娶了三房太太。

这个任明山要揭示的真相的第一步是这样的，肯定二鲁子失踪是弥天大谎。柳化谋和柳三安共同商谋，以失踪掩盖事实，是他们安排二鲁子到大神河姓石的大户人家当农工。想要知道他们为啥陷害孙大叔，必须找到二鲁子的下落才能证实其险恶用心。

是这样，是这样，他们一直在针对山虹丝社，一刻都没有停止过。柳化谋表面上相信我、利用我，但骨子里持怀疑态度，你施行你的鬼蜮伎俩，我采取我的锦囊妙计，到头来看你柳化谋能得到个啥！二鲁子一定是被胁迫而做的蠢事。

结论在了解之后再下也不迟。你现在赶快去找梁铁娃，请他同你一起到大神河走一趟，把情况打听清楚，越快越好，早去早回。再者，我把我们同柳化谋抗争的想法告诉了梁铁娃，他举起双手赞成，并答应联络他熟悉的桑农、蚕农和棉农参与行动。

好好好，我给冷大娘透露了这个消息，她还蛮支持的，待起事日期确定后，让梁铁娃去通知她就行了。

可以，待你俩从大神河返回后，再议定时间。不过，我们一定要周密稳妥、谨慎细心、不敢莽撞，也不能只顾去出气报仇，而忽视最终的目的，就是从山虹丝社发展的全局考虑这次重大的行动。

腊梅姐，你放心，我会奋起另一种勇气面对昨天，充满信心走好后边的路程。因为山虹社走到今天，大家都尝到了生活的甜头，也看到了未来好日子的希望！

对，坎坷不会把人撂倒，站要站得挺直，立要立得稳当，为的是明天大家有衣穿，有饭吃，过起自由美满的每一天。

到那时，一切都不一样了。

是的，听那个当兵的说，要改朝换代了。

真的？谁上台？

共产党。

那好，我们办好山虹社来迎接。

那还得时间，不过会快得很。不说这了，你去找梁铁娃，就讲我让他跟你去的。

嗯。腊梅姐，你身子不方便，可要注意多歇歇，不能太累！

山腊梅笑了笑，你这个明义怪细心的，但你为什么不能改变一下对晓云的冷面冷眼？于是叫了一声，明义你走吧！路过柳家院时，给柳晓云捎个信儿，就说我找她有事，近几天来一下。

好，一定把信带到。我走了！

梁铁娃对孙明义的到来不冷不热，原因是他同柳化谋来往频繁，对这样两面倒来倒去的人心存戒备，认为其不可深交。他淡然地问，主任，你看我这儿有什么与合同不一致吗？

孙明义倒笑得很开心，到位，到位，铁娃老弟做事没的说的！

该指点的指点。

客气啥。今天你同我走一趟远路。

到哪里？

大神河山垴。

那可不近。我还有点活没做完，隔天行吗？

不行。马上得上路。

就这么急，简直让人没个谱。做啥去？

山腊梅主任这样安排的，你不走我也得走。

真的这样？

真的。还能说假。

梁铁娃点了点头，我给屋里人安顿一下就走。

孙明义打趣地说，铁娃，我可没有强迫你啊！

梁铁娃嘿嘿一笑，你的话我只听一半，但腊梅主任的话哪个农户和蚕户马虎过。

孙明义一拍手说，那也行，我的话现在听一半，还有一半待以后相信了也不迟。是吧！

梁铁娃挠着头，没说半句话。

　　他俩从薛家湾渡口过河，沿汉江南岸沙石路而下，穿过繁华的吕河街，没歇脚，径直踏上去神河的大路。神河街上的行人，熙熙攘攘，摩肩接踵。梁铁娃没到过神河街，感觉很稀奇，这深山大老林里，还有这么兴旺热闹的街道。街道两侧商铺鳞次栉比，进进出出的顾客接连不断，一片闹哄哄的气氛，出乎人们的想象，这里一点儿也不冷落沉静。

　　孙明义抬头一望，前面一座戏楼，虽不高大，但很壮观，想起那年他同父亲到神河山里挖天麻返回时曾在这戏楼里睡了一个大半夜，父亲始终把自己的手攥得紧紧的，总怕丢了似的。他触景生情，说，铁娃，到戏楼上坐一下。

　　行，走累了，该歇一会儿。

　　孙明义坐在戏楼木板上，上下左右看了一遍，戏楼结构没变，容颜却苍老了许多。他没有提及同父亲在这里过夜的往事，只说，铁娃，走时你问我做啥去，现在我告诉你，来大神河找二鲁子，打听是不是在石家院子当农工。

　　机灵的梁铁娃马上反应过来，是不是二鲁子与孙大伯遇害有关？

　　有点。孙明义将山腊梅交给的那颗纽扣掏出来，举在眼前仔细地看过来看过去，又说，这很可能就是我爹从他衣衫上抓下来的，但仅仅是可能，如果人家当时回去立马拾掇好了，那就难以认定。不过，我想原封不动是不现实的，即便就是采取补救办法，总会有可寻的一点蛛丝马迹。

　　经这么一说，梁铁娃断定了过去没讲的猜测，说，叫我看八九不离十就是二鲁子干的。

　　不要过早地下定论。

　　为啥？

　　没有证据，不管是口说，或者是看见，都是嘴上讲的，只是怀疑。

　　嗯嗯嗯，是那么一个理。据我所知，二鲁子同他爹一样心慈手软，不是那凶狠残忍的人，咋能做出害人的事来？

　　生活所迫，有人唆使，一时糊涂。我也没想到，我爹同冷大叔交往甚深，还救济过他家，最后却让他的儿子害了。

境遇困苦，走投无路，还是太穷害了二鲁子。

是二鲁子太软弱，真是个软骨头！

梁铁娃没搭话，两眼的目光死死地盯着对面从中药铺走出来的那个人，戴着一顶陈旧的麦秆帽子，穿一身破烂的藏蓝色上衣，走起路来肩头有点趄，越看越像要找的人。

梁铁娃叫了一声，主任，那好像是二鲁子！

哪里？

中药铺门前。

孙明义瞅了好半天，是的是的。穿的上衣没有换，你可要盯住衣角纽扣，看是不是同这颗纽扣颜色、款式一样。说着，一个箭步跳下戏楼，向中药铺跑去。

梁铁娃紧跟身后，吼着嗓子大叫了一声，二鲁子，你是二鲁子？

那个人一听喊声，不由自主地停下来，回头一望，前面飞奔而来的是孙明义，后面疾走如飞的是梁铁娃，顺口答应道，我是冷俊鲁。

孙明义接近冷俊鲁，一把拉住他的胳膊，使劲地摇了几下，说，二鲁子，我前天见到你爹你妈，还有你三弟。他们想你呢，不知你到哪里去了。

梁铁娃觉得这样不能接触二鲁子，提议说，好久不见了，咱们到戏楼上坐一会儿，乘机向孙明义使了个眼色。

孙明义意会到用意，便拉着二鲁子上戏楼坐了下来。梁铁娃有意坐在二鲁子的右边，拉了拉他的衣角，亲切地说，二鲁子，你看你衣服脏成啥样了，也不洗一洗。他乘二鲁子同孙明义说话之机，捏了几道纽扣，最下纽扣同上边几道纽扣软硬不一；再细看颜色，同上边的不一致，颜色深暗，将手里的纽扣暗暗地一比，绝然不一样。这时，梁铁娃提高嗓门，说，二鲁子，你不告而别，安心吗？

二鲁子有点紧张，说，啥呀，啥呀，整天愁得慌！

孙明义看着梁铁娃给他的示意，这个纽扣就是原来的纽扣。他的表情很坦然，压着心中的火气说，愁啥愁，石家比起柳家的家业更大，不错吧？

二鲁子被问得愣住了，半天才结结巴巴地说，要活命，得跑腿混饭吃。

又低声问，你咋知道的？

梁铁娃神里神气地伸出五指说，我老兄会掐算，你信不？

孙明义见他提的三服中药，问，给谁拣的药？

二鲁子低着头不想回答。

给谁嘛，我们又不会害他！

给石老爷，他是这个地方的乡长。

你厉害，能在乡长门下当差，幸运得很哪！你现在想不想爹妈？

想，咋不想，做梦都在想。他们好吗？

挺好的。腊梅姐还接济你家布和钱，能渡过难关。

你知道不知道，柳老爷去过咱家吗？

去过。我找你爹妈的当天，恰巧碰见他去了。

是要欠的租子吗？

不但要欠租，而且要把租地收回。

这个柳老爷说话不算话，老是欺负我们这些穷棒子，把人逼得没有出路了。

你放心，我给柳老爷讲了他想开办丝织作坊的道理和步骤，他同意不但不收回土地，而且允许用坡地和地边栽桑，还赞同养蚕。

明义兄，你千万不要听柳老爷的花言巧语，那是谎言，谎言把人骗得团团转，最终是要吃大亏的。

有契约合同，三方有签字画押。我们要步步为营，节节推进，不信他的深宅大院就那么严实。

梁铁娃对孙明义的误会有所化解，直接地说，二鲁子，那些都是明义兄在里边运作，应该相信他。

那对我有什么用？我只要爹妈过得好就满足了。

你这话啥意思？

你不知道，我也不想让你知道。

孙明义发现二鲁子精神不振，一直处在悲观的状态，劝解地说，人要活得自在，要活得轻松一些，不要把过去的事老窝在心里。

不记不行，老天不放也不忍啊！

二鲁子，你到大神河，柳老爷知道不知道？你要讲实话。

他不交代，我敢走吗？他讲，石家的势力比他强大几百倍，有人找麻达也惹不过。对了，我走时柳三安给了我三块钱做盘缠。我估计，这钱可能是柳老爷给的，柳三安平白无故给我钱做啥？

梁铁娃追问了一句，找啥麻达？

不清楚。

你拿的钱，是不是麻痹你的亏心？

不清楚。俗话说，穷家富路，出门不能委屈自己。我不管是谁给我的，不拿白不拿，何况是应该接受的。

还心安理得！不是逃避吗？

不懂你的意思！

你应该懂得你自己！你那粗布褂子的纽扣是怎么一回事？

好好的。噢，我上树折木子时挂掉了。

二鲁子，你在胡扯！

孙明义发现二鲁子听到这句话后，惊慌失色，心神不安。于是平静地说，二鲁子，不管是挂掉的，还是拉掉的，都是从你穿的衣褂上掉的，而且在你走之前换上了新纽扣。对不对？

二鲁子一直把衣角捻来捻去，沉默不语。

梁铁娃急了，你说话，变成哑巴了！

这时街道东头传来呼叫冷俊鲁的喊声，喊声越来越近，冷俊鲁，你在哪里？给石乡长抓药抓得不见人了。冷俊鲁，你在哪里？

冷俊鲁胆战心惊地站了起来，说，对不住，我的路快走尽了，得赶紧回去！

梁铁娃说，后会有期。

冷俊鲁说了声但愿。匆忙而慌张地跳下戏楼，回应喊声道，我在这里，不要叫了，再叫就把我的魂叫走了！

赶快，赶快！管家等着给乡长煎药呢，等了好大时辰了，才派我来找你。

对不起你，都是我惹的祸！

孙明义望着二鲁子走去的背影，总是想起刚才一提到纽扣，他立刻显出失魂落魄的样子，充分暴露他心里十分地恐惧和害怕，也不外乎夹杂有自我的谴责和内疚。便同梁铁娃商议，明天一早天不亮，到石家庄院再去找一次，进而解开他的心结。

第二天的到来很容易，但是要找二鲁子却很困难。孙明义对石家的农工、雇工、护卫、清洁工问个遍，也没个真实的回答，但是有一点是肯定的，他从拣药回来后，就神神道道的，像一个疯子一样胡言乱语，天不怕，地不怕，老爷训我要去秧田坝。秧田坝，秧田坝，我这一辈子遭人骂！当上午要出工的时候，梁铁娃从一个曾经一起背脚的门卫口中得知，冷俊鲁天亮前，拿了一个纸条要出门，门卫一看是石乡长同意的，条上写着放行的字样。门卫问他去哪里？他说去修行。再问，有啥事对不住天地？他把手摆得快掉了，说着情理难容，一转身就跑进山那边的山林里。最后一查，放行的字样是假的，乡长吩咐到处寻找，包括树林、山洞、佃户家、寺庙里全都跑了个遍，一直到天亮，也没有寻到冷俊鲁的踪影。

梁铁娃不甘心又去问门卫，到底会去哪里呢？

门卫不耐心地撂了一句，像疯子，到底是死，还是活在世上，只有天知道！

孙明义有些后悔地说，我们还是太急了，打草惊蛇，让二鲁子觉察到了我们意图。人命攸关，他不得不选择潜藏这条路。

梁铁娃说，上次是柳家迫使，这次是他自己清醒地潜逃。

孙明义惋惜地说，二鲁子太糊涂了，给搭个梯子让他从梯子上下楼，他不珍惜自己，宁是要死心往下跳，那有啥办法？

不管怎么下楼，二鲁子脱不了干系。

那是的。二鲁子还是被逼的，也是受害者。铁娃，穷人心连心，我很痛心他，并不仇恨他，而让人无比憎恨的是柳化谋他们的所作所为。

照我的判断，二鲁子不会想不开而采取过激的行为，寻死短命。

是这样的。不然的话，二鲁子为何要以装疯来掩自己，他以为这样做能遮人耳目，借此溜之大吉？

听天由命吧！

只要他的心不死，就会绝处逢生，走出险境。无论如何，今后还得打听打听他落荒在什么地方。不找，对不住穷人。

二鲁子对不起他爹妈，对不起孙大伯，也对不起咱们这兄弟哥儿们。他能对得起谁呀！

没纠缠，纠缠一起就解不开了。我总有一个感觉，这颗看起来生分的纽扣，总会有相认那件熟悉衣褂的那一天。

这个可能一定存在。

可以看到，他俩顶着头上的烈日，健步如飞，汗流浃背，当返回爬上梁家坡的时候，困倦的夕阳，把那棵栎树的斜影拉得很长很长，清晰间又夹着模糊，山岭、森林、村庄慢慢地暗淡下来，河水和溪水流动的声音越来越响亮。

孙明义看见一块大青石，说，坐下来歇一会儿。

梁铁娃说，快到我家了，要不去屋里喝水吃饭，还可喝两盅酒，解解疲乏。

不啦，稍停就走。

这么急吗？

明天有行动！

明天？

走时同山主任议定，明天。今夜，咱俩分头告诉联络的那几户和那些人，提前吃早饭后，陆续到柳家大院的院坝集合。

带棍棒不？他们有护庄队。

咱们是讨还公道，不是去打架。头一回来个赤手空拳，如果他们要动枪，咱们也不会客气的。山主任给你讲过吗？

山主任讲，让我先领头辩理，猜摸柳化谋一定会要你去解围，那就水到渠成。但她没有说是明天。

对的，明天。首先要把找寻二鲁子提在前边，重在强调种桑养蚕，看柳化谋如何狡辩。好吧，我们连夜落实到参加蚕农、桑农，还有欠租户，还要提减租减息，反正把一揽子提出来，看他如何回答我们。

都要小心啊！

早晨的太阳，仿佛瞧着各家各户吃罢饭后，才在东山上露出雾蒙蒙的脸面。一阵清风微微地刮过，浓密的树叶轻轻地晃荡，那树枝、树干和树根相依为命，摇动黑山大地。三三两两或结群结队的百姓，从黑山湾、板庙子、孙家那坡、梁家院子、薛家湾、孙家水沟不断地向柳家沟涌去。柏树梁葱绿的柏树林，呈现一派凝重的气氛，全神贯注，各路走来的步调一致，农家的队伍精神焕发。

任明山正在院坝维修农具，发现柏树梁上的打麦场站了几个人，指着柳家院子比手画脚，不知想要做什么。他撂下农具，赶快给站在后门口的柳晓云说，大小姐，你看麦场上有那么多的人，好像要做啥。

柳晓云立即走下石台阶，向西一望，心里想这就是腊梅给我讲的那些人来了，看我爹咋应付。她边回屋边训斥，你站着干啥，还不赶快去向我爹报告。

任明山噔噔地跑进门楼，一进客厅，紧张地喊道，老爷，麦场站了几个人，像是来闹事的。

闹事的？胡言乱语，我有啥事让他们闹的。

是的，老爷租地救民，没啥挑剔的。我看见他们望着院子指指点点的，肯定有啥意图。

你再去看看！

任明山站在门楼一望，麦场上聚集的人更多，有两三个身材高大、体格健壮的汉子领头向院子走来。他连忙朝屋里喊了一声，老爷，他们来了！

柳化谋一听坐不住了，把水烟袋朝桌上一搁，走到门楼上，不觉大吃一惊，打头的是梁铁娃和冷俊民，真的是有些严重。他立即吩咐门卫，再叫四个护工，把枪带上把住门楼和后门，坚决堵住他们。然后对身后的胡艳花说，赶快叫晓云到堂屋！

胡艳花虽然有点惊恐，但故作镇静地说，要不要马上去找连长来解围？

来不及了，当务之急是要稳住他们。过一阵，找部队帮忙算账不迟。快去叫晓云。

胡艳花站在腰门喊，晓云，你爹叫你赶快到堂屋！

妈，什么事啊？

你去了就清楚了。

柳晓云一到堂屋，听见她爹急促地说，看这帮子蚕农、桑农、棉农成群结队把院子围了，来者不善，善者不来，要好好地应对。你妈说赶快找部队，我说先不这样，最好看看阵势再定，能哄就把他们哄回去。你出个主意，怎么办！

柳晓云心中有数，毫不忧虑地说，爹，你的决定是对的，不能找部队搞对立惹出乱子。我想人家来了，肯定要求解决什么困难，人家再怎么样也是吃饭长大的，哄能哄得过吗？

你看见都有谁撑头？

好像是梁铁娃、冷俊民，还有冷得石他们。

这些人都是租咱家土地的蚕农、桑农、棉农，他们同孙明义来往甚多，关系密切。如果让他来解围，或许能灭掉这一把火。

把火按下去，行吗？

行倒是行，不知水的深浅。

爹啥意思？

不知佃农们要干些啥，孙明义的心到底向着谁？

你想得太多了，不外乎就是栽桑养蚕这些纠缠。你对孙明义还持怀疑的想法，那你当初为啥同意让他在山虹社帮咱家办丝织作坊，现在又不信任？你信赖不信赖，就看这回他咋说咋做的。实在这样不行，就赶快再找部队，找乡保长。爹，你看呢？

胡艳花焦急地说，她爹，晓云讲得有道理，孙明义还是蛮通情达理的。

柳晓云有意地说了一句，我想，孙明义对黑山湾地域丝织业的发展，绝不会袖手旁观，漠不关心。

柳化谋或许也这样认为，于是催促说，晓云，你叫任明山立刻去告诉孙明义，让他必须火速赶到我这里来。

爹，我也去吧！

不行，你就得在家里！

为什么？

这也是看他孙明义是不是真心帮我办柳家丝绸作坊。

柳晓云心里暗暗地笑着，听父亲这番话哭笑不得，真言很难说出口，孙明义真心关切山虹丝织社的发展，是融入了天地人心。她急呼呼地对任明山说，立马去把孙明义请来。给他讲十万火急！

是老爷吩咐的？

是的，还有我柳晓云。柳晓云心里暗暗地想，这十万火急是同腊梅姐和明义哥共同商定的传信暗号，其原因全都明白。她猜摸，孙明义现在应该走在通向柳家沟的路上，任明山出发不多时，就一定会在最近的李家沟碰见。

任明山还没走到李家沟，在柿树坪遇到孙明义。他气喘吁吁地问：孙主任，你去哪里？

我到孙家水沟去收蚕茧。

不行了，我们柳老爷请你。

柳老爷请我做啥？

还有柳家大小姐，她说，十万火急！

有啥急不急的，还十万火急。

就是的，十万火急，好多人把柳家院围了。

孙明义装模作样地说，这是怎么一回事？是十万火急，赶快走！

任明山求情似的说，孙主任，梁铁娃跟你熟悉，又是山虹丝织社的供蚕茧重点户，劝他不要同柳老爷硬来。

嗯嗯，会的会的。不过，已经推上场了，还得鉴别鉴别哪个高哪个低。

有啥用？家徒四壁的穷人，很难惹得过家财万贯的富户，到头来还是自己吃亏。

孙明义昂首阔步地走进站满人群的院坝，向梁铁娃和冷俊民瞅了一眼，没有搭话。

梁铁娃走上前说，孙主任，你怎么来了？

这不是，是任明山叫来的，不知做啥。

不是我，而是柳老爷、柳家大小姐的邀请。

你们在这里聚集了这么多的人做啥？

要讨回公道，为桑农、蚕农、棉农和佃户争口气。

争啥气，讲了没有？

没。柳老爷传话，等你来了，再见面对话。

孙明义转面对任明山说，你去告诉柳老爷，我来了。接着向梁铁娃递了个眼色，低声说，那就剪树枝吧！

梁铁娃非常明白这是什么意思，只嗯了一声。

待柳化谋站在门楼上时，那院坝里和周边的山梁上已经站满了黑压压的人群。只听得冷俊民一声嘶喊，整个人群响起了斥责和质问声，仿佛是一阵一阵轰隆滚动的雷声，震天动地，又如奔泻的巨涛一浪高过一浪。

柳财主，你把你的农工二鲁子害惨了，你得想方设法找回来！

柳大户，那掘山家坟园，致死人命，是不是你操纵唆使的？

柳化谋你亲自带人去捣毁孙家桑园，人面兽心，还有啥抵赖的！

你这个佃主，动不动干扰阻挠租户栽桑养蚕，安的什么瞎心？你以为我们不知道？

你有钱，拿钱买壮丁，坑害蚕农，打击丝织业！

对对对，这提得实在，明明就是破坏山虹丝织社的发展，企图开办自己的丝织作坊，人家山虹社碍了你什么事！

哼，真可恶，人家受到天灾人祸交不起租子，逼得人家出劳工抵租子，要不就是驴打滚，租子和利息越来越多。

好吧。告诉你这个衣冠禽兽，拿地来害人、用租子来坑人。农民都不种你的地，你一个人去种吧，我们不相信你有戳天的本事。

找回失踪的二鲁子，看你怎么办！

再要干涉农民栽桑养蚕，就同你斗到底！

支持丝织业的发展和壮大，要的是实打实！

实行减租减息，你得减到农户满意！

给被迫害的赔礼道歉，不行，还要赔偿损失！

还有，孙大伯被害，与你是脱不了关系！

那在板庙子出的打人事件，与你也定有关系！

柳三安到丝织社学手艺，其实是一个弥天大谎，实际上是企图吞并山虹丝织社，真是白日做梦！

最后警告你柳化谋、柳老爷、柳财主、柳大户，你设想的那个日子不会太长。天会旋，地会转，你抵抗得住吗！作恶就是作恶，决不会变成行善，时世看着你，看的是你以后的所作所为了！

冷得石从人群的后排走到前排冷俊民的身边，猛猛地推了一掌，刚刚地说，娃，不怕，你当着父辈们的面，当着平辈们的面，抢上几句，老爸在身后给你撑腰。

冷俊民向前走了几步，望着孙明义和梁铁娃正向自己使眼色，于是高高地举起拳头大喊，柳化谋，我看在长辈的分上叫你一声柳大叔，又看在你土地出租的分上再叫你一声柳老爷。你听着，我们黑山湾地域是老百姓住的地方，他们是土地的主人，而不是你柳老爷的奴仆，不能任你摆布。古语讲得好，民以食为天，这是天经地义，而你用出租土地整人，打得粮食收了租子，老百姓想栽桑养蚕挣些油盐钱，你百般刁难阻拦破坏，就是不让穷人过上好日子。天理不容啊！这时的冷俊民更加激昂，身子一跃跳在一个台阶上，振臂高呼，柳化谋大老爷，你要明白一点，你再横行霸道，我们老百姓坚决不答应，不相信阴沟里篾片翻不过身！我还要喊一声，你得告诉我，我二哥冷俊鲁到底在啥地方！

冷俊民的这一举动代表着穷苦老百姓的心声，一呼百应。顿时，院坝里、山梁上、树林间聚集的人们，群情鼎沸，此起彼伏，一浪接一浪，奔腾愤怒的声讨，激昂慷慨的质问，闯滩击水的攻伐。

柳化谋站在门楼上，仿佛陷落在四面楚歌之中，听得那每句话每个字，如像一支一支乱箭向自己射来，气得火冒三丈，七窍生烟，浑身颤抖，瞠目结舌，半天说不出话来。

胡艳花穿过窗户朝外一望，那呼叫声如滚滚的浪潮一般扑窗而入。她虽不害怕，但很担心，赶快到门楼，靠近柳化谋身后，轻声叫道，老爷，赶快回屋吧！

能走开吗？

咋不能呢？

先回。

咋办？

把孙明义叫到屋里，他们都听他的。

梁铁娃领的头呀！

先稳住他。叫孙明义没错。

任明山你去把他叫来！

孙明义看着柳化谋离开门楼，任明山快步下了楼前的石台阶，果然按这个思路在走。他避开任明山，对梁铁娃和冷俊民说，我去以后，你们继续动作，再让冷俊民领两三个年轻力壮的小伙子佯进门楼，并高喊，孙明义不要同柳化谋同流合污，你把柳化谋叫出来，给我们做答复。

梁铁娃冷静地说，放心，会那样做。

孙明义飞快地跑进柳家大院高高的门楼，气宇不凡，朝人群喊了一声，天道好还，为期不远！

柳化谋一见孙明义走进堂屋，站起来说，明义，这咋能闹成被围的阵势，真是要翻天了？

孙明义安稳地说，不要光问这个，问这问那没有用。别急别急，现在关键是稳住百姓激动情绪。

要不要动动枪杆子。

那就麻烦大了。

你认为咋办？

群众罗列的那些事情，真的吗？

不是那样，我怎么会那么做？完全是为了保证收粮交租子，可能有时做得过分了点，这倒是有的，但不像他们指责得那么厉害。

柳老爷，二鲁子出走，是不是你安顿的？

我知道。

买壮丁呢？

顶替我侄儿。

掘山家坟园呢？

我听说过。

板庙子打人事件？

怎么牵扯到我了？

这时楼外有人用喇叭高喊，孙明义听好了，你爹就是被柳化谋谋害的！

明义，不要相信，我怎么能害你爹呢！

柳老爷，你不要辩驳了，这我非常清楚。不过，上边提到的还有那些事，我可以去劝解，使你超脱一点，还有关键的几个问题，你必须明确表态，让百姓真的相信才行。

我刚才听明白了，他们要回答的几个问题，你认为呢？

你是老爷，我是你未来作坊的伙计，我不能替代你的意愿。

这时群众的呼声如巨浪冲击柳家的大门，震天动地，房顶上的天窗发出咯吱咯吱响声，几乎处于垮塌的危险。

柳化谋，出来同佃农们直接对话！

孙明义，不要把脚跟踩歪了！

柳化谋听到这如命令叫喊声，内心焦灼不安。他却表现出不慌不忙的样子，说，明义，你出去劝止劝止，没有什么刻骨仇恨嘛！

孙明义压抑着一肚子的怒火说，你讲没有仇恨就算没有！我立马就去，是不是奏效，很难估计，大火燃起来了，要想扑灭是不容易的。

尽量吧尽量吧！

梁铁娃是铁了心的，难掰；冷得石父子好像是心灰意冷，对种地养蚕不抱希望了，倾家荡产，一锤子买卖，想远走他乡。

梁铁娃穷硬气，我知道。那冷家前几天不是谈得很拢吗？咋变了！他对你答应的不放心哪！

怎么能这样地不相信人呢！你赶快去往好的地方做吧！

尽量尽量。孙明义说着下了门楼，同梁铁娃他们紧紧地站在一起，低声说了几句，扯起嗓子向群众喊道，大家听好了，柳大爷愿意同大家共商农事，共同发展丝织业。大家提到的那些事，他也在考虑做出合乎实情的答复。

梁铁娃振臂高喊，柳老爷有诚意，就走出来，给大家伙讲个清楚！

话音刚落，群众中爆发出的呼喊声震耳欲聋，响彻云霄。

　　还我权利，自由种植！
　　发展丝业，富民兴村！
　　减租减息，支持农户！
　　腾房让地，种桑养蚕！
　　兑现承诺，不容反悔！

冷俊民站了出来，那捋袖揎拳的样子，好像要冲上门楼，却被护卫用枪挡住了。他疾言厉色地喊道，柳化谋柳大老爷，孙明义给我讲的都听见了，不是不信他的传言，只不过不是从你口里直接讲出来的。你立马走出来，面对面地说个一二三！

任明山慌张地跑进堂屋说，老爷，他们喊让你出去，好像有冲上院子的迹象。

你先去告诉他们，等一会儿答复。柳化谋说完，把柳晓云叫到堂屋，说，我身体不支，你去同他们交涉！

说什么，我也听得不清楚，糊里糊涂的，咋对答？

他们核心有三条。

哪三条？

减租减息，支持丝织业，不干涉蚕农栽桑养蚕。

我还听别人议论，孙家大伯遇害、冷家老二失踪是你一手操纵的。要问这,我咋回答?

胡说,没有的事。我能害他们?

害没害,我怎么回答?

只字不提。孙明义很精明,一定会私下解决,摆平双方。

要讲那三条,我也掌握不了分寸。

柳化谋把柳晓云叫到身边,咕咕叨叨了一阵子,柳晓云如是领会了父亲的意图,绕步过道站在门楼上,神色镇定。她深情地望着人群,喊,父老乡亲,兄弟姊妹们,我爹因故不能到场,他委托我回答你们提出的问题。

柳家大小姐,你说的话算数吗?

一诺千金,绝不食言。

你是你,你爹是你爹,他是个轻诺寡信的人,他最终不同意怎么办?

我拿我这女子的性命来担保。在这里我要叮咛一句,须有一个做工作的过程,条件完全成熟了,那就会水到渠成。谁讲啊?

减租减息,愿意不愿意?

肯定要既减租又减息,怎么个减法,实行减缓免三个档次,还要根据计算其比例,广泛实施。冷大叔家的租子,已经是免了,这是经孙明义反复说服我爹,才得到的结果。

怎么支持黑山地区丝织业的发展?

大家提出了腾房让地。是的,丝织社的缲丝、印染、整理、储存房间比较紧张,我家有几处的房子可让出去,闲着总是闲着,不如给大家一个有用之处。这些房子,我腊梅姐曾经看过,她会有很好的安顿。

栽桑养蚕限制不限制,干涉不干涉?

我没种过地,但我可以讲,在保证不荒废庄稼的前提下,想栽多少就栽多少,想养多少蚕就养多少蚕,但要注意供需平衡,不然就糟蹋了。

那山大妈和孙大伯没了就没了?那冷俊鲁失踪了就失踪了?柳老爷是咋害他们的?是他做的就得认错赔罪,不能饶恕!

这些,我虽不完全掌握底细,但也略知一二,待把事情了解清楚了,该怎么处置就怎么处置。我这样答复或许不叫人满意,请前辈们和兄弟姐妹们理解。

孙明义实在莫想到柳晓云言辞如此得利落，回答问题如此得从容自若，巾帼须眉，打心眼里佩服。他不由得想到，这一定是同山腊梅事先合计过才这样做的，或许不完全是这样，也许另有缘由。于是，他自觉地又不是自觉地站出来，为她圆场解围，喊道，刚才提到质问那几桩丧尽天良的事，我们正在明察暗访，寻找证据，已经有了一些眉目，会得到惩处的，请大家放心好吧。眼下也不要为难这位柳家大小姐了，她只知其一，不知其二，要问个究竟是不可能的。大家意想怎么样？

梁铁娃向群众挥了挥手大喊，孙明义主任讲得有道理，我们也信得过。在这里，我还要强调问一句，柳家大小姐，你刚才答应的那几条，要不要什么手续？

柳晓云斩钉截铁地说，要，要签订合同，双方都按合同执行，才能体现诚意。从实际出发来看，是不是诚心诚意，决定的还是在柳家一方。这一点，我可做保证，言必信，行必果！

冷俊民有点怀疑地问，你能拿住柳老爷的主见吗？

能！过一段时间兑现。

穷人有志气，改天换地！

黑山湾是老百姓的黑山湾！

一阵激动的呼声，穿过山梁上浓密的柏树林，在苍茫的土地上，在广阔的云天里飘荡滚动。一群一群山雀在黑山湾的上空展翅飞翔，旋转了几阵子，好像发现了什么秘密，呼呼啦啦地落在崇山峻岭的丛林之中。

梁铁娃翻过柏树梁，高兴地问孙明义，主任，"过一段"是什么时候？

孙明义笑了笑，伸出右手掌，把大拇指和食指伸得很直很直，神秘地说，快了，一拃长。

出路在眼前。

不，大家伙已经上路了。

199

# 十五

　　驻扎薛家湾的二连连部气氛有些紧张，薛满仓的心情也不安起来。他立马到连部找连长问情况，连长正忙着收拾文件什么的，侧过脸扫了他一眼，显露一种不信任的目光，冷漠地说了句"你等着，有任务"。也没说什么任务，什么时间出发，带多少士兵，到什么地方去执行任务。薛满仓深感情势的严峻，立即去找那位神秘的三排长，不见踪影。幸好从三排一班长口里得知，不知犯了什么法，昨晚夜深时三排长被押往兴安州。他意识到战前反戈一击，以达里应外合，接应解放军攻击黑山的目的是不可能达成了。目前看来，三排长守口如瓶，没有把自己供出来，连长并没有下自己的武器，至少还是比较安全的。

　　夕阳挂在西山上，山沟树林渐渐地阴暗下来。薛满仓没料到这个时候，连长大声大气地喊，薛排长薛满仓到办公室来！

　　薛满仓快步跑进办公室，一眼瞧见桌上和地面乱七八糟，一片狼藉，急切地报告说，连长，一排长到，请指示！

　　连长板起阴冷的脸色说，我连奉命赴黑山寨，配合一营阻击共军的进攻，擦黑出发，听从命令！

　　是，连长！动员士兵做好准备。

　　你就不必了，我已经安排副排长代替你的职务。

　　连长，为什么？

　　不要问为什么，这是战时的需要。你侦察过上黑山的路线，你就当一回向导，打头带领全连的行动。

　　是，连长，一定不会走错路，下了构树坡，过了蒋家沟，上了竹园石板房，就同一营坚守的防线不远了。

　　有多远？

　　半里路。

不能走岔路，必须在共军到达之前，我连进入一营防御阵地，接受调遣，共同防守抵抗阻击。

不会走错的。

薛满仓答应了一声，准备走出连部，却被连长叫住了，告诉他，他要携带的军用品已被战士放在连部，不必要再回一排。这对薛满仓的第一反应是，连长对自己已经产生了怀疑，没有找到证据，只能在行进中进行严密监视。他一再叮咛自己，到了这种地步，自己一定要小心点，千万不能东鳞西爪的，丢了性命。

夜黑蒙蒙的。山坡、树林、深沟，仿佛连成一片，模模糊糊，什么都无法辨认。只有通往黑山寨的崎岖茅草路，在薛满仓的脚下，才轻微地感觉出来，坑洼不平，碰磕疼痛。

干什么的？

薛满仓意识到这是守山哨兵的询问，顺口回答，是二连的。

口令？

薛满仓答不上来，暗想连长没交代什么口令。

口令，不然就开枪了！

这时，身后有一战士走在薛满仓的面前回答道，进山。回口令！

守山。什么时间？

子夜！

自己人，我是前沿哨兵。二连友军，轻一点，快一点，营长在指挥所等你们哪！

连长压低声音命令道，往后传，轻步前进！

往后传，轻步前进！

薛满仓在黑暗中听连长的传令声，猜想在身后队伍的不远处，或许是第三个，也许是第五个，拿不准，但紧挨自己的战士，没有一个是熟悉的。在他们眼里，前面走的这位排长只能被列入嫌疑反水之一的成员，带路，已经完成，要清除的话，时机不允许开枪，枪声一响必然暴露目标。薛满仓想得非常严峻，紧握着腰间的手枪，提起沉重的脚步，跟着队伍往前移动。他不停地望着蒋沟的夜空，怎么不见一抹光亮，心里叨念着那神秘三排长给自己悄悄地讲过，解放军全线攻击黑山寨国军时，以发射红色曳光弹为信号。可惜，只能一人孤行了，等待吧，现在只是时间问题，等待的那一刻即将到来。薛满仓急中生智，边向左边的岔路走去，边朝哨兵喊，上黑山寨的路对不？

不对，不对！

咋不对？

那是去梁家河的路。

噢，黑灯瞎火地瞅不准。

折回来，上右边岔口路。

薛满仓领着跟随的队伍向回转，走了没几步碰见队伍中一名中等个头，微胖的士兵，一影忽认定是连长，也没吱声。他是不是在观察自己的行动？管他呢，是死是活就这样了，打一个不亏本，打两个三个就赚了。

怎么不走了，磨蹭啥呢？听得见，好像是连长在质问。

薛满仓在岔口右边拨拉拨拉着浓密的草丛，应声道，全是草，找不见路，正寻呢！

一时，山野死一般寂静，偶尔听得蝈蝈稀稀落落的叫声；天空的几颗星星，仿佛在朦胧中观察黑山大地上幽暗而深沉的丛林。突然，一道红色信号弹，从蒋家沟上空飞过，霎时滑落在大山之中。

信号弹！哨兵喊。

赶快散开，占领有利地形！是连长的命令。

薛满仓听见岩石边，树林里响起猛烈的枪声，明白解放军开始进攻了。他眼明手快，向值勤哨兵开了一枪，那哨兵随声倒下，急转身再向身后的士兵开枪，一刹那间，自己头部和腿部中弹滚倒在一块洼地的草丛里。

一排长呢？连长问道。

他打我们的哨兵，我把他击毙了！走在前边的代理排长回答。

证实他被共军收买，可耻的叛徒。连长又大声命令道，代理排长，上黑山共守阵地，打退敌人的进攻。胜了，发大洋！

是，连长！

薛满仓处在意识模糊之中，仿佛听清了这不可预料的天外之音，二连长火速占领青石高地！是，营长。

经过三次的反复争夺，在拂晓时分，解放军彻底击溃国军一个营和两个加强连，收缴大批武器弹药，俘虏敌人二百多名，其余残兵败将，丢盔卸甲，落荒而逃。

天刚粉粉亮，薛满仓才从昏迷中苏醒过来，觉着脖子黏糊糊的，用手往后脑勺一摸，满手是血，有点痛不大要紧，大概只是穿破一层皮。他硬撑着企图站起来，腿使不上劲，又跌倒在草堆里，细细一瞅，小腿被穿了一个小洞，无大碍，没伤小腿骨。薛满仓紧紧咬着牙关，从地上拔了一把白茅草，用石头砸了砸，一把按在后脑勺，一把敷在小腿上，然后在衬衣上撕掉两条布块分别绑扎在两处，片刻感觉好受多了。这时，他抬头朝黑山头望去，尸横遍野，血流漂杵，悬崖峭壁半腰的树枝上撕挂着血肉破衣，被一股激荡的晨风一吹，如阴魂一般飘落在山洼和深沟里。他不禁想到，向自己开枪的肯定是连长和代理排长。他俩是死了，还是逃了？说实在的真该死，死一万次都不能解恨。我还活着，多亏你俩打了我两枪，不然，我咋能遵约对神秘排长的承诺，他很守信，否则，我不是遣送兴安州，就是战前处决了。我要活着，为诚信活着，为自己活着，更要为一个新世界的新生活而坚强地活着。

薛满仓拼命地向蒋家沟爬去，不觉一派葱绿茂盛的竹林呈现在眼前，穿过竹林，他看见曾经去过的那座石板房子。他拾了一根木棍做依靠，试了几次才站起来走进房内。那张石板床还在，他坐在上面歇了一会儿，脱下军帽和上衣，摘掉帽徽和领章，把它塞进一个狭小的石缝，心想着让那不光彩的经历储藏在这里边，永不见天日。咋办呢？还是去找老乡，讨个活命。当他拖着骨辘辘的肚子吃力地走到石板房门前不远的地方，发现一棵枇杷树，树枝上吊着一串一串金黄金黄的枇杷，引得他直流口水。他已是饥不择食了，从地上拣起一块石头，摔打在树枝上，幸好几串枇杷噼里啪啦地掉落在地。他饱餐一顿，全身得了劲，吸了吸气，有信心走出一条生路。

令申治平没有想到的是，这位威风八面的老乡，竟然落难到如此地步，便答应先住下治伤，痊愈后再另行安排。老乡，你看行吗？

有吃有住，就不胜感激了。我还有啥可挑剔的。

正说着，申治平看见山腊梅抱着小孩进了门，打招呼说，腊梅，你看是谁来了？

山腊梅边哄着娃边仔细瞧看，不由得一惊，这不是薛排长吗？怎么受伤了？

薛满仓陷于窘境之地，说什么好呢？什么都不可以说，真让他难以启齿，哎呀哎呀，此一时，彼一时。

山腊梅看着薛满仓的样子，说，国军溃败了，你是怎么被打伤的？

那是肯定的事。我的伤是两个自己人打的。

怎么，你们自己人打自己人。窝里斗？

是，也不是，不好用一句话给你们说清楚。我今天来这里是求救于你们的。

申治平制止说，不问那么多了，先留在咱们家给治伤。咋样！

山腊梅轻轻地拍着娃，浅浅一笑说，行，咋不行？救人一命，胜造七级浮屠，总不能眼看着你的老乡流落他乡吧！

让强仁愿安顿，住哪儿好呢？

咱家那两间闲房子，收拾收拾一间不就行了，有啥为难的！

还是把灶房旁边的厦子腾出来。

你看着办，他是你的老乡！

强仁愿早看见薛满仓如此狼狈地进了屋，站在门外一直听着他们的对话。这时，他便嬉笑着走进门说，如果没认错的话，这位就是二连一排的排长吧！师父，刚进门听说腾房子，照我说，就住在西头的那间挺合适的。为什么呢？因为薛排长为丝织社也出过力，闹得柳老爷骑虎难下，不知所措。凭着今日的局面，让排长住个好房子算个啥事吗！我看，还是师娘——丝织社山主任有眼力有远见。

山腊梅越听越觉得话里有话，不便多言，悠闲地走出门，在院坝里逗着她的宝贝蛋儿。

申治平哪能听得出那言外之意，真心诚恳地说，管家，你讲得对，好好地照顾我的老乡。

薛满仓感激地说，谢谢了老乡，我会记一辈子。

申治平拄着拐杖站起来，摆着手说，谢啥，没啥谢的。以后照料不周，就直言给老乡讲，不必生分。

强仁愿撇了一下嘴，耸起肩膀，满脸讥笑。


薛满仓的枪伤，在申治平夫妇的精心呵护和关照下，三个月就痊愈了。对他来说，三个月是漫长的，等伤好了那一天后，又觉得是短暂的。尤其是申治平老乡决定让他留下来，做收棉花和蚕茧活禄的那一刻起，又有新的感觉，真正的漫长才摆在自己的面前，今后怎样走下去，谁也拿不准。

那天下午，强仁愿在院坝里蹀来蹀去，一会儿东瞧西望，一会儿左顾右盼，心中完全在思忖什么事情。他终于等到薛满仓扛着两包东西回来了，肯定是棉花和蚕茧。于是，没好气地喊，薛满仓，你给我过来！

管家，有什么事吗？

没事叫你做啥！

那我能不能把棉花和蚕茧交库房再来？

叫你现在来，没让你去库房。

好好好，就来就来！

干了几天，就拧瓷起来了。

我怎么拧瓷了，叫过来就过来怎么个拧瓷了？

好了好了，把两个包袱都打开！

干什么？

检查质量！

那应是棉检和丝检员的事哪！

我管家就不应该抽检了？！

205

随你的便，想怎么查就怎么查！

强仁愿打开包袱，装模作样地反复捏摸棉花和蚕茧，一边跺着脚一边说，这棉花潮湿不白，蚕茧壳薄丝少。你看你收的啥货，连这事都做不好，你还能干啥，还是趁早相端你的后路吧！

薛满仓没有动气，平静地说，管家，我该走什么路，是自己的事。至于说这棉花和蚕茧还是不错的，连老农都伸出大拇指称赞，收得好。

既然这样，你就交给那位老农，让他给你织布抽丝！

管家，这不是在抬杠嘛！

不要误会，履行管家的责任。谁有闲工夫同你抬什么杠呀！

申治平出门时看见在院坝发生的争执怪事，跛着腿走上前一问，知道了原委，便去摸了摸棉花和蚕茧，什么也没说，便叫薛满仓送去让质检员检验。

其实这一幕已经被站在丝织社门前的山腊梅发现了，她立即走到院坝，问，啥事情，怎么在院坝打场子？

申治平接话说，为棉花和蚕茧质量，还是送质检员检验为好。

山腊梅走到包袱前，分别揣了揣棉花和蚕茧，笑着说，对的，送质检员检测为准。棉花送棉织作坊，蚕茧送丝织社，合格的留下，不符合标准另行处理。

薛满仓认为自己收的货没有一点瑕疵，一句话都不愿意说，只望了强仁愿一眼，扛起两个包袱，拧身就走。

强仁愿一下子感到难以忍受，对申治平和山腊梅产生了不满情绪，是他俩袒护这个薛满仓。他联想到在蒋家沟师娘同这位排长的聊天、受伤留家治伤的倍加关怀，有时师娘和他说话被误认为是眉来眼去的暗相勾搭。眼前就是铁的事实，所以从怀疑到现在的认定，感到非常气愤，心里暗想，你想占她的便宜，这个在身边当了四五年的管家是弄啥的，看我怎么收拾你这个外乡人。

山腊梅一回到屋里，说，看来管家是在找你老乡的岔子。

申治平对那棉花和蚕茧认为质量是上乘的，但没有明确地表态，含含糊糊，模棱两可，也许是拿不准。

山腊梅有点埋怨地说，你这个人，现在怎么变得油腔滑调的，怕得罪了管家，是不是？那就不怕冲撞了你的老乡，对不对？

申治平支吾了半天，不置可否。吃过晚饭后，他有些烦恼和郁闷，想起不久前强仁愿提醒过，注意你老乡同师娘出了格，不如让他离开丝织社。打那以后，他老觉得不对劲，自己不行怎么会有孩子呢？不，不是谁帮的忙，是上天之赐，是身之逆转，是药物显灵！谁知道呢！他为证实这一切，连忙去弥陀寺找了一卜卦先生，先生按照自己的生辰和山腊梅不准确的五行掐算，捏造了一个吉利顺心的妙方，并劝言道，为人所圣，德修兼优，是苍天睁眼，应该相信天命！他还不放心，第二天又到汉江南岸梁家沟的五十三礓磜，行礼数，看天池，投钱祈求，得到同样的结果，满意而归。虽然如此，但他心情并未完全安静下来，俗语讲，吃肉不能说让你吃两片肉。那次，她给他夹了两片肉，这行为动作，使他不得不承认一个令人由于俗语而引起的不是怀疑也得怀疑的现实。怀疑中不由得意识到，她会不会离开自己而远离这座两人共造的丝织社呢？实在多虑了，他大喊了一声，要走就走吧，我还有一个儿子呢！俗语又说啦，命里一尺，难求一丈。这一切可能就是人家的，何必去硬着头皮跟人家碰。老天爷的安排，应该这样了，实在是应该这样了。人的命，天注定，胡思乱想不顶用，不过，这是天命给我恩赐。入夜，他躺在床上翻来覆去，难以入眠。她万一要离开就离开，不必强求。离开了，她也许会摆脱感情的虐待，会安心、安顺、安然一些。不过，不能把儿子带走就行了。儿子是上天赐给的，应该在我的名下，在我的作坊账本里，在我申家的门户里。说一千道一万，这儿子别人抢不走，是我媳妇生的，我是她正儿八百的男人。不争竞那些游说、邪说，从管家的眼神里看出他也不是个什么好东西，危险就是埋在身边阿谀奉承、戳事讨好的人。好了，不要跟自己过不去，不要自己折磨自己，不要把世事想不开，只要提得起放得下，才能开心、豁达、宽容，使自己像风筝一样轻快地飞在高高的天空，自由自在，飘荡无忧。人生难免会有痛苦和折磨，但痛苦没有什么可怕的，只要内心能折磨掉那种难受，就会甩

掉那种难受，就会甩掉包袱，挺起腰杆，走好自己的路。再说啦，不要把挣更多的钱当作包袱，挣那么多钱干啥？还不是为了活命，养活媳妇和孩子。想那么多干啥？一切都怪自己身体的无能。今日嘛，就是有了他才被戳脊梁骨，也只能在心里存在微乎其微的不忍，也要视而不见，让人三分，睁一只眼看透他存在着不可得的闪光点，为别人做了一件怜悯的好事，既可怜他，又愤恨他，还同情他，给点吃的就给点吃的，算不了什么，不会把家吃穷，咱也没给人家辛苦钱。申治平像做梦似的，觉得有一种让人忧愁的小神仙，犹如印染的一条长长的丝绸蒙在自己眼前，又轻轻地压在自己的胸口上，沉甸甸的，难以舒心畅怀。他仿佛也在登台演戏，山腊梅不会是从心里同自己上演汉剧二簧吧。既然是如此，上场了，就只得要演下去，使这出三幕剧有个最终的结尾！谢幕的是谁呢？自己也难以断定。人，咋样过都是丰富人生，如果错过了这难以启齿的情感，就失去了自己一生的精彩。申治平迷糊一夜，在天亮起床的时候，感觉头脑清醒，心地平坦。刚打开大门，看见强仁愿站在门外，问，管家这么早，有什么急事吗？

师父，我准备去扈家庄一趟。

做什么？

他家亲戚梁铁娃捎信，让去收线锭子。

不是送来吗？

扈师傅这几天生病了不能来。

快去快回。

强仁愿嗯了一声，急切地去印染房给柳三安交代，上午我不在，注意点棉织坊，有事下午回来再说。

柳三安知道他要去哪里，故意地问，管家，要去哪里，是不是要做惊天动地的事情？

我这样人哪能呢！

我知道。

你知道什么？

我猜你正为师娘发愁呢，怕别人把你挤得上不了手。

胡说什么？

不是，是啥？

玄机不可泄露。不过，我要告诉你，你千万不可以野心勃勃，跌到沟里摔死了。

这是咒人哪！

真诚的奉劝！

他俩站在旁边挤眉弄眼，望着路过的山腊梅，看见她有意地瞅了他俩一眼，便立即装得正经八百起来。

师娘，你早！柳三安觉得没话可说，只得招呼后编谎，师娘，今天要不要到兴安州买颜料？

库存有嘛。山腊梅望着他们神经兮兮的样子，是没话找话说。

强仁愿接着说，师娘，我现在去扈家庄。

有啥事？

商议布匹销售。

是好事，扩大布匹销售市场。

我给师父告假了。

山腊梅没再说什么，既然请假了，给自己讲这么多做啥！而且讲得前后不一，她出门时，丈夫讲，管家要去扈家庄取锭子，给自己讲去商议布匹销售市场。这让她起了疑心，管家究竟安的什么心，到底要干啥！她望着强仁愿上了路，赶紧返回去，对申治平说，管家是不是取锭子？

自己说是去取锭子。

刚对我说去商议布匹销售。

连取锭子顺带说销售也是可能的。

那也对，也许是我多心了。

他不会瞎折腾的。

但愿管家真实诚恳，心地善良。

谁会想到，一个人用单纯的一份情感，借诚意去追寻情愿由暴发而丧失理智的虚假，他不以为这是恶意的选择，而是施行打击情敌的所谓道义。

谁明白，只有心怀鬼胎的强仁愿最清楚。当他一见扈志根，迫不及待地说，扈大叔，请你帮我一个大忙！

我一个种棉、弹棉、纺线的小户人家，有多大的能耐心中有数，能帮你什么忙？

大叔，你能行的，你有一帮子人也得力。

这是要弄啥？

治一个人。

谁？

就是那个丝织社潜藏的国民党兵薛满仓。

好端端的，治他干啥？

是国民党兵，应该干掉，即是解放了，也不会犯什么法，那就难了。

你心咋这么狠？

大叔，给你讲实话，要喜欢一个女人，不允许其他任何人靠近一步。大叔，明白不？

仁愿，你瓜呀。人家腊梅有夫之妇，怎么能这样呢！

师父活得不会太长，我这个管家到时就会明媒正娶的。

即使就是这样，你一厢情愿，腊梅可不是一般的女流之辈。

大叔，你帮帮就行，不要说那么多。强仁愿从口袋里掏出一沓钱，塞进扈志根的手里。

扈志根推了回去，咋能要你的东西，这算啥呢！

强仁愿扑通一声跪在地上，祈求说，帮一次吧，有什么过错与你无关，我全部承担。不过，你不要把这事告诉任何人。

扈志根考虑了一半会儿，把他拉起来，问，什么时间？

明天擦黑时。

什么地方？

垭子口。

怎么处置？

挖坑。

错就错这一回，答应你。

知道了。

大叔，我给你磕头了。你把锭子给我拿回作坊，有人问你，就说腿上有点毛病，让我来取的。

第二天太阳快落山的时候，天空飘起一片一片的、一朵一朵的乌云。一抹残阳被遮得严严实实，满山遍野阴沉沉的，也听不见一声山雀的叫声。

梁铁娃去扈家庄路过垭子口时，影糊看有三个人好像在翻地，也没在意。径直找到扈志根说，表叔，我爷有事要叫你现在去一趟。

扈志根摸了摸后脑勺，说，今晚不行，搁到明天吧！

天黑了，有啥事？走吧！

说不行就不行，脱不开身！明天一亮就去。

真的要紧，能帮上忙吗？帮完了再去行吗？

不用不用，全都安顿好了，你走吧！

表叔，我又不是外人，到底是啥急事？

收拾一个人！

人家犯了什么规？

在黑山上被打伤的国民党兵，企图霸占申治平的女人山腊梅。

有这事吗？

强仁愿给我讲的水都能点着灯，他非常气愤，为申师傅打抱不平，一定要除掉他。

梁铁娃听后说了一句，原来是这样。他心里想，恶人尽做恶事，你强仁愿歪心眼，和柳三安串通一气，捏造事实，陷害薛满仓。这排长，对我恩重如山，对丝织社的发展功不可没。对强仁愿作恶的行为，我决不袖手旁观，置之不顾。梁铁娃想到这里，转身对扈志根说，表叔，你不能这样做，那个薛满仓是个好人，你千万不要上强仁愿的当！

扈志根手一甩说，你不要管，快走吧，不要给任何人讲这个事情。

梁铁娃心急如火，一口气跑到周家垭，正巧碰上水彩莲，喘着气问，彩莲姐，山主任在吗？

211

水彩莲看他焦急的样子，说，柳晓云叫她不知说什么事，还没有回来。有急事吗？

嗯。梁铁娃把即将发生要人命的行动如实告诉水彩莲，并说，赶快想办法救人，我先去垭子口观察动静。

水彩莲听得薛满仓要被人暗算，大吃一惊，没想到是谁心那么狠，情势如此严重，便急急忙忙地去找山腊梅，正好在半路上碰见，告诉了实情。山腊梅两眼射出惊异的目光，一下子意识到管家去扈家庄是不是与此事有关联。她刚回到院子，遇见强仁愿，问，销售商议好了？

强仁愿不慌不忙地说，好了，还取回了锭子。

山腊梅噢了一声，急忙走进织布间，喊，你老乡完了。申治平收住梭子，坐在织布机上发怔，好像没有听见似的，缄口不语，一直处在沉默状态。

你老乡快完了，听到没有！

啊，怎么要完了？

有人要害死他！

谁呀，这么胆大！

不知道，快救人！

在哪里？垭子口。

申治平嗖地从织布机上走下来，坐在椅子上，莫名其妙地说，简直是信口开河，乱说一气，完了怎么个完了？归根到底看谁完了。我老乡是天门星，会闪亮地活着。走，不能让老乡白白地送命！

咱俩能行？

肯定不行。你取些钱带上，扈志根那个人爱财如命，给他塞些救老乡；再就是赶快把孙明义叫来，咱们一起去。

梁铁娃已经去了。

把彩莲也叫上。

好，我也有个陪的。

夕阳已经沉落在山后边，天色一片昏暗。他们心急火燎，高一脚低一脚，疾步如飞，恨不得一下子赶到垭子口。申治平走路不便，脚步缓慢，孙明义劝他不要去，他满脸怒色，不去对得起老乡吗！孙明义无可奈何，不管三七二十一把他连扶带背跨河沟、过山坡，一口气爬上了垭子口。

梁铁娃轻声喊，申师傅，可来了！

看见薛满仓了吗？

没有。

扈志根呢？

见了。他没听我的话。

走，找他去。

梁铁娃把他们带到不远的一棵大树下，朝着扈志根说，大叔，申师傅他们来找你！

扈志根猛然见到一帮人站在自己的身旁，一头站起来，说，申师傅，你腿脚不方便，何必要来呢！

大叔，救老乡为啥不来！

孙明义接着追问，大叔，你为什么要这样做呢？

水彩莲的话语很柔和，扈大叔，我知道你是一个和善的长辈，薛排长又没坑害村里任何人，我想你应该明白的，别犯糊涂，把他赶快放了吧！

扈志根闷了好半天，说，他是国民党兵，该处置。

孙明义解释说，他是国民党兵没错，就是他干了伤天害理，欺压百姓的事，待解放了由政府法律惩罚，你与他无冤无仇，怎么能一个人就决定活埋人家，这不是灭绝人性吗！如果不是你想的那样，那你将面临坐牢。

嘿，明义你别吓唬人！

大叔，没有吓唬你。黑山兵被打跑了，县城快解放了，解放军正在从湖北沿汉江向这里进军，知道不？

有人背地里给我讲过。这不是一回事啊！

你掂量着，人命关天哪！

申治平拄着拐杖跛到扈志根面前说，大叔，俺们交往这么多年，没有深情，该有薄义，看在我的面子上，给排长一条生路，也是积德累善呀！

这时候山腊梅掏出一个布袋塞进扈志根手中，说感谢你手下留情。古

|213

人言，积羽沉舟，群轻折轴。明义刚才说得很对，千万不可以不重视这样的小错，以免铸成你的大错。请大叔三思再三思。

扈志根捏了捏小布袋，感觉厚厚的沉沉的，说话改了口气，腊梅，这恐怕要不得吧！

没等山腊梅开口，申治平抢言说，大叔，这是点小意思，你放人一命恩同再造，况且俺们以后还要很好地合作，扩大棉织作坊，拓宽丝织社的生路。

扈志根好像从谜团里走出来，明白了好多，心里抱怨不该相信强仁愿的三句好话，一时堕入五里云雾之中。眼下，他如梦初醒，无故地害别人，等于害自己。于是，向申治平喊了一声，走，你跟我走！

申治平急问，到哪里？

垭子口！

孙明义背起申治平跟着扈志根的身后往前跑，还没跑几步，只听扈志根放声喊，不要动手！不要动手！

夜幕中传来回声，噢，听到了！

扈志根站在深坑旁一看，石土已经掩盖在薛满仓的大腿间，便交代说，把土铲开，把人拉上来。

那三个人不理解地问，那我们……

走吧，不碍你们的事，由我承担。

在大家的眼里，这位往日能说会道的排长，却显出一派昂然气概，默不作声，仿佛在深沉思考什么。山腊梅说，赶快把他拉上来！申治平说，慢点拉，不要让石块擦破了腿！孙明义眼明手快，一头跳下深坑，梁铁娃紧跟其后，拨拉开那三个人，一手抓铁铲杆，一手把铲口，小心翼翼地把土扒开，总怕把肉皮擦破。没想到水彩莲动作利索而轻盈地跳了下去，边刨土边说，薛排长，受惊了。薛满仓两眼射出感谢的目光，但是还是没吭一声。

薛满仓被扶上来，扈志根表示愧疚地说，薛先生，实在对不起！

薛满仓瞥视了他一眼，没有说话。

申治平转过身，轻声问，扈大叔，你怎么能做这样的事？

梁铁娃走上前说，申师傅，我知道，回去后给你细讲。

回到丝织社，申治平给薛满仓说了些劝解的话，又吩咐孙明义把他安顿好，随后从梁铁娃口中得知蓄谋埋人的真相。他恼羞万怒，便叫来强仁愿斥问，你们两个过去有什么过节？

没有。

那你为什么要害死他？

不顺眼！

为什么恨到如此地步？

心存芥蒂。

什么意思？

阻碍别人的深情向往。

你这话从何提起，简直是鬼迷心窍，做这种令人发指的傻事！

我就是鬼迷心窍，请师父处罚！

你以为我不敢，缺了你就不成席了。强仁愿，你好好地听着，这事端是你操纵挑起的，今天要扫地出门，再不要干这个行当！

强仁愿跪在地上求情说，师父，多年来，我吃你的穿你的，你对我的照顾永世不忘。师父，请原谅一次，今后再不敢了，一定改，坚决地改。

申治平冷冷地说，你是怨恨、嫉妒，对不对！无事生非，祸起萧墙，差点出了人命，无法容忍，怎么能原谅呢！

莫说申治平非常地愤恨，就连山腊梅也是十分地生气，你这个强仁愿怎么用残忍的手段对待有乡情有亲情的老乡，简直是头脑发昏。但她又想到强仁愿起初来到棉织作坊，协助残疾师父办了不少的事，为红火棉织作坊出了不少的力。俗话说浪子回头金不换，只要迷途知返，改过自新，还是有光明的前途。山腊梅细看申治平脸色好转了许多，说，你看啊，强仁愿到棉织作坊多少年了，你们同心协力，把棉织作坊做成了现在的模样，实在不容易。他一时糊涂做了这桩瞎事，应该给他一个洗心革面的机会。你看行不行？

申治平看着强仁愿哭丧的样子，不由得产生了同情心，问，那你出个主意该怎么处理？

干脆把他发落到黑山背后的野猪湾。

悠闲自在啊!

哪能呢? 让他种十亩棉花,收五担棉花,再务四亩桑园。这对我们发展棉织作坊和丝织社不是更好? 点更多了,面更宽了,势子不就更大了。

申治平把头点了一下,指着强仁愿说,对你这个令人失望的家伙,网开一面,从宽发落。听你师娘的,就到野猪湾,这不是叫你去吃野猪肉,而是让你干出点名堂来。就这样,你去吧!

山腊梅搭话说,按你师父讲的,去吧,到了那里汲收山水灵气,洗涤扭曲的心灵,好好地做事情。你走路走错了,赶快停下来不迟,还能走对。那个地盘给你了,要充满干好的信心。

强仁愿站得端端地说,师父师娘,你们的话一定刻在心里,踏踏实实地把这几件事情干得漂漂亮亮的,请你们放心。

在强仁愿走出大门后,申治平立马考虑到这个管家不能空缺,究竟选谁合适,也拿不准,便郑重其事地征求山腊梅的意见。山腊梅对所有的棉织工和丝织工进行用心权衡,认为水彩莲完全能够胜任。

申治平没有立即表态,考虑了好半天才问道,她一个女流之辈能行吗?

那你看我呢?

你东拉西扯什么呀!

莫小看彩莲姐,人家也上过私塾识几个字,在没嫁人前也很风光;以后吃过不少苦,流过不少泪,生活的艰辛让她养成了刚强的性格,有男人的风度和气概;而且机灵、稳重、厚道,难得的人才。

这我听别人说过,她在穷困潦倒的生活中确实没有倒下去,能撑得起来,人家还懂得知恩报恩。

就是的,对高大娘和柳家太太给的接济,铭记在心,还经常去看望高大娘,耐心劝解儿媳把心放宽一点,不要想不开;不过,对柳化谋侄子报恩报错了,柳三安利用她这一点干了坏事。其实彩莲姐也很清楚,只窝在心里不给任何人讲,默默地敲打自己,是在接受这次教训。

第二天早晨天没亮,申治平来到薛满仓的房门外,通过半掩的一扇门,看见他抱着两腿坐在床上，看样子一夜都没有睡觉，两眼睁得圆圆的，好像在思索着什么。于是回房间把山腊梅一叫，拿着一包东西去找薛满仓。

当他俩掀门一进屋，薛满仓站在床前说，老乡，我在这里给你们找麻烦了，真对不起，我想这儿不能待了，得赶快离开。

老乡，不要说生分话，是我没有照顾好你，很抱歉。你离开到哪里？

走哪儿算哪儿！

大致有个想法嘛，是回郧阳？

我被拉壮丁后不长时间，爹妈就不在了。要回的话，就得投奔舅舅家。

我也是为这事乘天黑来的，俺们的想法不谋而合，这地方是不能待了，首先得走。要不这样，我有一个熟人在兴安州水西门丝社，你去找他谋个差事做做。

山腊梅灵机一动，同时也出了一个寻找出路的主意。你那个神秘的三排长不是有省城人嘛，你可去寻他。

起义没成后就失去联络了。

他的家你知道不？

知道得不详细。

脚步到了路也就到了，想方设法找哇，不相信寻不着，省城总比我们这偏僻的地方繁华得多。不管怎样，先得有个落脚点，有个营生干，雄心就在峥嵘里，运气一到，可莫要忘了这些黑山里的人。山腊梅说到这里微微地笑了一下，哎呀，胡拉乱扯，没边没沿地讲了个啥？

申治平不这样认为，对的对的，人多主意多，不能吊在一个树上，兴安不行就到省城，总会有出路的。他转过面向薛满仓递了一个纸包，说，天快亮了，赶快走吧，这是给你一路上的盘缠，上兴安州有余，要去省城花销也够了，如果将来需要用钱就捎个信来，一定支助。

山腊梅跟了过去，把一个不大不小的包袱挂在薛满仓的肩上叮咛说，这是你老乡给你准备的换洗衣服，里面还有几个烙饼和几颗大蒜，走路上万一找不着开水喝，就找喝泉水，吃些大蒜，不会闹肚子。一路上消停些，千万不要着急。

薛满仓实在感到过意不去，将钱和包袱连续三次推了回去，全被推了回来。便激动地说，我避难到这儿，得到老乡无微不至的关照，这种乡情和友情铭肌镂骨，终生不忘。在临别之时，我给二位行礼了，愿你们行业旺盛，生意兴隆！

申治平和山腊梅站在院坝，一直盯着薛满仓的身影安全消失在凌晨的朦胧里，才回到屋里。申治平有些念想地说，老乡来的时间不长，这一走屋里显得空荡荡的，好像缺了些什么。山腊梅也觉得是这样，接话说，你老乡是个男子汉，人家脑子有事，眼中有路，手里有活，为俺们的作坊没少做事。所以，你是在眷恋你的老乡，不要操心，他肯定是有出息的人。

他俩说着说着，天已大亮了。申治平走出大门，朝着汉江上游岸边的路上深长地望了一眼，是你对得住我，我实在是对不起你。老乡啊，挺住艰辛的颠簸，走出生活的平安。

中午时分，山腊梅看见丈夫站在院坝边，依旧望着老远老远的地方不收眼，猜得出在挂牵老乡，便走近身边问，娃他爹，你又在想啥呢？

申治平转过面说，不知道老乡现在走到了哪里！

山腊梅一笑说，河水绕山，大路通天，人家一个走南闯北的大男人，阅历多，见识广，会一天走好一天，你莫要犯愁啊！听说省城大街东南西北好宽好宽的，不会走错路。

申治平说，是的，犯愁也没有用，只盼望老乡挺住艰辛的颠簸，生活平安。

娃他爹，你说的这话真好听，像是从织布机上织出来的一样漂亮。我想俺们辛苦点，也要走出凄凉的黑山荒野。

是吗？嘿嘿嘿！

这时候孙明义走来说，扈志根捎信讲，后晌有一批棉花、线锭子、蚕茧货要送来，再带回一批布匹和丝绸销售，让我们准备停当。

申治平一听满脸绷起青筋，生气地喊道，从今往后不收他的货，我们也不让他营运我们的货，同这不地道的人不能合作。明义，你把这话给他捎回去，就说，仓库已满没地方，布匹和丝绸缺货，让他另找路数。快给彩莲再讲一声，就按我说的办。

正巧水彩莲进屋，问，申师傅啥事情？

申治平望了一眼水彩莲，说，来得正好，对扈家的货不收，我们的货不出。

怎么啦？

他不仁我不义，他把我没放在眼里，老乡的命差点栽在了他的手里，真是可恶！

申师傅，事过了不要再生气，人家不是当时就承认错了？这是他一时糊涂，归根结底是柳三安捣的鬼，强仁愿作的孽。算了算了，我想还是以生意为重，多一个客户多一条路，对棉织和丝织都有益处。

山腊梅插言道，彩莲姐说得对，扈家错一回也许不会错二回，况且认错还是诚心的。人生在世不容易，商业走势难估摸，宽容人家一回等于宽容自己，尊重人家一回等于尊重自己。给人家一次机会不计前嫌，聚集人气，发展商气。

孙明义默想着，扈志根是爱钱财，出格地咬破了自己善心的底线，经大家一说，幡然悔悟，承认这是一生中不能抹去的污点。不过，这个人是爱面子的人，只要决心一下，不会再走迷途的。申师傅，大家都讲得好，我想大度比计较更有力量，会把他拉到我们的生意场上来；再说，人家脑子灵光，在一起能把生意做得更大更强，对他对我们对百姓是好上加好，利上加利。师父，你站得高看得远，一向是深思熟虑，对吧！

申治平虽然对扈志根的成见没有完全消除，但是从说话中可听得出有所缓解。他声音不高不低地说，好吧，听人劝得一半，棉织收多少出多少，由彩莲确定，关于丝织方面，由明义你们去商量，我不加过问。我有一个念头，计较是不值得，但愿和气生财。

大家不约而同，连连点头。

清晨的阳光穿过茂密的树林照在地上，村野光亮光亮的。新的一天又正常地开始。

# 十六

今天是一个特殊的日子。

晨霞刚从东山露头，把人们映照得喜眉笑眼。

山腊梅早晨起来，抱着儿子，高兴地坐在堂屋的小靠背木椅上，一边给怪蛋蛋梳头，一边哼着温存清脆的小调儿：

> 一梳脑门开，智慧涌流来；
>
> 二梳气度宽，天地抱在怀；
>
> 三梳臂长手儿巧；
>
> 四梳脚稳走大道；
>
> 五梳六梳梳成长命百岁的好宝宝呀，
>
> 明日世事要啊要靠儿郎来创造！

水彩莲疾步走到门外，听到歌调，突然停下了脚步，这词儿咋不对？噢，这是腊梅自编的抓周歌。她一步跨进了门，腊梅，你真能行，把词都给改了！

山腊梅抬头说，没改呀，音是一样的呀！

水彩莲一笑说，对对对，音没变。娃抓周，我给儿子一副银镯。

彩莲姐，咋叫你破费，我过不去，儿子长大知道了更过不去。

莫生分，谁叫我们是姐妹呢！

正说着，柳晓云喊着进了门。腊梅姐，我来了，你不怪吧？

山腊梅惊奇地说，来了好哇，有啥怪的。怪你就不是姐了。

我暗里一直在等姐给儿子抓周的这一天，我给儿子送一副项圈。戴上戴上！

太贵重了吧！可不能悄悄地损了你爹的家产啊！

看姐说的，他是他的产业，我想管就管，不想管，就离得远远的。不过我还有一点支配的余地，我有我的小柜子，那梳妆台还有一些金银呢。谁也管不着，姐，把项圈给娃戴上！

水彩莲连忙制止说，晓云，莫急，抓周开始才能戴。

柳晓云直摇头，不懂！不懂！

现在不懂，早晚有了娃娃就自然会懂的。

这话把柳晓云说得有点不好意思，霎时脸绯红绯红起来。

堂屋响起一阵嬉笑声。还没个点呢！有点你也不会讲出来。谁说的，那个点是我的就是我的，谁也抢不走。天下事变化莫测，很难预料。这事，我不信。忍着点，抓住对方的心，就信了！哈哈！

中午时分，包兆、扈志根、梁铁娃、冷俊民、强仁愿他们接踵而来，径直走进宽敞的堂屋，高兴地同申治平和山腊梅点头打招呼，示意参加娃儿的抓周仪式。

孙明义一直看着水彩莲将笔墨、书、印章、算盘、钱币、鸡腿、葱、蒜、芹菜、红包、红帽和刀剑等物品以弧形摆开后，又将书、蒜、红包往中间位置调整了一下，向申治平说，师傅，准备齐全。

申治平容光焕发，喜笑颜开，说了声好，又问道，午饭咋样？

孙明义告诉说，八凉八热，荤素搭配，品种繁多，少有地丰盛。

申治平高兴得嘴都合不拢，说了声好，腼腆地喊道，欢迎亲朋好友和同行们的到来，不胜感激。他偏过头瞅了山腊梅一眼，扯起嗓子叫，现在请娃他妈致欢迎词。好不好？

好！一阵欢快的笑声在堂屋里飞荡。

山腊梅抱着儿子站在一张宽大的四方漆桌前，向大家扫了一眼，笑吟吟地说：

大伯大叔、亲朋好友、同行们：

　　你们的到来，让这瓦舍光彩闪耀，熠熠生辉，连天上的太阳也站在当空，丝丝发笑呢！是的，今天是申山鸿的周岁生日，谁

221

不兴奋呢！我们不谋而合地相聚一堂，为宝儿举行庄重的抓周仪式，在此对各位的到来表示热烈的欢迎。

借此机会，对同行们和大家对我们山虹丝社和棉织社的鼎力支持与关注表示最诚挚的感谢！

她向大家行了个注目礼，把儿子放在方桌的中间位置。孩儿舞动着双手爬了前去，谁也没有促使他，首先把书捏在手中一会儿放在身边。

包兆悄悄地说，这娃长大聪明好学有才智。

不知怎的，娃儿又去抓了一瓣蒜，攥在手中在空中绕了几绕，丢在了面前，又在瞅什么。

柳晓云拍着手，咯咯地笑起来，姐呀，山鸿一定是一个善于谋划有计谋的男子汉。

山鸿爬来爬去，好像拿不定主意，这么多东西，到底还要抓哪个好呢？终于，他伸手抓了一个红包，揣在怀里，蹲了蹲屁股，放下那个红包，好长时间没有动弹。

孙明义高喊道，好啊，抓红包，前程锦绣步步高！

梁铁娃、冷俊民、强仁愿齐声叫道，就是就是，鹏程万里呀！

扈志根摸着短茬的八岔胡，不断地点头说，这娃儿将来肯定有出息，一定会成就大事业。

申治平听说了这些赞美的话，心里乐滋滋的，便大声喊道，请大家上桌吃饭！

山腊梅抱起孩儿，边走边说，请各位入席就餐，吃长寿面，共祝孩子健康成长，愿大家沾喜气喜事连连，生财有道，家庭幸福，事业有成。

今天丝织社宾客盈门，高朋满座。席间，大家开怀畅饮，各取尽欢，毫不拘束；又开诚相见，谈出参与丝织和棉织的意见。包兆和扈志根要求放弃自己单独经营棉花和棉织坊的模式，入股申治平的棉织社，而且扩大栽桑养蚕，大加扶持山虹丝社。申治平对他俩的提议有所顾忌，但是想到棉织社和丝织社发展到今天这样的红火阵势，谁也不得不服帖。于是不但大加赞赏这种行动，而且满口答应并立即签订合作契约。这时柳晓云有点坐不住了，埋怨自己没有领先发言，倒让小作坊占了上风。她望着山腊梅说，姐，我现在能不能发言，是不是时候？

其实，山腊梅在她早晨来时，从她口里得知，借抓周的好日子送一份大礼，也清楚要送什么。顺口说，畅谈无妨，适逢其时。

柳晓云站起来，把挂在胸前的辫子往脑后一甩，神态沉着自然地说，申师傅、腊梅姐，还有在座的大伯大叔、兄弟姊妹们，在这个抓周的大喜日子，我是受我爹的委托来的，不但贺岁，而且要表明一个态度，我爹再三叮嘱我转告申师傅和腊梅姐，自己不建丝织坊了，不再争夺丝社，诚心诚意入股山虹丝社，答应一切条件。

申治平神色惊异，是吗？

山腊梅冷静地说，晓云，你爹不搞互相对立，丝社非常地理解。具体有什么想法吗？

孙明义插话问，晓云，上次棉农、蚕农抗议时答复，从前所欠租子一笔勾销，还算数吗？

柳晓云回答得很爽快，算数，选择吉日立字据为证。

孙明义端起酒盅高喊，让我们举杯庆祝大家自愿参加入股的举动，柳大老爷目光远大，把世事想开了，说个结实话，是自己在解脱自己，与穷人无争，与世事无争，接近阳光的气息。

柳晓云好像变成了她父亲的说客，鉴于当前的时局，明白自己就是最好的前途。明义哥讲得一点儿也没错，只有智明自己，才能明智别人，走在一条路上。

顿然，餐厅响起响亮的掌声、喝彩声。

孙明义走出餐厅大门想到，柳化谋变化得这么快，一定是听到什么，或许江南已经解放对他是一个触动，这或许找到唯一的生存的支撑点。

柳晓云从身后跟了上来，说，明义哥，我爹捎话给你，要把庙梁子里坡的六亩地交给你无偿耕种。

真有此事，为什么？

是真的，我不知道为什么。

那就捎话给你爹，心领了，表示感谢。

那就说，你不接受。

对，我家的地够种了。我也谢谢你捎话。

给，这是我爹给你捎的一封信。柳晓云递过后飞快跑进山腊梅屋子。

孙明义回到宿舍拆信一看，毛笔字写得很流畅、工整。明义，实在对不起，由于往日处事草率，嫌贫爱富，争霸丝织业，伤害了你家，得罪了百姓，则是咎由自取，追悔莫及。时至今日局面，何必深闭固拒呢！我再多说一句，你和晓云的人生大事受到挫折，是我言而无信，全是我的错，愿你宽宏大度，不计怨恨，重归于好，百年偕老，相爱一生，我亦足矣！最后落款还署上柳化谋三个字，看来柳化谋所有笔画是下了功夫写的。孙明义对这些话想是想了，却没有过多地思虑，但对那六亩地的事认为是出于收买自己的一种诱饵。我孙明义是七尺男子，就能任意叫你摆布。俗话说，穷死不耕丈人田，饿死不进萝卜园。况且我不是你柳化谋要找的女婿！晓云，你莫怪我这样的想法，穷人财不多，志不短，成事在人嘛！我们是旷夫怨女吗？不能随人撮合，有情人才成眷属。我没有苦中作乐的爱。

强仁愿是最后走出餐厅碰上柳三安，随便地相互问候了几句，便去申治平布房报告近来的情况。也许强仁愿在野猪湾收种棉花，栽桑完成了亩数，超过斤数，得到申治平的赞赏，兴高采烈地走出了门，向路过的水彩莲打招呼说，彩莲，近来好吧，听师父讲，你挺能干的，师娘也蛮器重你。

就做那些能干的活，啥器重不器重的，我应该报人家的恩哪！哎，强仁愿，你在野猪湾还干得轰轰烈烈。水彩莲边说边要走开。

强仁愿把她叫住说，你莫笑话我，我这是将功补过呗。彩莲我问你，柳三安最近怎么样？刚才饭桌上吃饭时，发现他说话带刺啊，我知道他的心地，你要注意。

水彩莲心想你俩曾是相互追随，现在认清了。于是认真地说，过去出了那档子事，我上当了，但心中有数了。最近他举止更加反常，不得不让人猜疑他心怀鬼胎。

　　强仁愿郑重其事地说，彩莲你同师娘她们来往甚密，时时处处都必须关护她们。我告诉你，柳三安一直野心勃勃，一直要争夺山虹丝社为柳家的丝社，一旦狂妄至极的欲望不能达到，很可能就会做出疯狂的傻事。这难以预料，但千万要小心，也不要害怕。

　　水彩莲点头说，谢谢你的提醒。腊梅呢，老练果决，心思缜密，早有觉察，也有防范办法。

　　山腊梅从缫丝间出来，看见强仁愿同水彩莲正在说话，没有打扰便走进织造间。正好孙明义也在这里，便说，明义，刚才晓云给我讲，好事要快办，你明天上午就去柳家同柳化谋见面商谈签约之事，听晓云的口气，恐怕还有另外的收获。

　　好。只要柳化谋服输了，我们山虹社就是大赢家。我刚才过窗户看见强仁愿同彩莲姐在说话，咋突然不见了？

　　不见了就不见了，有啥奇怪的？好长时间没见了，说几句话有啥的，还嫌短啊！

　　不是不是，应该关心彩莲。

　　彩莲要关心，你也要关心自己。

　　嘿嘿。我成天都在关注丝织的发展呀！

　　明义啊，晓云那娃很不错，聪明伶俐会来事，你应该考虑考虑！

　　腊梅姐，告诉你一个秘密，晓云捎来她爹的悔过信，重提旧事，但只字没说上门。尽管如此，还不是时候，以后再等机会也不迟！

　　还等什么，再等老了谁要你呢！

　　不会不会，天有缘嘛！

　　你又在耍嘴皮子，不切实际，究竟是怎么想的？

　　腊梅姐，申师傅不是富家人子弟吧！

　　哎哟，孙明义你想哪去了，别那么瞎扯，申治平有手艺，可晓云有本事，超越女流之辈，哪配不上你！

　　姐，我可说不过你，服了。反正心里拧着哪！

　　拧瓷自己跟命运过不去！

第二天早饭后，柳化谋就站在门楼上往柏树梁瞭望，有些焦急的样子。接着又下楼到院坝转悠了一会儿，正转身准备上楼时，却喊道，孙明义，你可来啦，我在这儿等你们呢！彩莲，你也来了！

孙明义高声喊，柳老爷，近来可好。

心直了，身子也轻快了，很好。快上楼进屋！

一进堂屋，早在这里等候的胡艳花同孙明义打过招呼，便拉着柳晓云走到水彩莲面前，一把将她抱在怀里，直说，彩莲呀，变了，变了，变得更秀气、更大方，丝社改变人呀。

水彩莲感激地说，姨，不忘你和老爷的照应啊！

柳化谋急忙摆手说，不足挂齿！不足挂齿！还是山虹丝社的环境养人哪。再看明义，既是蚕农，又是职工，更重要的还是山虹丝社的领导，同以前相比，简直是两人。停了一会儿，他直截了当地说，明义，咱们咋个谈呢？

孙明义客气地说，柳老爷你先得有个谱嘛！

那行，关于勾销所欠租子的事，还是上次承诺的一笔勾销，我把字据收回。

选村上德高望重的人统一收集，你过目后，当众进行销毁。

行。把庙梁里坡的六亩地交给你家无偿耕种，算作对蚕农的支持。

谢谢了柳老爷。我家劳力有限，所耕种桑园和庄稼地已经饱和，再增加就要荒芜了。

我家一部织布机闲置多年，送给棉织社使用，该行吧！

可以。

再就是孙家梁上那一院瓦房和水泉湾的三间石板房，过去山腊梅看过的很满意，全交给山虹丝织社使用，不收分文。

答应。柳老爷，你做出这样的决定，柳三安知道不？

前几天，告诉过他，他不乐意，他的心还大着呢，不是我原来想的丝织作坊，而是比山虹社还大呢！痴心妄想，不知天高地厚！不过，他在你们丝社干就干，不干就回来算了。

噢，我知道。柳老爷，是不是这样？我们现在困难时期已经过去了，不缺织布机和房屋，鉴于你的一番心意，我们这完全领受，这样可以增加员工从业，还可扩大丝织业的规模，是好事。但是，机子和房子还是要给费用，就算作租赁费。你看行不？

不要不要，我是真的不要，多少年房子没用，天爷也没给钱呀！

天老爷没给，今天我们丝社出。织布机按百分之五计算，房子按用作种类的百分之十计算，到年底结算时一次付清。

有些皮薄，不好意思。

双方开诚布公地说出自己的看法，总算达成一致的意见，各自在合同上严肃认真地签了字。

突然间，柳晓云从柳化谋手上夺过一份从头到尾看了一遍，说，就是么，一家富裕不算富裕，大家富裕才算富裕！

水彩莲拍着晓云的肩说，晓云言之有理，那可难啊！

彩莲姐，不要发愁，快了快了！

柳化谋跟着说，是快了，计日可待。他又转过面问孙明义，我给你的短信收到了吗？

收到了。

该做决断吧！

这一问让孙明义左右为难，不知如何回答才恰到好处。他莫名其妙地说，腊梅姐有安排。

水彩莲见他有些搪塞柳化谋，不得不说个拾遗补阙的话，柳老爷，腊梅对晓云十分关心，曾几次给我讲过，就是有一个很好的打算。请你莫急，等成熟的时候，就会瓜熟蒂落。

柳化谋合手说，但愿苍天保佑！

水彩莲笑着说，柳叔、姨，晓云的终身大事，苍天若省心，她姐们会操心的，你们放心好了。

临走时，柳晓云把他们送过柏树梁，一路上孙明义一直不出声，水彩莲为打破冷清的气氛不停地说这说那，也无济于事，只好说，晓云，你回！

这时，孙明义脸上泛起一丝笑容，回头说，晓云，莫怪，我在想如何处置一件事。对不起。

尽管如此说，柳晓云心里舒了一口气，好，你们慢走。她在回的路上追问刚才的情景。按理数走，父亲提及的事情，孙明义会有一个明确的表态，看他的表情气色令人大失所望。唉，没动气。但心里总是在闹腾，我们是不是无缘，连朋友都不行，就这么地散伙了？要是有缘，过了眼前还会再来的。孙明义，反正我要把你缠住，你既就是苦楝树，我也得爬上树，摘个苦楝果子吃。这是心甘情愿的，不相信把一根直杆子掰不弯，至死不变！

眼看柳晓云走远了，还在招呼。水彩莲对孙明义说，你咋不对晓云说个心里话，表个态也行嘛！

孙明义想了想，彩莲姐，看哪个态度？要是那个嘛，现在表态有些早！

还早呢！

嗯，咱家没山没地！

水彩莲不由得想到，这原因如同自己在坐月子时柳家送鸡汤一样，是与富家人家的施舍有关。他反感同情、怜悯、施舍。

# 十七

孙明义在回家路上只想到签合同这一件事，柳化谋近来的反常举动，一定是闻到解放的风了，所以做得还比较大方，不管怎样，是一种开明的举动。但柳三安是怎么样的想法，会首肯心折、甘拜下风吗？他那种年轻气旺，野心称霸于黑山地域丝业的图谋不会罢休。现在情势绝对不利于他的企图，或者根本无望，也许会狗急跳墙，铤而走险，不择手段干出蠢事来。我们万万不可粗心大意，要小心谨慎，更要有警觉性，光这样不行，还得主动地想法让他跳出来。

彩莲姐，你说，柳化谋支持丝社，柳三安自己会服吗？

水彩莲把汗湿的头发往脑后一捋，说，凭他的性子，肯定不满意。那娃心里弯弯多，不知会使啥绊子，搅和俺们的丝社。

不过，他大爹这回一做，他没有什么实力了。再说，强仁愿自从在那次教训后，面子上同他过得去，实际上在心里是分道扬镳了。

这个娃，有些不自量力，异想天开，全靠邪门歪道，就想当山虹丝社的掌门人，门都没有。

实际上，柳三安是很聪明的，但是没有把聪明的劲用在正路上，聪明反被聪明误，将来肯定不会有好的结果。

对的，天有眼睛。

孙明义灵机一动，想了一个谁也没想到的办法，试探柳三安有何反应。对水彩莲说，姐，你给柳三安不动声色地讲两件事：一是同他大爹签了意想不到的合同；二是你上街给腊梅姐买了一件生日礼物，明天中午吃饭时要赠送，就这样。

水彩莲一时有些糊涂，这有啥用途！

回去同腊梅姐一合计，你就知道了，而且明白怎么去做。

水彩莲刚从山腊梅的房子出来，碰上了柳三安，主动搭腔说，三安现在才下班。

柳三安其实已经看见水彩莲，只不过没先说话，是在试探她理不理自己。这时他才嘻笑地说，姐，刚才收拾打扫了屋子里的卫生，下班迟了。你们同我大爹签合同咋这么长时间？

水彩莲神态从容地说，与柳老爷签合同倒没用多长时间。我在结束后上了一趟街，给腊梅买件礼物。

合同签得理想吧？

超出想象地理想。

支持山虹丝社的设备我知道，还有啥？

还有，柳老爷坚决不办丝织作坊，对霸占、吞并山虹丝织社的想法已是烟消云散，对山虹的发展心悦诚服。这个，他给沟通过吗？

大爹讲过，办不办丝织作坊，要以时局而定，送出去的那些东西并没有什么影响，况且也没动大爹的财富根基。动不动，不碍我的打算。唉，彩莲姐，给腊梅买什么礼物？

明天是她的生日，你不知道？

噢，我想起来了，大爹曾给我提过婚事说生辰八字。嗯，就是明天，没错，就是明天。应该祝贺！值得祝贺！

三安，这是我们姊妹情感之间的事，与你无关紧要。

那是的，中间隔了一条沟呀！话是这么说的，可是柳三安心中打起了曾经的念想，有人当时给我提过亲呢，差一点成了我的老婆，可是一念之差，却嫁了个跛子，论年龄大不说，还是个病糠糠。好啦，彩莲姐，祝主任生日快乐，祝山虹更上一层楼！

水彩莲显然听出柳三安说话没有了过去的刚气，看他的表情有些失魂落魄的样子。

柳三安回到宿舍，一骨碌倒在床上，两手把头一抱，直直地望着楼板，看不见山窗和外面的天地，心里有些烦躁，又爬起来走出门外，天已经黑了，只见远处山野里有稀稀疏疏的灯光闪耀。在他眼里，唯独柳家院子门楼上悬挂的那两盏大红灯笼，灯纸惨白，灯烛衰残，一片昏暗冷落的景象。

唉，想那么多做啥！睡，一觉睡到大天亮！睡倒是睡了，反倒觉得这木床板硬得垫身子，滚到这边不舒服，滚到那边浑身也难受。突然感到那签订的合同像一根针刺扎着心，柳家祖辈也经历一百多年的沧桑，奋斗了一些家业，就轻而易举地拱手让人？真是世态炎凉呀！柳三安想到这里，心里稍微地有一些平静，自己给自己鼓了鼓气，走到桌子前拉开抽屉，从里边取出一块小纸包，转过身塞进上衣兜里。便趴在桌子上边写什么边自言自语地说，既然到了现在这个样子，一不做，二不休，只能是拼个鱼死网破。

中午时分，水彩莲时不时地望着印染间，柳三安在默默地干着活，偶尔往窗外望几眼，心不在焉，好像有什么事情要做。

吃饭前，孙明义从缫丝间出来，同水彩莲打了个照面，说，就那个样子。

水彩莲点着头说，我知道了。她刚准备抬步去厨房，看见柳三安从印染间门外走过来，却放慢了脚步。

柳三安快步走到她跟前，问，彩莲姐，你不是不在食堂吃饭，今天破例了？

没有破例，我是去给腊梅端生日长寿面，我要沾她的福气。

你昨天讲的，我以为是在哄我，还真是多虑了。没哄我。

你一定要认为哄你就是哄你。老姐老老实实，就同老姐帮你下染料一样，对吧！

莲姐，过去的皇历不要翻了，翻了不对日期。好，我吃饭去了！

还有十几分钟，时间还没到。

柳三安进了餐厅，只见几个人坐在凳子上等着开饭。他便走进灶房，看见案板上放着一碗手工面条，上面加了两个荷包蛋，这一定是长寿面，细看没见师傅，便打开手中捏的纸包，快速地向面里撒了一下，便走出灶房门，坐在餐厅门口的凳上，装模作样地等着就餐。

水彩莲一进门，说，等着吃饭呀！

嗯。

水彩莲端着长寿面出食堂门的时候，厨师傅大喊，开饭了！开饭了！

她明白这是告诉,有人进了灶房,便飞快地走进山腊梅的房子,立刻又从后门走出。一眼看见孙明义提了一只鸡在那里等着,便把面条倒在地上。这只鸡先是闻了闻,接着把面条捣碎,叨了几口,伸起脖子咽了下去,不一会儿倒在地上,两腿蹬了蹬,一动不动。

死了,它死了,真可恶!孙明义怒目切齿地喊。

水彩莲说,真没想到,这娃心这么狠!只要腊梅没事就好。

他对申师傅也不会放过,我知道他深恨申师傅抢了他的女人。孙明义说完,赶紧去柳三安的宿舍,已不见人影,只留下一床被子,其他能带的生活用品全部卷走。

水彩莲有点指责地说,真没想到竟会这样,他心藏得深呀!

你赶快到丝织各房间检查一下。

这就去。

山腊梅不慌不忙地走过来,不用去了,我已问过看门的师傅,吃饭时已闭门上锁,不放心,又去把各间全部检查了一遍,原封未动。

孙明义环顾厂房四周,放眼远望通向柳树垭、柏树梁和水泉沟的路上,只有四五个老太婆和两三名年轻妇女边笑边说地走着,连一个男人的影子都没有。他说,比兔子还跑得快,一定是逃走了。

水彩莲猜想地说,会不会到野猪湾?不会不会,强仁愿同他貌合神离,他是一清二楚的,那里不是藏窝。

山腊梅有所思地说,一种可能是到野猪湾找强仁愿,据我所知,不会到那儿;二种可能回到柳家院子找他大爹诉说,或者发一顿怒火而已,不是藏身之地;三种是仓皇出逃,远走他乡;还有一种可能就是实在无路可走,最终选择跳河自杀。前两种情况,对柳三安要求生不是稻草。现在必须把情况通知柳化谋,明义,你立刻去柳家院子通报柳三安的行为,并询探个虚实。

孙明义一路上快步如飞,挥汗如雨,走到柏树梁的院坝时,碰到任明山正在收拾碾子,便问,明山,柳三安回来了吗?

任明山向身旁边望了望,见没有其他人,低声说,回来了。

啥时候？

吃中午饭过了一个时辰。不过停了一会儿，就提个包慌慌张张地走了。

朝哪个方向？

曹家河。咋啦？

以后给你讲。柳晓云在吗？

出去了。

到哪里？

同她妈一起去邓家咀子，梁家老院几家富户人家联系销售黑绸子的活路。

噢，噢。我去找柳老爷。

门楼上的护卫一见是孙明义上了石台阶，连问都没问，很客气地让进了院子。孙明义倒没有进堂屋，而是站在门外看了一眼，柳化谋一个人坐在椅子上，一副愁眉锁眼的样子，双手抱着水烟袋，咕噜咕噜地抽烟。他轻轻地敲了敲门。

哎呀，是明义呀，快进屋！柳化谋马上站起来，笑逐颜开，连连招手。

孙明义察言观色，发现他表情如此地亲善热情，便直截了当地说，柳老爷，柳三安出走了，到处寻找没个下落。

柳化谋停止了吸烟，说，他中午后回来，没讲任何理由，放了一封信，就跑了，你们咋找到呢！明义，你给我讲实话，他为啥要出走呢？

孙明义直率地说，他给山主任碗里下毒，幸亏发现没得逞……

柳化谋打断了话语，插话说，造孽呀，逆子！毫无人性，千人所指呀！人哪千万莫要在欲望受阻时做出失去理智的蠢事。太荒唐！太荒唐！他写的那几句话，把心地全亮在土圪垯上，碎成渣渣了。

孙明义顺手接过展开一看，觉得柳三安自己给自己画了一幅狂妄至极的野心家的面相，难怪走上逃亡之路。大爹，我给你当继子无望，很伤心；你把祖先留下来的家产也白白地送给也想做生意发财的穷小子，更是可恨；原先把你做靠山同山虹丝织社对抗，要掌控丝织社，操纵黑山地域，及至县内外丝织业的发展，我也绞尽脑汁实施了好多办法，时至今日不要说是

233

望尘莫及，简直是到了走投无路的地步了；还有，听说汉江以南已经解放，我们这里很快要变天了，到那个时候，我虽不是罪大恶极，但坏事不少，逃不脱惩罚；你呢，别人议论一九三二年给路经这里的红军送粮食、布匹和银圆，说得还玄乎还入了什么组织，不管是真是假，凭你的行动可放一马。古语说，生死有命，富贵在天。我没有那个天了，但我还是要撑着天，行走白天和黑夜，主宰命运，天也许被云遮住，我什么也看不见……

任明山紧紧张张地跑进堂屋大门上报告说，老爷，刚才从曹家河捎话来，柳三安从曹家河的石嘴子上跳进汉江了。

柳化谋只闷着头抽水烟，稍停片刻，猛然地吐了一口烟，嗐，他不是旱鸭子，哪会有事。接着转眼对孙明义说，明义，实在对不起，回去代我向山腊梅道歉，千错万错都是我的错。

孙明义宽宏大量地说，过去的事就让过去吧，以后的事还多着呢，路也还长着呢！

虚假掩饰不住的时候，真相就显得真相了。回顾柳三安笑里藏刀那一幕一幕，才清楚心地是多么狠毒。

如此凶残，如此惨绝。

山腊梅从孙明义口里得知柳三安去向的消息说，我们在防不胜防中挺过来了，现在那一桩桩事仿佛历历在目啊！

水彩莲说，就是，染黑绸子我认定是他干的，孙老伯的被害又是他策动的。

孙明义说，彩莲姐，还有挖坟事件是他指挥的，我才了解到活埋薛满仓是他纵容强仁愿而实施的，他策动强仁愿背叛丝织社。

他做了这么多瞎瞎事，咋不早抖搂出来？

不是最近才查得个名堂。

跑了。要让这个娃改邪向善，那可是很难啊！

山腊梅摇了摇手，说，那些事我都晓得一些，要处置取证据需要时间是一个方面，归根到底是我的心太软了，压根都不应该让柳三安到丝织社，抓丝织上规模是对的，忽视了对突发事件的及时处理。前车之鉴，足以为训哪！

孙明义急了，姐，这都怪我没做好，是我当帮手不合格，你不要揽在自己身上。

水彩莲自己认为是说一句公道话，不要再说谁错谁对了，咱们做这没做过的丝织业相当好了，连柳化谋都认了，多么不容易啊！

山腊梅不以为然地说，彩莲姐，作为我来要求自己，不能借办丝织业不容易而原谅自己的过错。

孙明义流泪了，姐，你遇到的困难重重，没有后退，没有泄气，我们的山虹丝业办成了，红火了，你是响当当的女中豪杰呀！姐，不要再讲生分话，一路走来，是我帮你不力呀，我很惭愧！

山腊梅心情很激动，姐深知你付出了很多很多，是姐对不住你。

水彩莲站起来说，你们讲这么多推来让去的客套话有什么用？山虹社发展到今天，是大家同舟共济干出来的。要是别人呀早倒台了，腊梅这个头领得好！

山腊梅笑得很开心，是那样，我们大家干得好，还有村民的支持，彩莲姐负重在身，劳苦功高啊。我要说的是成功里有错误，不能以失误抹杀功绩。都是主人，主人就是要干好主人的活。

客厅里传出一阵很响很响的掌声。

# 十八

山虹丝织社和棉织作坊各工作间呈现一派热气腾腾的劳动场面，大家专心致志，精心操作，一丝不苟，仿佛广阔的天空和辽阔的大地，全部尽收在自己的眼里和紧捏在自己的手里，美化多彩的生活。

山腊梅被这种丝绸的主人们的认真精神所感动，心潮澎湃，思绪万千。不觉又想到陆游在《书叹》中说的"人生如春蚕，作茧自缚裹"，不能像蚕一样。我们育桑、养蚕、缫丝、织绸做什么？不能满足现状，因循守旧，裹足不前，一定要走出去，让我们的丝绸走得很远很远。

山腊梅正想着，听见孙明义急切喊声，腊梅姐，申师傅肚子疼得厉害，从织布机下来睡在床上乱打滚，直叫唤。

山腊梅进屋一看，申治平疼得满脸流汗，如同黄豆般掉落在被子上，问，是胃痛吗？

申治平直摇头，直捂着肚脐处，简直疼死人了，真要命啊！

孙明义帮着揉肚子，说，姐，赶紧请百草堂的医生吧？

不行，来回三个时辰太耽搁病情。想法找担架抬到百草堂，不要拖延时间。

经过板庙子时，申治平叫唤的声音越来越小，有气无力地说，明义，我恐怕不行了。山虹社要好……

别瞎想，马上就到百草堂，那医生医术高明手到病除。申师傅不要紧张，安静一会儿就好些。孙明义边擦掉他脸上的汗珠，边轻言细语地安慰他。

当抬进百草堂时，申治平已没了一点叫唤的力气，也说不出话来，手摇了一下放在病床上。

周医生问了病状，察言观色摸脉，只说了一句，不乐观。

孙明义追问，为什么？你得抢救啊！

周医生说，民间把这病叫绞肠痧，医称阑尾炎，不经及时治疗，是相当危险的，像我们这野山条件差，实在是力不从心，况且已经成这个样子，没办法。

莫想到，申治平就如此平平淡淡地走了。但他织的白细布在村里乡外得到好评，他始终如一地支持山大爷父女育桑养蚕办丝业，受到山虹丝织社员工们的交口称誉。

最近一个时期，山腊梅的心情有些沉重，一看到儿子乖巧听话，便轻松了许多，我们的丝业后继有人。水彩莲见她心事重重的样子，没少用款言温语耐心劝解她，反复说，不管走到哪里，不管遇天大的难处，不能辜负父母要做丝绸的遗愿。

这一下催起了山腊梅的精神，说，彩莲姐，爹妈叮嘱一直刻印在心中。我又要给你念那首诗，维桑与梓，必敬恭止。靡瞻匪父，靡依匪母。不属于毛？不离于里。天之生我，我辰安在？我是受父母精心育桑养蚕的感染，又是从这诗句中走上做丝绸这条路的。最初的想法是，不管有多少艰难，有多大的阻力，都要千方百计地办成丝织社，让我们穷人们过上好日子。

腊梅，你念的那诗我不明白，但你对父母的情感和对村民们的好心，我是懂得很。

彩莲姐，实际上我一直在考虑我们的丝绸如何走出黑山？走出才能把丝绸盘活。

是的，老待在窝里难蹦跶得开。

你们在聊啥呢？孙明义走进屋问。

水彩莲微笑着说，闲话。

山腊梅招手说，你来得正好，正要找你呢。

姐，有啥要办的，你就吩咐。

正好彩莲姐也在，俺们一起商量。

姐怎么谋划，俺们怎么来，能办的立即办，如果有困难的，只要姐撑头，就是赴汤蹈火，也在所不辞。广开言路，就不必认真了！

山腊梅爽快地笑了，看你说的，我又不是家长，还赴汤蹈火呢，没那么严重。俺们今天商量议题有三个：第一，棉织作坊现状你俩都清楚，织布匠就由娃他爸的徒弟上机即可，现须物色人员来管理；第二，鉴于丝社的工作量，能否让柳晓云来帮忙试用，人家为丝社出了不少的力，把那批黑色丝绸全部销售，还签了一批预售的合同；第三，在员工中挑选八名嘴巴利索、处事活套的人，分成四组，每组两人，上西安，进四川，下汉口，到兰州和乌鲁木齐，调研行情，推销丝绸，如果效果不错的话，返回后稍加休息总结，然后分赴上海、广州、福州等城市。你们说说看，这样行不行？

水彩莲对选管家一事，想来想去觉得没有一个人能胜任；对于丝织社试用柳晓云，完全赞同，认为晓云为丝社没少做事，她妈也是个心软的好人，虽然柳化谋曾经同山虹社针锋相对，做了些瞎事，最后彻底认输了，不应计较，要看他以后的表现，不要以此责怪晓云，这不影响她本分做人，反之，是不公平的；对于走出去，咱们的经济实力完全允许这样去做。她举起双手赞成。

孙明义端起茶杯咕咕咚咚地喝了几口水，霎时激起脑海里的波浪，多么现实，该解决的问题，多么大胆的设想，山虹丝织社该上一个更高的台阶，这是俺们巴望啊！关于选管家就让强仁愿回来，理由是，在野猪湾干得很出色，对自己过去的错误快点儿幡然悔悟，浪子回头金不换，相信以后会干出名堂的。

水彩莲听到这儿张了张嘴想说什么，但又闭唇不吭气了。

这被山腊梅发现，问，彩莲姐，想说就说，咋就咽回去了！

这个人犯那个事总叫人心里咯咯拧拧的，不过前几晌他给我提醒要注意柳三安的行迹，看来心里还是向着山虹社的。要我想，选个别人最好，不然让人说三倒四，影响团结。

明义，你继续说。

关于调研行情，推销丝绸，迫在眉睫，是进一步发展丝绸业的上策，下来就是要按条件选谁去的问题。关于丝织社试用柳晓云，我的意见是当前不是时候，理由是刚刚出了柳三安这档子事，突然又让她来，别人怎么看？会给大家形成错觉，好像山虹社还是害怕柳家，依靠柳家，不敢得罪柳家。当然，我承认柳晓云为我们丝社做的好事，不可胜计，无可非议。她冒险、她背叛、她辛劳、她无私，丝社的员工应该记住她的好处，把自己手中的活路做得更好。要用，不是现在，做好工作，静待时机为妥。

经过认真思考，仔细掂量，权衡全局，意见得到了统一，强仁愿任棉织社管家，野猪湾的活路另派人接替；先选八人四组分赴西安、成都、汉口、兰州和乌鲁木齐推销丝绸产品，兰州和乌鲁木齐由一组负责，以此取得经验，而后赴沿海地区城市寻找销售市场，争取从海上走出去；试用柳晓云一事，待时机成熟之后再确定。山腊梅最后强调，下去以后，要把各班组的工作抓紧抓实，不要出纰漏，抓到每个人所关心的事，非常重要，是基础，千万不能忽视。大家要风雨同舟，通力合作，为俺们丝织业的兴旺发达而努力！

姐呀，纳谏如流。孙明义拍着手，哈哈大笑说。

孙明义呀，你不要吹捧我了。俺这山里人，还要出去见一下那大海是什么样子呢，吹得晕头转向，咋去呀！山腊梅把着门枋，望着南方一字一板地说。

新的方案已经确定，丝织社的运转，如同织布机上的梳壮机件，丝丝入扣，井井有条，紧张而热烈地进行。


喜出望外的孙明义跑进织造间，向正在检验刚下机的丝绸面料的山腊梅喊，姐，看谁来了！

看你高兴的，谁来了？

你猜。

那么多人猜谁呀！

薛排长。

大白天，说梦话。

不是梦话，山主任我是薛满仓。薛满仓一脚踏进门自我介绍说。

山腊梅仔细一瞧，哎呀，一看那颗痣就真是你，半个老乡，没忘俺们这些山里人呀!

薛满仓激动地说,咋能忘呢,是你和申师傅搭救了我,也是你们和大家打发了我,使我才有今天,才有机会来黑山地区同你们见面。

到屋里坐下来慢慢地说。

薛满仓听着织丝机上的穿梭声,好像传来一阵阵节奏和谐悦耳沁心的音乐声。他仔细地把各种颜色的丝绸看了一遍,连声称赞,好好好,上等品。他又说,山主任,先把丝织社的各工作间全都看看。

那好哇!

薛满仓在山腊梅的引领下,最后从储备间走出后,高兴地说,设备齐全,场面动人,今非昔比,鸟枪换炮啦!

山腊梅笑容满面地说,薛排长,到底是从部队出来的,口口不离枪啊炮的,只是机器先进了一些,员工多了一些,麻雀虽小肝胆齐全呀!走,到接待室,也是我们洽谈生意的会客室,好好地聊聊。明义,去把强仁愿和彩莲姐叫来。

薛满仓坐下说,有一个比喻虽不恰当,但是我还是要比,就是山里的兔子和城里的兔子有什么不同?没有什么不一样。比如造丝绸吧,不管在城里或在山里,只要能造出漂亮的丝绸就是上等丝社,或者叫丝织公司,你们丝社不比城里的差。

这一席话,引得大家哄堂大笑。

强仁愿是最后进门的,薛满仓一眼就认出来了,这不是那位强管家吗?我的棉花和蚕茧合格不?

强仁愿快步走上前,合手欠身说,认得认得,是薛排长,实在对不起你。

薛满仓把手一拍,说,开个玩笑。又问,为何口出此言?

孙明义赶快接话说,我们大家没有照顾好你,才有那时的虚惊一场。

薛满仓手一摆说,过去了就过去了不要再提,其实我好想笑那个变形的时世和变形的人,性本善变得扭曲了。要说嘛,落难知心,时光识人。要感谢你们呀!我的老乡走了,我记一辈子的恩情。还有当时的师娘,面对复杂的丝织争斗，从容应对，得心应手，令人印象深刻，未能忘却。

山腊梅觉得言过其实，赶紧说，区区小事，微不足道。薛排长，你说说这几年怎么走过来的？

一句话，不少吃苦，不少奔波。你们给的干粮，一块饼吃两天；你们给的钱，好像都在掰着用，为的是保命找事能挣钱。我从这儿离开翻过鹞子崖，沿汉江而上，到兴安州，过汉中，进四川成都，还去过阆中，待了一年半载，找的活没干多久，因厂家倒闭又寻出路，不得不转回省城。省城的东西南北大街转悠遍了，经常睡在城门洞子底下，有时遭到警察的驱赶，真是走投无路了。事情就是巧，有天中午，我正在南门里一家群众饭馆要饭时，突然听到背后叫我的名字，想，一个蓬头垢面的人，在大街上乞讨转悠，或许是叫花子认错了人，我没搭腔，向街边台阶上放的一只装着残羹剩饭的木桶走去。这时，又听得一声歇斯底里的大喊，薛满仓，薛排长！我很奇怪了，转身用惊异的目光望着那个人，头戴礼帽，身着中山装，脚上的皮鞋锃亮锃亮，衣冠楚楚，神气非凡，不禁喊，怎么是你呀三排长，我的神秘排长？他问，你怎么成这副样子？一言难尽，真的是你呀神秘排长。是的是的，没错，我那次在黑山下策反起义，由于手下告密而失败，而被国军遣送兴安州行营，幸好由地下党组织营救到了西安。这时我才知道他的真实名字叫向兴华，是部队的一名副团长，没告诉在哪个部队，大概是秘密没再细问。但他能耐很大，把我安排到西京商贸公司当了职员，叮咛说，那里的处长暂缺，像你这样的料子，好好地干，会顶缺的。真神了，过了三个月，我真的被提升为外联处的处长。他还给我打招呼，如果要去上海有熟人，住上海斜桥永年路 160 号。后来他找过我一次，我出差不在，他让同人捎话他调到北京去了。这一切，言犹在耳，历历在目，念念不忘啊！

孙明义幽默地说，哎呀，那是大机关，这个处长要比那时排长大得多，肯定有权力了。

薛满仓淡然地说，权不权不重要，只要为民众多办好事才行。我之所以来你们这儿，是为你们丝社找一条更长更宽的路。过去打听过山虹丝织

241

社，耳闻不如一见，刚才，我看到丝社的热火朝天，令人意想不到，丝织规模宏大，工人操作技艺娴熟，丝绸质量极佳。我认识一位外商，一定联络，他可来黑山考察，共同签订丝绸运营议定书。这该是不成问题的。

会客室里掌声雷动，笑语飘飞，欢欣鼓舞。

山腊梅高兴得心都快要跳出来了，声音响亮地说，感谢薛处长，谢谢了那时的薛排长！真是感激不尽哪！

薛满仓深思地说，应该的应该的，我常想向兴华的一句话，民众是我们事业的基础，面向他们啥事情都能取得成功。希望你们精心精意为大家办丝业，会更加红红火火。好，我明天就回西安，等待好消息吧！

时间过得真快。眨眼一个月就过去了。闯荡丝绸商场的精英们满载而归。大家没有一个不高兴的，在高兴过后还有高兴的事。

彩莲姐，你觉得强仁愿怎么样？

比过去强得多了，变成了两个人。

他若愿意同你过，行不？

你净说胡话，我是娃他妈了。

如果他不嫌呢。

我再想想。

强仁愿，水彩莲贤惠不？

嗯，不光是这，还精明能干，打灯笼也很难找的人呀！

你见过百合花吗？

师娘，看你说的，山里人哪个没见过！

咋样？

又香又艳，百合还能治头晕的病呢。

你看水彩莲像不像？

嗯，有点。

不是有点，比百合还百合呢。大家都觉得你俩挺般配的，想给牵个线，我也认为应该是一桩称心如意的婚姻。你说呢？

不晓得人家行不？

好了，有这句话就知道了。成不成由我搭桥，你们过河，不过，这可不是一手包办呀！

不久，水彩莲和强仁愿喜结良缘。山腊梅主持了隆重的婚礼，她笑嘻嘻地走上台说，今天是我们山虹丝织社喜上加喜的日子，正如省城薛处长所说的，出师制胜，出售丝绸翻一番，这个目标达到了。喜中有喜的是，强仁愿与水彩莲同结姻缘，在这里，让我们以热烈的掌声，恭贺新郎新娘百年好合，白头偕老。

婚礼上，掌声如雷，笑容如花。

婚礼结束，山腊梅征得孙明义和水彩莲的同意，柳晓云没有回柳家院子，留在山虹丝织社销售部任职。柳晓云把山腊梅说的话牢牢地刻印在心头：销售不是一个人的行为，不管你是一个人闯南走北，跨山越岭，都是一个团队在行动，身后有多少员工和蚕农的眼睛盯着你。


县城第二次解放了。不几天，孙明义看到一则征兵的公告，心动了。他以试探的口气向山腊梅说，姐，我看见精神抖擞、威武雄壮的解放军，想参军。

那不是你想参就能参的。

报名体检呀！

咱们这一摊子多大，离不开呀！

不是有彩莲姐还有柳晓云，撑得起。再说，参军保卫祖国，保卫俺们和平家园吗？

万一体检合格，丝社人事安排，可提点建议。

你当然统管棉织社和丝织社，棉织社主任你兼上，强仁愿任副主任，丝织社副主任由水彩莲担任，成立山虹丝织业董事会，外联部和销售部合并为外联部，由柳晓云担任主任，你担任董事会主席，暂不设副主席，设秘书长一名，由柳晓云担任。组成人员是：山腊梅、水彩莲、柳晓云和强仁愿，适当的时候吸收梁铁娃和冷俊民参加。我觉得这样稳妥些。

山腊梅心里想，你这个孙明义挺尖的，早就盘算好了，来忽悠老姐，故意说，不行不行，丝社离不开，不要胡思乱想。

姐，国家兴亡，匹夫有责。国家安宁了，家也就平稳，俺们的丝社会更加兴旺发达。是不是啊，姐。

你以为你姐不懂这个理呀，好，不挡你，那也是你的前途。有一桩事，你得给我说清楚。

什么？

柳晓云对你的好意已经多年，得表个态，有个结实话。

哎呀，姐，当兵是要打仗的，打仗会死人的，不碍人家任何选择。现在全国动员，抗美援朝，保家卫国，我做好了这个准备。

孙明义光荣地参加了中国人民解放军。不久，该部队编入中国人民志愿军，雄赳赳、气昂昂地跨过鸭绿江赴朝作战。借部队休整间隙，他给山腊梅写信问候大家好，薛处长有无信息，祝愿山虹社蒸蒸日上，注意产品质量，支援前线的打仗。信中告诉，姐，你关心的那门亲事，因为我是军人又入了党，是不可能的，组织上不会批准。况且一开始，我也没那样认为，人家是富甲一方的豪户，我家是一贫如洗的穷人。可惜我没能把黑山丝绸带到朝鲜。因战事紧，流动大，请不要来信。祝姐安康愉快，事业发展。

柳晓云也一字不漏地看了这封信，姐，明义心里还是有我的，只是我的家庭把人害了。姐，不行了，我去当尼姑，这是我的自由，谁也管不着。

山腊梅见柳晓云情绪激动，便温言细语地说，晓云，聪明的人，怎么净说傻话？想开点，等着吧，他会有返乡回来的时候，你想啊，不可能当一辈子兵。是吧！

姐，你说得对，只要不阵亡，他不可能不回养他的土地，总会有那么一天，我等着。柳晓云对孙明义的爱是死心塌地的爱，是顽固不化的爱，爱到了想办法上天入地的地步。当听到别人谈论男婚女嫁时，她默默地离开，悄悄地回到外联部，反复翻看联络人员名单和计算统计这一个时期的销售量和订货的数量。她仿佛看到了他，他摇头，她笑了；他笑了，她摇头。此后多年里，她望眼欲穿，他渺无音讯。

半年后。

柳晓云从邮递员手里接过一封信，激动地喊，姐，来信了！

哪里的？

地址内详，该是省城的吧！

莫不是薛处长来的。山腊梅嘶啦一声拆开一看，果然是薛满仓写来的，字句寥寥无几。山主席：您好，闲话少叙。近期有一则重要讯息告知，六月二十一日至六月二十三日，在西安举行丝绸贸易洽谈会，共计三天，邀请山虹丝织社参加，届时到西京大酒店报到。她乐不可言，只说了一句，晓云哪，这消息比几匹丝绸还值钱呢！

柳晓云兴高采烈地说，是的是的，就是拿上几两金子也买不来啊！

山腊梅掐指一算，满打满算只有三天的时间，上兴安州一天，兴安州乘汽车到西安两天时间，明天上兴安，买不上汽车票就赶不上赴会了。她赶紧同水彩莲和强仁愿一商量，确定和柳晓云今天中午就出发，丝社业务由水彩莲打理。

山腊梅领着柳晓云跨过柳树垭子时，突然被柳晓云叫住了，姐，走错了，向右拐过段家沟上弥陀寺。

山腊梅扭头微笑了，忘记给你讲，走左边去给爹妈说一声。

柳晓云这才恍然大悟，心里称赞孝女孝女。

山腊梅把几片桑叶和一串茧壳挂在爹妈墓前柏树枝上，转过面右手搭胸弯腰，喃喃细语，爹妈，你们二老的培育，念兹在兹，时刻惦记，你们耳提面命的教诲，永远不忘。爹妈，维桑与梓，必恭敬止，桑蚕成了，熟记嘱咐，托天保佑，山虹丝织社一个小天地，又是一个大世界。告诉爹妈，你二老县城都没去过，女儿要到省城了。回来时，我一定给二老带一张大地图，让你们看看，那个大世界真的不可想象。好了，今天就说到这儿，女儿还要赶路呢！当走到弥陀寺时，她问柳晓云，你给你爹讲去西安了吗？

柳晓云得意地说，讲了，爹还给我路费呢！我不要，妈拿过来塞进我手里，说，叫拿就拿上，知道社里有路费，女娃花费大，想买啥就买点啥！

　　噢，还是爹妈心疼你啊。山腊梅说着，不由得回过头数点搭晒临空的红色、黄青色、浅黄色、青白色、靛青色丝绸，分明是在巍峨的黑山下升腾一条一条五颜六色的彩虹。欣然想到，这彩虹是一条用心灵和妙手构筑的路，走这条路很累又很艰苦，实在不容易，不能忘怀。静瞧前面有一条路铺得很远很远，该走不要停止，会走出一条繁荣的大道和天涯友谊之路。她又抬头瞭望北方的天空，满怀期待地说，我们如期赴会，和你们一同共商丝绸业发展的大计，丝尚百姓，锦绣中华。

　　补记：柳晓云三十四岁时，即是一九五八年八月间，一个偶然机会从亲戚的口中得知，孙明义在一次战役中失利，经多重磨难，而后复员到某部队农场当职工。受柳晓云之托，经山腊梅多方打听寻找，终于在秦巴山中某部队农场找到孙明义，并约定在八月十五这一天同柳晓云相见。玉貌依然在，花好月圆时。但愿人长久，千里共婵娟。

二○一九年八月二十五日　初稿<br>
二○一九年九月二十六日　修改

# 后　记

对棉织作坊和丝织作坊的印象是由来已久，久到在我的幼小心灵里，我家种棉花纺的线和栽树养蚕缫的丝，全都到了那两个作坊，最后变成了白细布和白粗布穿在了人们的身上。不同的是平民百姓连白粗布都穿不起，那丝绸更不用说了，"遍身罗绮者，不是养蚕人"，都穿在富豪大户人家的身上。现在想起来才深知，当时大人们种棉织布养蚕缫丝为挣钱，他们所经的艰难和所在抗争中吃尽的千辛万苦，是多么不容易。

我写《黑山虹》小说，"以笔描绘桑蚕，以点浓编长线"，实则是意在笔前。此时，黑山地域的桑农山大爷和女儿山腊梅、桑农蚕农孙贤良和儿子孙明义、丈夫被拉壮丁受苦在身的水彩莲、背离富豪人家的柳晓云、织布匠只求过得去的包兆、织布匠富豪大户柳化谋等人物的形象浮现在脑海中，栩栩如生，活龙活现。他们之间发生的那些斗天地、求生存、动情感的故事曲折残酷，动人心弦。这些人物虽然现时都不在了，他们之间的矛盾对立和感情纠葛也都进入了历史，但是无疑也感动了那个时代的农村山乡，印证了那个时代农村的一段历程，不是寂静沉闷、一潭死水，而是波澜壮阔、汹涌澎湃。

这些人物都是在黑山下土生土长起来的，也让我为这部作品的题目发了难。也想为反映主人公起初定名黑妹子、黑幺妹、山红梅，想来想去觉得不妥，没有体现地域性和奋斗者广泛性，于是，改为"黑山湾"。这时，又记得八年前的八月间，我回家乡后考察座谈和收集《兴安踪影》长篇小说素材时，路过黑山下，不觉大吃一惊，这里发生了翻天覆地的变化，再也看不见我想象的那时的面貌。老家那两间草房和草房南侧紧接的磨道荡然无存，唯一能见证这里住过人的那两间瓦房，也是破旧不堪，大门上那副"革命军属"的牌子，在那儿一动不动地看门，由于六十多年日晒夜露，风吹雨打，已经暗淡发白。他们到哪里去了，有的到了县城，有的在镇上盖了二层楼水泥房；那孙家、那坡、梁家院子、段家湾、孙家水沟，全都是崭新的房子；那不到三四家的段家河，如今改为镇了，镇的街道两旁的商铺、房屋鳞次栉比；襄渝线从这里通过，设立段家河站，安旬公路从镇的街道穿过。往日荒凉的山村，今日变成兴旺的闹市，一派繁盛的景象。经了解现在既没人务桑养蚕，更没有人织布缫丝了，但我暗自思量，蚕丝依然在路上。孙家坪、李家场、梁家坡、孙家山的地找不见了，满山架岭，林木葱绿，苍翠欲滴，山花盛开，色彩驳杂，生机盎然；弃耕还林，防水土流失，保证南水北调，一江清水上北京，这无疑是在建造伟大的工程。此时，母亲的身影浮现在我的脑海里。那时候母亲从门前大槐树上打下的槐树籽和从房背后树杈里摘来的黄栌树皮，分别用锅熬成染料水把白布染成淡绿色和淡黄色，做衣服穿。母亲当时那种改变着装颜色和美化生活的兴奋神态及透露的那种锦绣未来的使命感，让人记忆犹新。可想，母亲同样在完成那时所承担的艰巨任务，何尝不是繁重的工程呢！

时至今日，想起那天下午快离开时，下了一阵子小雨。小雨过后，即将落山的太阳露出笑脸。这时，一条彩虹出现了，一头在黑山脚下，一头在汉江里，仿佛拉起黑山一同喝汉江的清水，十分壮观。我突然有所领悟，过去的彩虹和今天的彩虹，都是客观存在的美好奇妙，只不过它吸收的水分和感应地面的景观或许是不一样的。但毫不影响引人入胜的景观，怎么不触发联想和探寻奥秘呢！于是，这部小说的题目由"黑山湾"改为"黑山虹"，既壮观，又有气势，还体现了山地的沉稳和变幻莫测。

我的故乡孕育了不胜枚举的生动活泼的人物和生长了数不胜数的委婉动听的故事，在这部小说中只是采撷了屈指可数的极少一部分。但在对其中个别人物和故事的描绘中，花费了不少的心思，截至搁笔以后还处在担心的状态。比如说，为不育而孕所采取的事与愿违的做法，能不能写？怎么写？是不是玷污主人公？写出的后果如何？会不会影响小说的命运？使我犹豫不决，思前想后，这是社会存在的事实。哪怕是不近人情，哪怕是凤毛麟角，也应该描绘其形象。既然是这么想的，就有必要掌握分寸写好才对。所以，在描写的时候不是暴露而是隐藏，不是直白而是含蓄，不是渲染而是淡薄。试想做到适可而止，恰到好处，无心用恶心的表述去吸引读者的眼球。这样做，会不会遭到对主人公的谴责？会不会遭到对作者的指责？因日往月来，时移势迁，让人难以估计。但我相信一点，纠结自己，是低估了文学作品的多样性，以及读者对文字作品的欣赏性和评价的公正性。

对文学的任性和韧性在哪里，就在我的执拗追求之中。我是在用心血和生命写这部小说。首先是忍受不平静的写作环境，这三年来不仅要照顾病人，还要料理家务，极其不安静，有时不单是白天，而且夜间还遭到莫名其妙的叫喊的干扰，休息不好，头晕目眩。就这样，忍着痛苦和难受，每天充分利用两个半小时，坚持写作。其次，执拗不改的脾气，我的战友、同事和亲戚朋友，多次一见就奉劝，年龄这么大，还这么累，写什么写，把身体累垮了，不如放松休息为上策。我说越写脑子越灵活，身体越健康，也许是美容养颜、延年益寿的妙方。心里却在想，我这一辈子对文学爱好的初心，即是九死也不悔，为把赤橙黄绿青蓝紫黑白红十种颜色收在笔下而创作。当然包括日、月、星、火、闪电，五光也在其中，因称五光十色。《丝绸望道·黑山虹》小说本来计划写四十五万字，现在只写了二十多万字，好像有点草草收笔，有些人物的命运留下悬念，待那些人物再出现的时候，就算完成了。再就是韧了，这种韧和忍有一定的相同点，但对我来讲，又有很大的不同，忍可是忍受、忍耐，它有一定的时限和程度。那么韧呢，是坚硬、紧密、持久、刚毅、延伸的综合考量，构成一种韧劲。韧劲不容易，就在于供职期间用节假日，或者工作间隙和熬夜写作；退休后，理顺各种扰乱秩序和生活中的不正常现象，坚持笔耕不停歇，日坚韧不拔，毫不动摇。所以，才有中短篇小说集《红裙子》、中篇小说《赤子小松鼠》、长篇小说《兴安踪影》（三卷）、诗歌集《绿帆船》《蓝江月》《紫燕云》

黑
山
虹

《青萍雨》等的问世，长篇小说《黑山虹》、短篇小说《黄花开了》、散文集《橙子情——站在诗行里的记忆》和诗集《白石烂》等的即将出炉。这些全是在韧度中炮制出来的硕果。

我还想说几句无关紧要的话，对于我来讲至关重要。生活蕴藏作品的出世，不必多言。既然进入了小说中的结构、人物、情节、语言等，那么就要把自己转化为结构中的材料，人物中的性格，情节中的橹桨，语言中的熟手，或者是能手。就这么简单，要求不高，我从心里这样认定。撰写小说的时候，或许得心应手，可以驾驭生活，调拨和细作自己，或许力不胜任，不是那么一帆风顺了。

以上就是我在《丝绸望道·黑山虹》小说完结时写的这些杂乱无章、浅陋寡识的话。

2019 年 9 月 13 日